U0074288

國際魯迅研究 輯一

黎活仁／總編輯　方環海、蔡登山／主編

獻給竹內實教授

《國際魯迅研究》

顧問委員／秦賢次（文史工作者）
　　　　　林金龍（國立台中科技大學）
　　　　　張文國（山東師範大學）
　　　　　陳俊榮（國立台北教育大學語文與創作學系）
　　　　　林淇瀁（國立台北教育大學語文與創作學系）
　　　　　王晉江（華夏書院）
總 主 編／黎活仁（香港大學、華夏書院）
主　　編／方環海（廈門大學）
　　　　　蔡登山（秀威資訊科技股份有限公司）
副 主 編／賈振勇（山東師範大學）
　　　　　金尚浩（修平科技大學）
出 版 地／台灣，台北
聯絡地址／361005 廈門大學海外教授學院
　　　　　（中國福建省廈門市思明南路 422 號）
　　　　　電話：TEL: (86)592 2186211
　　　　　傳真：FAX: (86)592 2093346
　　　　　網址：HOMEPAGE: http://oec.xmu.edu.cn
出版單位／秀威資訊科技股份有限公司
　　　　　（台北市內湖區瑞光路 76 巷 65 號 1 樓）
　　　　　電話：886-2-2796-3638
　　　　　傳真：886-2-2796-1377
　　　　　網址：http://www.showwe.com.tw/

International Journal for the Study of Lu Xun

Advisory Committee:
Xian Ci QIN (Literary Researcher)
King Long LING (National Taichung University of Science and Technology)
Wenguo ZHANG (Shandong Normal University)
Chun-jung CHEN (Department of Language and Creative Writing, National Taipei University of Education)
Chi Yang LIN (Department of Language and Creative Writing, National Taipei University of Education)
Juenkon WONG (Hua Xia College)

Editor-in-Chief:
Wood Yan LAI (The University of Hong Kong; Hua Xia College, Hong Kong)

Editors:
Huanhai FANG (Xiamen University)
Ting Shan TSAI (Showwe Information Co., Ltd.)

Associate Managing Editors:
Zhenyong JIA (Shandong Normal University)
Sang-Ho KIM (Hsiuping University of Science and Technology)

Correspondence Address:
Overseas Education College, Xiamen University, Fujian Province, P. R. China 361005
TEL: (86)592 2186211
FAX: (86)592 2093346
Homepage: http://oec.xmu.edu.cn

Publisher:
Showwe Information Co., Ltd.
1F, No.65, Lane 76, Ruiguang Rd., Taipei, Taiwan
TEL: 886-2-2796-3638
FAX: 886-2-2796-1377
Homepage: http://www.showwe.com.tw/

合作單位 Jointly launched by:

主辦　廈門大學海外教育學院 Overseas Education College, Xiamen University
　　　〔美國〕哈佛大學 Department of East Asian Languages and Civilizations, Harvard University
　　　〔美國〕聖地亞哥大學 Confucius Institute, University of California
　　　〔美國〕特拉華大學 Confucius Institute, The University of Delaware
　　　〔新西蘭〕惠靈頓維多利亞大學 Confucius Institute, Victoria University of Wellington
　　　〔加拿大〕聖瑪麗大學 Confucius Institute, Saint Mary's University
　　　〔英國〕卡迪夫大學 Confucius Institute, Cardiff University
　　　〔英國〕南安普敦大學 Confucius Institute, The University of Southampton
　　　〔英國〕紐卡斯爾大學 Confucius Institute, The University of Newcastle
　　　〔法國〕西巴黎南戴爾拉德芳斯大學 Confucius Institute, West Paris - Nanterre- La Defense University
　　　〔德國〕特里爾大學 Confucius Institute, University of Trier
　　　〔馬耳他〕馬耳他大學 Confucius Institute, University of Malta
　　　〔日本〕大阪府立大學 Faculty of Language and Culture, Osaka Prefecture University
　　　〔泰國〕皇太后大學 Confucius Institute, Mae Fah Luang University
　　　〔土耳其〕中東技術大學 Confucius Institute, Middle East Technical University
　　　〔尼日利亞〕納姆迪·阿齊克韋大學 Confucius Institute,Nnamdi Azikiwe University
　　　〔南非〕斯坦陵布什大學 Confucius Institute, Stellenbosch University
Fu　　復旦大學中文系 Department of Chinese, Fudan University
Guo　國立台北教育大學語文與創作學系 Department of Language and Creative Writing, National Taipei University of Education
　　　國立台中科技大學 Department of Applied Chinese Language, National Taichung University of Science and Technology
Hai　　海南師範大學文學院 Faculty of Arts, Hainan Normal University
Hu　　湖南工業大學文學與新聞傳播學院 School of Literature and Journalism, Hunan University of Technology
Hua　　華夏書院 Hua Xia College, Hong Kong
Jiang　江蘇師範大學文學院 Faculty of Arts, Jiangsu Normal University
Qing　青島大學文學院 Faculty of Arts, Qingdao University
Quan　全南大學 Institute of East Asian Cultural Studies, Chonnam National University
　　　泉州師范學院文學與傳播學院 College of Literature and Media, QuanZhou Normal University
Shan　山東師範大學文學院 Faculty of Arts, Shandong Normal University
　　　陝西師範大學文學院 Faculty of Arts, Shaanxi Normal University
Shang　上海交通大學人文學院 School of Humanities, Shanghai Jiao Tong University
Su　　蘇州大學文學院 Faculty of Arts, Soochow University

序之一：現代中國文學史的窮困

■總主編　黎活仁

　　「延安文藝與二十世紀中國文學國際學術研討會」（2012.5.16-19）在陝西師範大學和延安大學召開，有緣躬逢其盛，至感榮幸，專家學者匯聚一堂，發表了一百二十多篇論文，極一時之盛，瀨戶宏教授寫有見聞記，刊日本的《東方》（380 號，2012.10，東方書店），請便中省覽。大會給每位贈送《二十世紀中國文學史》一套，十分慷慨，回來後查閱「中國期刊網」，知道中國現代文學館曾為這套書舉行研討會，網上有不少為研討會而寫的評議，專家學者都給予肯定，認為是一本經典之作。我也衷心祝賀《二十世紀中國文學史》取得的成就。

　　第三期創造社是我近年關心的項目，翻開《二十世紀中國文學史》，其中一個觀點，是對流氓氣的批評。魯迅批評過的上海流氓，葉靈鳳可為代表。葉靈鳳隨著政局發展，在 1938 年到了香港，淪陷時曾做過敵後情報工作，當年的憲兵把部分紀錄帶回日本，1988 年東京（「不二出版」）出版了這些檔案，以研究郁達夫知名的鈴木正夫教授發表過〈日本有關香港國民黨特務葉靈鳳資料〉（《中國文藝研究會會報》360 號，2011.10）一文，此事亦屬舊聞，香港名報人前《新晚報》總編輯羅孚先生曾為他鳴冤——〈葉靈鳳的地下工作和坐牢〉（《香港筆薈》11 期，1997.3），前任職北京魯迅博物館，有過一面之緣的陳漱渝先生也寫了〈葉靈鳳的三頂帽子〉（《文學評論》17 期，2011.12），羅陳二位大文均可在香港中文大學的「香港資料庫」自由下載。依春秋筆法，應對曾經出生入死的文學家或歷史人物手下留情，參加籌安會的楊度，即是一例。如陳漱渝先生大文所說，1957 年《魯迅全集》注釋甚至以葉為漢奸，葉本人深知惡名在外，亦感百辭莫辯。第三期創造社可正面討論的事情尚多，流氓氣留作茶餘飯後談助，也無不可。文學史家生於安樂，恃其承平，效刀筆之吏，弄其文墨，何以勸天下之忠，何以勸天下之義。

　　第三期創造社引進福本主義，一直得不到合理的評價。福本主義是整合盧卡契《歷史與階級意識》和列寧的政黨組織理論建構的哲學政治學。盧卡契因為《歷史與階級意識》提出「物化」論，在當代西方哲學史得到極高的評價，稍後馬克思《1844 年經濟學哲學手稿》「勞動異化」論的重見天日（1927 年，即馬克思歿後 44 年），使盧卡契得到遲來的光榮，事緣《歷史與階級意識》梓行之時，遭受布哈林和哲學家德波林以列寧的反映論進行批判。另外，盧卡契還認為辯證法不適用於自然，這一點是可以討論的，因為量子力學說明量子的運動，不存在因果關係，故恩格斯的「自然辯證法」不完全正確。中書堂上坐將軍，指鹿為馬，亦尋常事，盧卡契以大局為重，為自己的魯莽深自懺悔，風度翩翩，令人懷想。

　　盧卡契因挑戰列寧和恩格斯的馬克思主義學說而碰壁，福本主義因此連坐，遭到否定。根據中共中央黨校排的座次，是馬（克）恩（格斯）列（寧）斯（大林）毛（澤東），但目前的中國現代文學史研究，卻奉「俄國無產階級文化派」為馬克思主義正統，即中共中央黨校說一套，中國現代文學史說的又是另一套。「無產階級文學」是源自「俄國無產階級文化派」，「俄國無產階級文化派」是由波格丹諾夫所創立的，依中國現代文學史排座次，應該是馬（克）恩（格斯）波（格丹諾夫）毛。到文革結束前後的中國現代文學史，仍然全部都是無產階級文學的歷史，現在才酌增作家作品，因此得以多識鳥獸草木之名。中國內地出版的鄭異凡編譯《蘇聯「無產階級文化派」論爭資料》（1980）、白嗣宏《無產階級文化派資料選編》（1983）、翟厚隆《十月革命前後蘇聯文學流派》（1998）、和張秋華《「拉普」資料匯編》（1981）等專著，可為參照。

　　拜讀日本竹內實教授在七〇年代據不同版本匯校的《毛澤東集》，則〈在延安的文藝座談會上的講話〉初稿，是用「組織論」，不是「反映論」，「組織論」是波格丹諾夫依奧地利物理學家馬赫的認識論建構的文藝學方法。列寧在《唯物主義和經驗批判主義》認定馬赫主義是唯心主義，對波格丹諾夫「組織論」也作了批判，〈在延安的文藝座談會上的講話〉對「組織論」的肯定，無疑是受第三期創造社的影響，因為第三期創造社結合盧卡契的「階級意識」而提倡無產階級文學。從學術角度評價，「組織論」較為正確。中共中央黨校後來說的一套，跟當年毛澤東的一套剛相反。文革後在香港「集古齋」偶遇當年左聯東京分盟書記林煥平教授，閒談時他

提到列寧也有「組織論」，這表示他並不含糊，列寧在《怎麼辦？》也有飛機在空中加油式的、從「外部」向革命運動灌進社會意識的「組織論」，以期達到「理論與實踐」的統一。

日本學者長堀祐造教授最近把舊稿結集為《魯迅與托洛斯基──〈文學與革命〉在中國的影響》（2011）一書，感慨繫之！中國現代文學史以俄為師，拳拳服膺，未因秦氏之敗亂，棄如遺跡！晉亡後，陶淵明但書甲子，高風亮節，史不絕書。所謂身後是非誰管得？中國現代文學史家第其甲乙，應據「重新利用資本主義」的國策，國策也實在黨的路線，所謂識時務者為俊傑，列寧本來就有這一觀點。至於依「無產階級文學」之遺則，否定資本主義以自適，捐介之志也。托洛斯基仍然是個禁區。列寧和托洛斯基都反對波格丹諾夫為首提倡的「無產階級文學」，言說不得。托洛斯基認為馬克思主義的方法，不能等同文藝學的方法，「十年浩劫」也足以證明「無產階級文學」是不對的。

列寧否定「無產階級文化」，理由是蘇聯建國初期，文盲的比率極高，沒有必要為一些不識字的人打造一種文化（〈日記摘錄〉），蘇聯能保留好的資本主義文化也不錯（〈寧肯少些，但要好些〉），鄧小平後來提出「重新利用資本主義」，結果建立了舉足輕重的經濟實體。

現代中國文學史已達百種，如壁中古文，皆自相似，後現代叫做「互文」，或如德勒茲所說的「差異的重複」，差異不大，重複苦多，慨當以慷，憂思難忘，何以解憂，唯有杜康。

已成為歷史的「無產階級文學」，不是不可以研究，小谷一郎教授於左聯東京分盟的整理，是十分亮麗的成就〔《一九三〇年代中國人日本留學生文學・藝術活動史》（2010）、《一九三〇年代後期中國人日本留學生文學・藝術活動史》（2011）〕。以上二書對日據時期的台灣作家研究，也起了作用，台灣清華大學柳書琴教授的《荊棘之道：台灣旅日青年的文學活動與文化抗爭》（2009）頗加援引，《魯迅全集》書信部分的注釋工作，個別地方有借重之處。小谷教授的論文，部分刊登於《左聯研究》（1989-93），承編者送我第一冊，後來在東京東方書店找到其餘四卷，前一陣子編輯《閱讀楊逵》（2013），又重溫了一遍。

「延安文藝與二十世紀中國文學國際學術研討會」對我這兩年的學術活動幫助很大，首先，我邀約了十多位與會學者參加在台中科技大學舉行

的「楊逵與路寒袖國際學術研討會」（2013.3.8），其中泉州師範學院教務長黃科安教授和中文系古大勇教授擬寫作一篇魯迅與楊逵的論文，於是給兩位蒐集了台北「國家圖書館」網上所見的相關資料，自 1950 年以來，台灣地區約發表過 350 篇魯迅研究論文，新一代台灣年輕學者的論述百花齊放，斐然可觀，於是就有創辦《國際魯迅研究輯一》之議。

承「延安文藝與二十世紀中國文學國際學術研討會」與會專家的響應，參加《國際魯迅研究輯一》編委會的學者達十數位。應該感謝「延安文藝與二十世紀中國文學國際學術研討會」召集人田剛教授的邀約，沒有田剛教授的邀約，就沒有後續的發展，另外，陝西師範大學李繼凱教授、魯迅博物館葛濤博士百忙之中推薦論文，或推薦知專家學者擔任編委，至為感謝！又承各位編委撥冗審稿，提出具體建議，使內容臻於完善。論文一般是找對岸的專家學者互評，文末附錄的評議，足見達到交流的目的。

參加「楊逵與路寒袖國際學術研討會」的學者之中，《國際魯迅研究輯一》編委和作者就有二十位，會後順道訪問秀威出版公司（2013.3.12），承發行人宋政坤先生、副總編輯蔡登山先生和公司上下熱情接待，秀威的先進出版技術，讓大家留下深刻印象，好幾位專家學者接到稿約，可謂滿載而歸。

《國際魯迅研究輯一》先由編委會據引用文獻原件逐字核對，再得秀威出版公司副總編輯蔡登山先生、執行編輯廖妘甄女士幫忙二校三校，確保無誤，謹在此致以萬分謝意！

《左聯研究》創刊號實得近藤龍哉教授寄贈，近藤教授以研究胡風知名，至今無緣拜會，當年承同班同學金文京君居中聯繫，金君官至京都大學人文科學研究所所長，為善無不報，而遲速有時，積善成德，宜享其隆。謹趁這個機會向兩位再申謝忱！

本期撰述人韓國全南大學東亞文化研究所所長嚴英旭教授，乃漢光武帝同窗嚴子陵玄孫，先世於唐玄宗時奉使新羅，遇安史之亂，散居迄今。本刊將有系統地譯介日本和韓國的魯迅研究，借重日韓學術界前輩學者之處尚多，懇請多多指正！

我的第一篇論文，是關於魯迅婚後數天渡日說的考證，因為廣東香港至今日仍保有「三朝回門」的民俗，覺得魯迅雖不願意與原配為婚，既然屈就回去，起碼也得多留幾天，不遺父母惡名，於是據周作人的日記，作

了考證。拙稿原刊香港《南北極》月刊，拜會京都大學人文科學研究所老師竹內實教授之時，禮貌上順便請竹內教授指正，到下一次因事前去請教之際，竹內教授說已把拙稿推薦給岩波書店的《文學》月刊，岩波書店的《文學》品位非同小可，無疑是有點高攀！承阿辻哲次君日譯，後來刊登於《文學》的魯迅研究專號（44 卷 4 號，1976.4），「同學少年『藤野先生』多不賤」，阿辻君官至京都大學教養部教授，近聞可能更上一層樓──日語行文論資排輩，尊稱同學為教授，又不如君之親切，以及符合彼邦的習慣。

　　竹內實教授只一面之緣，也不問背景，就為遠方無名小輩跨刀，感激涕零，無疑是我的「藤野先生」，當年也沒有機會向他致意，至感遺憾！

　　今謹以《國際魯迅研究輯一》獻給是我的「藤野先生」──尊敬的竹內實教授。

序之二

■廈門大學　方環海

　　《國際魯迅研究輯一》經過多方緊張籌備，終於由台灣秀威資訊科技股份有限公司定期出版發行，這了卻了我們的一樁夙願。

　　魯迅（周樹人，1881-1936）在 55 年的人生中，所創作的作品，體裁涉及小說、雜文、散文、詩歌等，題材廣泛，形式多樣，風格獨特，現有《魯迅全集》二十卷計 1000 餘萬字傳世，對中國文學產生了廣泛而深刻的影響。魯迅以小說創作起家，1918 年發表的〈狂人日記〉是中國現代白話小說的開山之作，影響深遠，其後連續出版《吶喊》、《彷徨》兩個短篇小說集。其後，魯迅逐漸放棄了計畫中的長篇小說創作，轉向雜文寫作。魯迅的小說數量不多，但意義重大，他以底層百姓生活為主，注重細節描寫，以白描手法鮮明刻畫人物，並挖掘微妙的心理變化，表現底層人民思想的麻木愚昧和生活的艱辛。「我的取材，多采自病態社會的不幸的人們中，意思是在揭出病苦，引起療救的注意」（《南腔北調集・我怎麼做起小說來》）正如陳寅恪評論王國維的學術精神那樣，魯迅也特別具有「獨立之意志、自由之思想」，正所謂「人立而後凡事舉，若其道術，乃必尊個性而張精神」（《墳・文化偏至論》），應該說，中國現代知識份子階層，正式形成於 20 世紀初期，其傑出的代表人物，就是魯迅。

　　魯迅是一位地位獨特的作家，大多數人承認他是最重要的現代作家之一。不過，海峽兩岸對他有不同的評價。大多數人認為他文筆犀利、思想深刻，是「中國新文學」的奠基人，是最具有批判精神的知識份子，其小說對中國人的國民性、社會的弊端予以深刻的闡釋；散文詩集《野草》被認為是少有的展現現代主義特質的作品；其雜文在文字背後帶有強烈的個人主義色彩，這也是魯迅思想中最為複雜的地方之一。

　　近年台灣地區也特別進行了推動魯迅作品研究的努力，台北風雲時代出版公司在 1990 年左右出版《魯迅作品全集》，認為「中國自有新文學以來，魯迅當然是引起最多爭議和震撼的作家」。可以說，魯迅作品引起

的正反兩面評價之多，在中國文學史上是罕見的。日本著名作家，諾貝爾文學獎獲得者大江健三郎評價魯迅是「二十世紀亞洲最偉大作家」，德國著名漢學家顧彬認為魯迅是中國 20 世紀無人可及也無法逾越的作家。美國學者夏志清則評論說，魯迅是中國最早用西式新體寫小說的人，也被公認為最偉大的現代中國作家。由此可見，學界形成「魯迅情結」，當是自然。應該說，魯迅已經不僅僅是中國的魯迅，更應該是世界的魯迅，集刊有「國際」二字也是取義於此。

　　說起來，能夠出版這樣一本高水準的學術雜誌，完全得益於兩岸三地長期形成的學術交流機制，其本身也是兩岸三地學術交流的結晶。2012年秋，香港大學的黎活仁教授發起動議，欲集合國內外學界之力編輯出版一份國際魯迅研究學報，秀威資訊科技股份有限公司和我首先積極回應，以為一可以貫徹先進而規範的學術理念，二是可以提供發表園地培育學界新人，一舉多得，何樂不為？我有幸忝列《國際魯迅研究輯一》主編之名，心裡對這本雜誌充滿期待。說起來，本人與魯迅算是廈門大學的「校友」，出版這樣一本期刊，真的也可以延續廈門大學與魯迅的學術緣分。

　　我們深知編輯連續出版一份高水準國際期刊殊為不易，欣慰的是，有幸得到國內外多位知名學者與多家知名大學相關學術研究機構的鼎力支持，得以共襄盛舉。《國際魯迅研究輯一》將以開放的姿態，不拘一格，執行國際通行的期刊學術規範，學術的創新勢必是繼承的創新，本刊特別歡迎學界在該領域的理論新、材料新、方法新、觀點新的成果，為國際「魯學」的發揚光大貢獻微薄的力量。衷心希望國內外學者能夠積極賜稿，扶持這本新期刊的健康成長。

　　現雜誌出版在即，略記數言以志緣起。

《國際魯迅研究　輯一》
International Journal for the Study of Lu Xun

目　次

《國際魯迅研究　輯一》
International Journal for the Study of Lu Xun

Contents

《國際魯迅研究》輯一（2013 年 10 月）1-10。

魯迅自擬的雜文文集編目手稿考釋

■葛濤

作者簡介：

　　葛濤（Tao GE），文學博士，現為北京魯迅博物館副研究館員，國際魯迅研究會中國秘書長。主要從事魯迅及中國現當代作家研究和網路文化研究，著有《魯迅文化史》（2007）、《「網路魯迅」研究》（2012）、《被遮蔽的魯迅》（2012）、《網路魯迅》（2001，合著）、《圖本魯迅傳》（2010，合著）、《魯迅社會影響調查報告》（2011，合著）等著作，主編《聚焦魯迅事件》（2001）、《魯迅的五大未解之謎》（2003）、「中國魯迅研究名家精選集」（2013，10 卷）等 20 多部著作，另外在《新華文摘》、《中國現代文學研究叢刊》、《新文學史料》、《魯迅研究月刊》、人民日報、文藝報、韓國《中國現代文學研究》等國內外學術刊物發表論文 80 多篇。獲得獎項：獨立承擔中國國家哲學與社會科學研究基金 2008 年度一般專案「網路魯迅研究」，中國博士後第 45 批科學研究基金專案「魯迅在中文網路中傳播與接受狀況研究」，中國國家哲學與社會科學研究基金 2009 年度特別委託專案「魯迅思想系統研究」的子課題「中國魯迅出版與研究調查報告」，中國國家出版基金 2010 年資助項目《魯迅年譜長編》的 1905——1914 年部分，中國國家哲學與社會科學研究基金 2012 年第三批重大招標專案「《魯迅手稿全集》文獻整理與研究」的「魯迅翻譯手稿整理與研究」之一部分。

論文題要：

　　本文對魯迅自擬的雜文集編目手稿進行考證，指出這篇文章大致寫於 1936 年 2 月，和魯迅考慮編選自己創作的「三十年集」時間比較接近，因此這篇文章也應當和《「三十年集編目》一樣被編入《魯迅全集》。

關鍵詞：魯迅、手稿、雜文、編目、佚文

　　筆者近日在北京魯迅博物館的資料庫中看到一張魯迅手寫的雜文文集目錄，因為目前還沒有研究者對這個目錄進行研究，特介紹如下：

書名	寫作年份	定價	印售書店
墳	一九〇七年至二五年	一元	北新書局
熱風	一九一八至二四年	四角五分	同上
華蓋集	一九二五年	六角	同上
華蓋集續編	一九二六年	八角	同上
而已集	一九一八年至二四年	四角五分	同上
三閑集	一九二七至二九年	七角五分	同上
二心集（禁止）	一九三〇至三一年	一元	合眾書店
南腔北調集（禁止？）	一九三二至三三年	八角	同文書店
偽自由書（禁止）	一九三三年	七角	北新書局
准風月談	一九三三年	九角	興中書局
花邊文學	一九三四年		
且介亭雜文	一九三四年		
且介亭雜文二集	一九三五年		
集外集	一九〇三至三三年	七角	群眾圖書公司
集外集拾遺			
魯迅雜感選集	一九一八年至三二年		北新書局

　　雖然魯迅在這個目錄中沒有標明編定這個雜文文集目錄的時間，但是從其中的一些雜文文集的編定時間及出版時間可以大致推測出魯迅編寫這個目錄的時間。

　　在魯迅編定的這個雜文集目錄中，有《花邊文學》、《且介亭雜文》、《且介亭雜文二集》和《集外集拾遺》沒有標明出版機構，可以推測這幾本雜文集在魯迅編定這個目錄時已經編好，但是還沒有出版。我們不妨根據人民文學出版社 2005 年出版的《魯迅全集》（本文引用的魯迅雜文集介紹均引自這個版本）先查出這幾本雜文集的編定及出版時間。

　　《花邊文學》：「本書收作者 1934 年 1 月至 11 月所作雜文六十一篇，1936 年 6 月由上海聯華書局出版。同年 8 月再版。作者生前共印行二版次。[1]」

---

[1]　魯迅，《魯迅全集》，卷 5，（北京：人民文學出版社，2005）436。（本文所引魯迅文字均引自這一版本）

從魯迅日記可以看出，魯迅是在 1935 年 12 月 29 日夜寫完《花邊文學·序言》，並在 1936 年 1 月 6 日編定這本雜文集的。

《且介亭雜文》：「本書收作者 1934 年所作雜文三十六篇，1935 年末經作者親自編定，1937 年 7 月由上海三閒書屋初版。[2]」從魯迅日記可以看出，這本雜文集是在 1935 年 12 月 30 日由魯迅編定。

《且介亭雜文二集》：「本書收作者 1935 年所作雜文四十八篇，1935 年末經作者親自編定，1937 年 7 月由上海三閒書屋初版。[3]」從魯迅日記可以看出，這本雜文集是在 1935 年 12 月 31 日由魯迅編定。

《集外集拾遺》：「本書書名係由作者擬定，部分文章由作者收集抄錄，有的加寫『補記』或『備考』。但未編完即因病中止，1938 年出版《魯迅全集》時由許廣平編定印入。[4]」

另外，這個目錄中所收錄的魯迅已經出版的幾本雜文集的出版時間最晚的是《集外集》，據 2005 年出版的《魯迅全集》對《集外集》的介紹：「是作者 1933 年以前出版的雜文集中未曾編入的詩文的合集，1935 年 5 月由上海群眾圖書公司初版，作者生前只印行一版次。[5]」這本雜文集由楊霽雲編輯，魯迅先生校訂並作序言。

從上述信息中可以推測，魯迅的這個雜文集目錄不僅應當寫於 1935 年 5 月出版《集外集》之後，而且也應當在編定完《花邊文學》、《且介亭雜文》和《且介亭雜文二集》之後，也就是在 1936 年 1 月 6 日前後。

值得注意的是，魯迅在編定《且介亭雜文》和《且介亭雜文二集》時不僅為雜文這一文體辯護，還對自己的雜文創作過程進行了總結。魯迅在 1935 年 12 月 30 日所寫的《且介亭雜文·序言》中針對當時的一些人對雜文的攻擊特別指出了雜文的價值：

> 其實「雜文」也不是現在的新貨色，是「古已有之」的，凡有文章，倘若分類，都有類可歸，如果編年，那就只按作成的年月，不管文體，各種都夾在一處，於是成了「雜」。分類有益於揣摩文章，編

2　魯迅，《魯迅全集》，卷 6，2。
3　魯迅，《魯迅全集》，卷 6，224
4　魯迅，《魯迅全集》，卷 7，224。
5　魯迅，《魯迅全集》，卷 7，2。

年有利於明白時勢，倘要知人論世，是非看編年的文集不可的，現
在新作的古人年譜的流行，即證明著已經有許多人省悟了此中的消
息。況且現在是多麼切迫的時候，作者的任務，是在對於有害的事
物，立刻給以反響或抗爭，是感應的神經，是攻守的手足。潛心於
他的鴻篇巨制，為未來的文化設想，固然是很好的，但為現在抗爭，
卻也正是為現在和未來的戰鬥的作者，因為失掉了現在，也就沒有
了未來[6]。

魯迅在 1935 年 12 月 31 日夜半到 1936 年 1 月 1 日晨撰寫的《且介亭雜文
二集・後記》中對自己的雜文創作進行了總結：

近兩年來，又時有前進的青年，好意的可惜我現在不大寫文章，並
聲明他們的失望。我的只能令青年失望，是無可置辯的，但也有一
點誤解。今天我自己查勘了一下：我從在《新青年》上寫《隨感錄》
起，到寫這集子裡的最末一篇止，共曆十八年，單是雜感，約有八
十萬字。後九年中的所寫，比前九年多兩倍；而這後九年中，近三
年所寫的字數，等於前六年，那麼，所謂「現在不大寫文章」，其
實也並非確切的核算。而且這些前進的青年，似乎誰都沒有注意到
現在的對於言論的迫壓，也很是令人覺得詫異的。我以為要論作家
的作品，必須兼想到周圍的情形[7]。

另外，魯迅在 1936 年 2 月 10 日致曹靖華的信中談到了想編印「三十年集」
來為自己的三十年文學創作進行一個總結的事：

回憶《墳》的第一篇，是一九○七年作，到今年足足三十年了，除
翻譯不算外，寫作共有二百萬字，頗想集成一部（約十本），印它
幾百部，以作紀念，且於欲得原版的人，也有便當之處。不過此事
經費浩大，大約不過空想而已[8]。

---

[6] 魯迅，《魯迅全集》，卷 6，3。

[7] 魯迅，《魯迅全集》，卷 6，466-67。

[8] 魯迅，《魯迅全集》，卷 14，24。

綜上所述，可以從一個側面看出魯迅在 1935 年底到 1936 年初的心理：在 1935 年 12 月底為自己的雜文創作進行了總結，此後在 1936 年 2 月初，又開始考慮為自己三十年的文學創作進行總結。魯迅為編定「三十年集」曾經在 1936 年初親自編寫了兩個著作目錄，已經以《「三十年集」編目二種》為題收入《集外集拾遺補編》。筆者推測，魯迅的這個雜文集目錄也大約編寫於編定雜文集《且介亭雜文》、《且介亭雜文二集》、《花邊文學》時期，大致範圍在 1936 年 1 月到 2 月之間。因為從 3 月以後魯迅一直被疾病所困擾：在 3 月 2 日因受寒生病，「幾乎卒倒」，雖一周後痊癒，但 5 月 15 日再次發病，自 5 月 18 日到 6 月 1 日日記均有發熱記載，連日針藥不斷，5 月 31 日經美國醫生鄧恩診斷為肺病和結核性肋膜炎，6 月 6 日至 30 日臥床不起，日記也中斷。

另外，魯迅在這個雜文文集目錄中還提供了一些值得注意的資訊。

魯迅特意在《二心集》、《南腔北調集》、《偽自由書》這三本雜文集後面注明被國民黨當局查禁。魯迅在《且介亭雜文二集・後記》中引用了 1934 年 3 月 14 日《大美晚報》刊登的新聞〈中央黨部禁止新文藝作品〉，這個新聞羅列了被查禁的新文藝作品的目錄，其中魯迅被查禁的書籍有北新書局出版的《而已集》、《三閑集》、《偽自由書》，合眾書店出版的《二心集》，天馬書店出版的《魯迅自選集》、大江書局出版的《現代新興文學諸問題》、《毀滅》、《藝術論》，水沫書店出版的《文藝與批評》、《文藝政策》等。對比一下，可以看出魯迅沒有在《而已集》和《三閑集》後面注明「查禁」，只在《二心集》、《偽自由書》後面注明「查禁」，在《南腔北調集》後面注明疑似「查禁？」。其實，《南腔北調集》雖然由上海聯華書店為躲避文網而改用同文書店的名義在 1934 年 3 月出版，但在 1934 年 5 月就以「攻擊黨政當局」的罪名被國民黨中宣會查禁，同年 10 月又以「詆毀黨國」罪名而為國民黨中執會西南執行部再度查禁[9]。

從這個目錄中可以看出，魯迅劃掉了《五講三噓集》，這是因為魯迅雖然在《南腔北調集・題記》中說要再出一本《五講三噓集》，以與《南腔北調集》配對，但是魯迅生前一直沒有能夠編定完成這本雜文集。「五

9　沈鵬年，《魯迅研究資料編目》（上海：上海文藝出版社，1958）32。

講」是指魯迅在北平的五次講演，「三噓」的對象是指梁實秋、張若谷和
楊邨人。

此外，從這個雜文文集目錄中也可以看出魯迅和瞿秋白的友誼。魯迅
特地把好友瞿秋白化名何凝編選的《魯迅雜感選集》寫入自己的雜文文集
目錄，從中可以看出他對這本雜文集的重視。瞿秋白在 1933 年 4 月選了
魯迅從 1918 年到 1932 年的雜文共 74 篇（其中有雜文集《熱風》中的雜
文 9 篇，雜文集《墳》中的雜文 9 篇，雜文集《華蓋集》中的雜文 11 篇，
雜文集《華蓋集續編》中的雜文 11 篇，雜文集《而已集》中的雜文 13 篇，
雜文集《三閑集》中的雜文 11 篇，雜文集《二心集》中的雜文 10 篇。）
並撰寫了長篇序言對魯迅的雜文成就做出了高度的評價。瞿秋白的序言得
到了魯迅的認同。該書在 1933 年 7 月由北新書局以青光書局的名義出版，
魯迅還假借北新書局為瞿秋白提供了一筆編輯費。瞿秋白在 1935 年 2 月
在福建被捕，6 月 18 日被殺。魯迅或許是借把這本雜文選集列入自己的雜
文文集目錄之中來寄託自己對生平知己瞿秋白的思念。

最後，鑒於 2005 年版的《魯迅全集》收錄了魯迅在 1936 年初編定
的兩種「三十年集」目錄，筆者建議今後修訂《魯迅全集》時也把這個
魯迅自擬的雜文文集目錄收入《魯迅全集》。魯迅在 1936 年 2 月 10 日
致信曹靖華（曹聯亞，1897-1987）談到了編選「三十年集」的設想，不
久就擬定了兩種編輯方案，其內容後來被以《「三十年集」編目二種》
為題收入《集外集拾遺》。我們不妨看一下《「三十年集」編目二種》
的具體內容。

《「三十年集」編目二種》

一

```
        ┌ 1. 墳 300    野草 100    吶喊 250
        │                        二六萬，○○○○
        │ 2. 彷徨 250    故事新編 130    朝華夕拾 140    熱風 120
人海雜言 │                        二五，五○○○
        │ 3. 華蓋集 190    華蓋集續編 263    而已集 215
        └                        二五，○○○○
        ┌ 4. 三閑集 210    二心集 304    南腔北調集 251
        │                        二八，○○○○
荊天叢筆 │ 5. 偽自由書 218    准風月談 265    集外集 160
        │                        二四，○○○○
        └ 6. 花邊文學    且介居雜文    二集
        ┌ 7. 中國小說史略 372    古小說鉤沉上
說林偶得 │ 8. 古小說鉤沉下
        │ 9. 唐宋傳奇集 400    小說舊聞鈔 160
        │                        二二，○○○○
        └ 10. 兩地書
```

二

一　墳 300　吶喊 250
二　彷徨 250　野草 100　朝華夕拾 140　故事新編 130
三　熱風 120　華蓋集 190　華蓋集續編 260
四　而已集 215　三閑集 210　二心集 304
五　南腔北調集 250　偽自由書 218　准風月談 265
六　花邊文學　且介居雜文　且介居雜文二集
七　兩地書　集外集　集外集拾遺
八　中國小說史略 400　小說舊聞鈔 160
九　古小說鉤沉
十　起信三書　唐宋傳奇集[10]

---

[10]　魯迅，《魯迅全集》，卷 8，519-20。

　　如果把魯迅自擬的雜文文集目錄和上文所引的已經被收入《魯迅全集》的《「三十年集」編目二種》對照一下，就可以看出魯迅兩者具有一定的相似性，因此，這個魯迅自擬的雜文文集目錄也應當被收入《魯迅全集》之中，題目可以定為《雜文集編目一種》。

參考書目

LU

魯迅.《魯迅全集》。北京：人民文學出版社，2005。

——.《魯迅著譯編年全集》，王世家、止庵編。北京：人民出版社，2009。

——.《魯迅全集補遺》，劉運峰編。天津：天津人民出版社，2006。

——.《魯迅佚文全集》，劉運峰編。北京：群言出版社，2001。

魯迅博物館編.《魯迅年譜》（增訂版），北京：人民文學出版社，2000。

魯迅手稿全集編輯委員會編.《魯迅手稿全集》。北京：文物出版社，
　　　1978-86。

SHEN

沈鵬年.《魯迅研究資料編目》。上海：上海文藝出版社，1958。

WANG

王世家編.《魯迅回憶錄》。北京：北京出版社，1999。

ZHONG

中國社科院文學研究所魯迅研究室編.《1913-1983 魯迅研究學術論著彙
　　　編》，北京：中國文聯出版公司，1985-89。

ZHOU

周國偉.《魯迅著譯版本研究編目》，上海：上海文藝出版社，1996。

An Examination on Lu Xun's Manuscript

Tao GE

Associate Research Officer, Lu Xun Museum

Abstract

This essay aims at researching on Lu Xun's manuscripts, which were supposed to be drafted in Feb 1936 and shared common time for creating "San Shi Nian Ji." It is then argued that it should also be included in the *Selected Works of Luxun*.

Keywords: Lu Xun, manuscripts, essays, catalogue, lost works

《國際魯迅研究》輯一（2013 年 10 月）11-43。

何謂「吃人」？
——〈狂人日記〉新讀

■汪衛東

作者簡介：

　　汪衛東（Weidong WANG），男，1968 年生，北京大學文學博士，師從錢理群教授；現為蘇州大學文學院教授，博士生導師，曾任日本福井大學（2006）、台灣東吳大學（2010）客座教授，兼任中國魯迅研究會理事，江蘇省魯迅研究會副會長。主要從事中國現代思想文化與魯迅研究，近年代表作：著作《百年樹人：汪衛東魯迅研究文集》（2005）、《魯迅前期文本中的「個人」觀念》（2006）、《現代轉型之痛苦「肉身」：魯迅思想與文學新論》（2013），論文〈魯迅的又一個原點：1923 年的魯迅〉（2005）、〈變化的語境及魯迅作為資源的意義〉（2005）、〈《野草》心解（一、二、三、四）〉（2007-08）、〈新發現魯迅《文化偏至論》中施蒂納的材源〉（2008）、〈《野草》與佛教〉（2008）、〈「淵默」而「雷聲」：《野草》否定語法與佛教論理之關係〉（2010）、〈《野草的「詩心」》〉（2010）、〈魯迅雜文：何種「文學性」？〉（2012）等，近期主持在研項目：國家社科基金後期資助項目「叩詢『詩心』：《野草》整體研究」（A110100510）、國家社科基金重大項目「魯迅與 20 世紀中國研究」（11&ZD114）子項目。

內容題要：

　　作為魯迅的也是中國的第一篇現代小說，〈狂人日記〉已被過量解讀，然而至今未抵達文本核心。「鐵屋子」意識使魯迅並未將「吶喊」和盤托出，「一篇小說，兩個文本，兩個世界」是解讀的關鍵。懸置以前所有的慣性解讀，深入魯迅的問題意識和文本內核，可以發現，「何謂『吃人』」是解讀的核心。「吃人」，指向的是最基本的文化——群體生態，小說揭

示了「吃人生態」的八個特徵。「吃人生態」的人性基礎，是魯迅終其一生批判的國民性。「狂人」最後對「我」也吃過人的發現，使小說超越啟蒙文學，成為贖罪文學。

關鍵詞：〈狂人日記〉、「吃人」、吃人生態、國民性、贖罪文學

一、引言：〈狂人日記〉，我們真的讀懂了嗎？

　　〈狂人日記〉，對於二十世紀以來的中國讀者，是再也熟悉不過的文本，長期以來，文學史家、評論家、文學老師大多是這樣在描述和評論著：「中國現代第一篇白話小說」、「暴露家族制度與禮教的弊害」、「魯迅的第一聲吶喊──救救孩子」、「狂人是個××形象」等等，這幾乎成為有關這篇傑作的常識；學界從敘事學、解釋學、接受美學、諸多主義等視角的輪番解讀，也是花樣繁多，層出不窮。

　　第一篇白話小說？若聚焦於「白話」二字，頭把交椅恐怕難當，不說胡適（1891-1962）1906 年開始在《競業旬報》連載的《真如島》，也不說陳衡哲女士（1890-1976）1917 年的〈一日〉，白話在近代通俗小說中並非鮮見，糾纏於此，誠遺諸多「翻案」的契機；反封建戰士？真狂人？有著成熟思想的狂人？抑或思想還不夠成熟的狂人？圍繞「狂人形象」的爭議，曾是學術界的熱點[1]，然而，「狂人形象」問題，或許是個假問題；「暴露家族制度和禮教的弊害」？此語來自魯迅[2]，自然拿來作為小說主題思想的權威闡釋，眾口一詞，然何謂「家族制度」？何謂「禮教」？仍然不甚了了；第一聲「吶喊」？「救救孩子」？其實，魯迅到底喊出了什麼，是和盤托出，還是有所保留，遠未成為定論。至於從各種「學」和「主義」出發的闡釋，終嫌與魯迅的「聲音」相隔。

　　從開始發表到現在，將近一個世紀，〈狂人日記〉在中國，始終是一篇最熟悉的陌生文本，一個尚未開掘的話語礦藏，一顆尚未引發的思想炸彈。

　　二十世紀初，在轟轟烈烈的《新青年》陣地，〈狂人日記〉帶著周樹人（周樟壽，1881-1936）的隱默氣息悄然出世，據茅盾（1896-1981）見證，它當年並未引起顯著的風波，茅盾的解釋是，因《新青年》中無篇不

---

[1]　圍繞「狂人」形象問題，曾分為若干觀點進行論爭，如「反封建戰士」（又分為有成熟思想和尚未具備成熟思想兩種）、「真狂人」、「既是狂人又是革命者」等等。

[2]　魯迅，《且介亭雜文二集・〈中國新文學大系〉小說二集序》，《魯迅全集》，卷 6（北京：人民文學出版社，1981）239。本文引《魯迅全集》，用 1981 年版，後同。

奇，讀者見怪不怪[3]。但我還覺得，平靜之後也許還有驚愕後的失語，無法把握的困惑，太過超前的寂寞。

　　白話而非文言，短篇而非長篇，日記而非故事，狂人而非常人，這些，在當時的小說界，都算驚世駭俗了吧。茅盾（沈德鴻，1896-1981）稱〈狂人日記〉「前無古人」[4]，確實，中國文學中還從未出現過如此新奇、怪異、另類的文本，無論是《水滸傳》、《三國演義》還是《紅樓夢》，諸傑作皆可找到可資憑藉的前本，然而，在中國幾千年固有的文學史中，〈狂人日記〉找不到任何參照系。

　　茅盾所言，可能更多指向小說的形式，魯迅自己談〈狂人日記〉，指出了兩個方面——「格式的特別」與「表現的深切」[5]，相較而言，前者顯而易見，後者隱晦難明，如果說驚愕後的無語來自「特別」的「格式」，那麼，「表現的深切」——小說的真正指向，讀者們可能更無法真正觸及。

　　無語的驚愕與困惑業已消散，〈狂人日記〉已成為現代國人再熟悉不過的文本，隨著「魯迅」的名字逐漸被人熟悉，並成為二十世紀最顯赫的文學符號，一個世紀以來，這個被冠以「第一篇」的名篇，漸漸被包裹上各式各樣的話語。當初的陌生感也消失了，今天的讀者面對課本中的〈狂人日記〉，腦中首先充斥的是諸如此類的「前理解」：「第一篇白話小說」、「第一聲吶喊」、「揭露家族制度與禮教的弊害」、「救救孩子」、「吃人的舊社會」、「反封建的戰士」……雖然不至於像五四時代的讀者，有可能將其誤讀為一篇真的、搞笑的瘋子日記，或者二十世紀第一篇「恐怖小說」，但帶著麻木的閱讀心態和敗壞了的閱讀胃口，首先就喪失了讀進去的可能性，大多是道聽塗說、人云亦云、斷章起意、盲人摸象。

　　「格式的特別」和「表現的深切」，一體兩面，前者固然令人流連忘返，但後者更值得好好玩味。〈狂人日記〉，是魯迅隱默十年後的第一次開口，作為「憋」了十年才出現的東西，吾人誠不可以掉以輕心。

3　雁冰（茅盾），〈讀《吶喊》〉，《茅盾論創作》（上海：上海文藝出版社，1980）105。
4　雁冰　105。
5　魯迅，〈《中國新文學大系》小說二集序〉238。

二、「第一聲吶喊」，為何不和盤托出？

棄醫從文，以文學啟蒙為人生的志業，寫小說為何又藏著掖著？

日本時期開始的一系列文學行動遭遇挫折後，魯迅陷入長達十年的隱默，這就是其人生中的「第一次絕望」[6]，北京紹興會館的六年達到頂點。〈狂人日記〉的寫作，打破了十年的沉默，開啟了魯迅的第二次文學行動。

〈《吶喊》自序〉回憶了〈狂人日記〉寫作的緣起，不可忽略其中的細節。

小說的發表，源於「金心異」（錢玄同，1887-1939）的拉稿，當錢玄同不滿於魯迅的抄古書、校古碑，說出「你可以做點文章」時，魯迅首先是斷然拒絕，他用的是「鐵屋子」的比喻：

> 假如一間鐵屋子，是絕無窗戶而萬難破毀的，裏面有許多熟睡的人們，不久都要悶死了，然而是從昏睡入死滅，並不感到就死的悲哀。現在你大嚷起來，驚起了較為清醒的幾個人，使這不幸的少數者來受無可挽救的臨終的苦楚，你倒以為對得起他們麼[7]？

意思是，中國已是一個絕無希望的「鐵屋子」，人們已將麻木至死，沒有必要再叫醒他們，叫醒了，徒然增加臨死前的痛苦，還是不寫的好。但好辯的錢玄同隨即說：

> 然而幾個人既然起來，你不能說決沒有毀壞這鐵屋的希望[8]。

一句隨意的「抬槓」，卻使魯迅幡然頓悟，又站到「希望」一邊：

> 是的，我雖然自有我的確信，然而說到希望，卻是不能抹殺的，因為希望是在於將來，決不能以我之必無的證明，來折服了他之所謂可有，於是我終於答應他也做文章了，這便是最初的一篇〈狂人日記〉[9]。

---

[6] 相關論述，詳見拙稿，〈魯迅的又一個「原點」：1923 年的魯迅〉，《文學評論》1（2005）：156-64。

[7] 魯迅，〈吶喊·自序〉，《魯迅全集》，卷 1，419。

[8] 魯迅，〈吶喊·自序〉419。

[9] 魯迅，〈吶喊·自序〉419。

通過把「絕望」歸之於個人的過去的有限經驗，魯迅將「他們」的「希望」放到了時間之維的「將來」上，重新肯定了「希望」的「可有」——可能有，因此回答：「我可以寫一篇」，於是有了 1918 年 5 月發表於《新青年》的〈狂人日記〉。

1923 年，魯迅將自〈狂人日記〉開始的小說命名為「吶喊」。在主流的想像中，魯迅是五四時期搖旗吶喊、衝鋒陷陣的旗手，然而他自己解釋「吶喊」道：「所以有時候仍不免吶喊幾聲，聊以慰籍那在寂寞裏奔馳的猛士，使他們不憚於前驅。[10]」確實，作為「已經並非一個切迫而不能已於言的人」[11]，五四時期，魯迅自甘邊緣地位，他不是《新青年》團體的核心成員，只是在 S 會館偶爾投稿，不僅與主將陳獨秀（1879-1942）、胡適等不熟，名聲也遠在弟弟周作人（1885-1967）之下。陳獨秀等突然感到引頸呼籲的「新文學」，就在魯迅的小說裏誕生了，激動莫名，也只能托周作人代為催促——「令兄」小說五體投地地佩服，務必請他趕快多寫[12]。

打破沉默，開始「吶喊」，卻沒有完全亮開嗓子，和盤托出，因為，「吶喊」的動機，並非十年前日本時期那樣「切迫而不能已於言」，而是為了「慰藉」和自己一樣「寂寞」的後輩，不是對民眾的啟蒙，而是對啟蒙者的同情，成為寫作的動機。「他們的可有」，表明重新選擇的「希望」，並不屬於自己，而且，希望不再是行動的必要前提，而是被放到行動之後，成為一種可能性。

終於答應寫了，但「鐵屋子」意識仍在，作為《吶喊》的第一篇，〈狂人日記〉沒有真正「吶喊」出來，成為無聲的吶喊，如同挪威畫家蒙克（Edvard Munch, 1863-1944）的《呼喊》，只見呼喊者的姿態，但聽不到

---

[10]　魯迅，〈吶喊・自序〉419。
[11]　魯迅，〈吶喊・自序〉419。
[12]　陳獨秀常給周作人寫信向魯迅催稿，1920 年 8 月 22 日陳獨秀致信周作人：「魯迅兄做的小說，我實在五體投地的佩服。」（《中國現代文藝資料叢刊》5（1980）：309。）9 月 4 日再次表示「玄同兄何以如此無興致,我真不解。請先生要時常鼓動他的興致才好。請先生代我問候他。」（〈陳獨秀致周作人〉，《中國現代文藝資料叢刊》5（1980）：310。）又參見魯迅自述：「但是《新青年》的編輯者，卻一回一回的來催，催幾回，我就做一篇，這裏我必得記念陳獨秀先生，他是催促我做小說最著力的一個。」（《南腔北調集・我怎樣做起小說來》，《魯迅全集》，卷4，512）。

呼喊者的聲音。糾纏於表達與遮蔽之間，關注的不是說什麼，而是怎麼說。讓人不懂，不是言不盡意，而是有意為之。

三、一篇小說，兩個文本，兩個世界

「吶喊」沒有直接亮開嗓子，直達聽眾，而是戴上瘋狂的面具，借「狂人」之口說出，人為設置了障礙。

〈狂人日記〉的奇妙之處，是一篇小說，兩個文本。所謂兩個文本，不僅僅指人們常說的「日記」的白話文和「小序」的文言文，而且是指兩個不同的價值世界。造成這兩個世界的「翻天妙手」（〈狂人日記〉語），就是「狂人」。

所謂「狂人」，就是不正常的人，正常與不正常，並無確定的標準，終極意義上取決於人數的多少，多數為正常，少數為不正常。作為不正常的人，「狂人」，對於我們自視為正常的傳統秩序，是一個另類的「他者」，「他者」的存在，在密不透風的「正常」秩序中，打開了一個視角，在邏輯上出現了兩種可能性：一是：我們正常，「狂人」不正常，還有一個反過來：「狂人」正常，我們不正常，這是兩個不同的價值世界。

小說每一個細節，每一句話，都關聯著這樣兩種截然不同的判斷，形成相互對立的兩個價值世界。試看「日記」第一段：

> 今天晚上，很好的月光，我不見他，已是三十多年；今天見了，精神分外爽快。才知道以前的三十多年，全是發昏。不然，那趙家的狗，何以看我兩眼呢[13]？

見到「月亮」，狂人覺醒了，感覺「爽快」，發現以前「全是發昏」。反過來即是，以前不見月色的三十多年病情穩定，現在見到月亮，發瘋或舊病復發了，「爽快」，正是瘋狂的自我感受。那神經質的「不然，那趙家的狗，何以看我兩眼呢？」即是證據，人多看狗兩眼，狗會警覺，狗多看人兩眼，正常人是不會注意的。

---

[13]　魯迅，〈狂人日記〉，《魯迅全集》，卷1，422。

　　大哥請醫生來看病，老中醫眼神不好，在狂人看來是「滿眼凶光」、鬼鬼祟祟；把脈診斷，卻是「揣一揣肥瘠」；「靜靜地養幾天，就好了」，卻是「養肥了，他們自然可以多吃」；醫生對大哥說「趕緊吃（藥）罷」，卻成就了狂人的大發現：「合夥吃我的人，便是我的哥哥！」

　　狂人勸轉大哥時說：

　　　　我只有幾句話，可是說不出來。大哥，大約當初野蠻的人，都吃過一點人。後來因為心思不同，有的不吃人了，一味要好，便變了人，變了真的人。有的卻還吃，——也同蟲子一樣，有的變了魚鳥猴子，一直變到人。有的不要好，至今還是蟲子。這吃人的人比不吃人的人，何等慚愧。怕比蟲子的慚愧猴子，還差得很遠很遠。

　　　　易牙蒸了他兒子，給桀紂吃，還是一直從前的事。誰曉得從盤古開闢天地以後，一直吃到易牙的兒子；從易牙的兒子，一直吃到徐錫林；從徐錫林，又一直吃到狼子村捉住的人。去年城裏殺了犯人，還有一個生癆病的人，用饅頭蘸血舐[14]。

兩大段話，乍聽起來，難道不是不知所云的瘋話？但其實又有根有據：第一段來自尼采的人性進化論，尼采（Friedrich Wilhelm Nietzsche, 1844-1900）將達爾文（Charles Robert Darwin, 1809-82）自然進化論提高至人性領域，認為人遠遠沒有進化完成，人性中還遺留蟲、魚、鳥、野獸、猴子等性，即使進化為人，還不是最終目的，人還需要進一步自我超越，做超人。第二段來自史實，只不過小說有意張冠李戴，將齊桓公（姜小白，？-前 643）說成桀（前 1818-前 1766 在位）紂（字受德，前 1105 年-前 1046 年在世），但是易牙（生卒年不詳）蒸子與徐錫麟（1873-1907）被殺，卻是實有其事。進入狂人的內心追問及其相關知識背景，就會知道「狂語」並未離譜，潛藏真知灼見。

　　每一細節在兩個自成系統的世界都具有邏輯的合理性，同時為兩個世界作證。

---

[14] 魯迅，〈狂人日記〉 429-30。

　　我們正常，「狂人」不正常，面對小說，這是每一個讀者以自我為中心對「狂人」所作的首先的、自發的判斷，而「狂人」正常，我們不正常，這一立場只是一種邏輯的存在，只具有潛在的可能性。

　　當讀者站在第一個立場來看小說，〈狂人日記〉就是真正瘋子的日記，日記本文顯示的狂人恐懼、敏感、多疑的心理，強烈、執拗的強迫觀念，幻覺、錯覺和白日夢式的意識形式，簡單、武斷的判斷方式，乖張、詭異的行為舉止，以至「語頗錯雜無倫次，又多荒唐之言」的行文特點，無不符合迫害狂的病理特徵，無處不在的對「正常」世界的「不正常」理解，帶來頗為搞笑的閱讀趣味。同時，日記通過「嘴」、「怪眼睛」、「毒」、「刀」、「牙齒」、「白厲厲」、「心肝」、「人油」、「青面獠牙」、「食肉寢皮」、「通紅斬新」、「狼子村」、「海乙那」、「嗚嗚咽咽的笑」等語象層面的渲染，展示了一個極其恐怖的吃人氛圍。在「搞笑」之外，「恐怖」，也許是站在第一立場的讀者的另一個較為明顯的閱讀感受。

　　要真正讀懂小說，閱讀者勢必要站到第二個立場──「狂人正常，我們不正常」，其前提是，要進入「狂人」的內心，瞭解其自身的邏輯。

　　漫長的中國歷史中，曾有過多少「狂人」？他們發狂了，也在世人的冷眼和笑語中默默消失了，誰也不想也不會真正瞭解瘋子的內心世界。通過「日記」，魯迅第一次替中國狂人展開了內心。更為重要的是，寫日記的狂人，還是一個講道理、好研究、有追問癖的瘋子，「日記」第一則即強調：

　　　我怕得有理。[15]

　　瘋子也有瘋子的道理！他一再強調「凡事須得研究，才會明白」，反復追問「吃人的事，對麼？」狂人的認真與執著，為我們走進其內心，從而理解他提供了可能。

　　小說暗暗地預設了走進「狂人」內心的可能性，然而，又親手扼殺了這種可能。正文之前的文言小「識」，交待「日記」的來歷，宣稱「日記」來自「余」中學時的同學兄弟，病者是其弟，日記由哥哥轉交給我，並且說弟弟已經「早癒」，赴某地「候補」了。煞有介事，言之鑿鑿，目的只

---

[15]　魯迅，〈狂人日記〉　422。

有一個，就是向讀者強調：下面這十三冊日記，真的是一個迫害狂病人的日記，有意讓讀者站到「我們正常，『狂人』不正常」的價值立場，將「日記」理解成真的狂人的日記。

本來，篇幅不長的「識」的文言文本，引出後面大面積的白話日記，白話文本具有蔓延生長之勢，給兩個世界的顛覆提供了可能。然而，「識」提供的日記的確鑿證明與狂人「候補」的重要信息，確立了於「吶喊」不利的敘事立場，四兩撥千斤，使文言文本重新淩駕於白話文本之上。

虛假的文本袒露著，真實的文本卻隱藏起來。在表達與遮蔽之間，〈狂人日記〉真是欲言又止，吞吐再三！

四、「吃人」的發現

遙想五四時期的青年讀者，面對〈狂人日記〉，大多將其讀成搞笑或恐怖小說的吧。今天的讀者，衝著「魯迅」的鼎鼎大名，誰也不會產生這樣的誤讀，「『狂人』正常」，這一判斷先天就達到了，然而，我們就因此進入「狂人」的內心，理解「狂人」的閃爍言辭了嗎？

今天對〈狂人日記〉的解讀新見迭出，然終嫌以魯迅套新理論，意在理論，不在魯迅，盲人摸象，不知所云。或曰「一千個讀者有一千個莎士比亞」，然「一千個」解讀中，肯定有更適於「莎士比亞」（William Shakespeare, 1564-1616）的解讀，對於魯迅作品的解讀，不好動不動就以接受美學來說事，因為研究魯迅的意義，不在於文學性的萬花筒般的賞玩，更在於其精神內涵及其現實價值的呈現，除此，魯迅寧願「速朽」。刪繁就簡，追問小說創作的原初動機，不能不認為就是對「吃人」的發現，以及由此產生的危機感。〈狂人日記〉剛發表，無人問津，好友許壽裳來信探問真正作者，魯迅在回信中談到了寫作的動機：

> 〈狂人日記〉實為拙作，又有白話詩署「唐俟」者，亦僕所為。前曾言中國根柢全在道教，此說近頗廣行。以此讀史，有許多問題可

以迎刃而解。後以偶閱《通鑒》，乃悟中國人尚是食人民族，因此成篇。此種發現，關係亦甚大，而知者尚寥寥也[16]。

對中國人「尚是食人民族」的新發現，將中國近代危機放入進化論視野，突出的是中國人在人類進化過程中被淘汰的危機及其緊迫性。因此「狂人」一再呼告：

> 你們可以改了，從真心改起！要曉得將來容不得吃人的人，活在世上。
>
> 你們要不改，自己也會吃盡。即使生得多，也會給真的人除滅了，同獵人打完狼子一樣！──同蟲子一樣[17]！

這是「吃人」者必將被消滅的緊急呼號。只要與「吃人」有關，就不配活在這個世界上，「我」如果於「無意之中」吃了人，甚至只不過是「吃人的人的兄弟」，那都與「吃人」脫不了干係，最終逃脫不了被淘汰的命運──這是一個民族整體的命運！「吃人」，被描述成這個民族的原罪，因而也註定了這個民族的宿命。「狂人」對「吃人的人」被淘汰的憂心，遠遠大於自身被吃的恐懼，這第一聲「吶喊」，是發向整個民族的呼籲。

危機意識和緊迫感，確是魯迅複出後文章的中心意識。在同時期寫的《熱風·三十六》中魯迅說：

> 現在許多人有大恐懼；我也有大恐懼。
>
> 許多人所怕的，是「中國人」這名目要消滅；我所怕的，是「中國人」要從「世界人」中擠出[18]。

發現「吃人」，既然是小說的核心，「吃人」在小說中又是如何被發現的呢？

總攬「日記」，「狂人」經歷了以下的心路歷程：

> 發瘋（覺醒）──發現──探究──發現──勸轉──呼籲──再發現──**呼救**

---

[16] 魯迅，〈書信·180820 致許壽裳〉，《魯迅全集》卷 11，353。

[17] 魯迅，〈狂人日記〉　430-31。

[18] 魯迅，《熱風·隨感錄三十六》，《魯迅全集》卷 1，307。

　　這是一個不斷發現的過程。狂人見「月色」而**發瘋（覺醒）**，遂有對周圍「吃人」現象的**發現**：趙家的狗、趙貴翁奇怪的「眼色」、人們甚至小孩子「交頭接耳的議論」。由此，引發相信「凡事須得研究，才會明白」的狂人的**探究**，於是有進一步的**發現**：「女人」的指桑罵槐、村子裏「大惡人」被殺之後心肝被「用油煎炒了吃」，及至這樣的發現：

> 我翻開歷史一查，這歷史沒有年代，歪歪斜斜的每葉上都寫著「仁義道德」幾個字。我橫豎睡不著，仔細看了半夜，才從字縫裏看出字來，滿本都寫著兩個字是「吃人」[19]！

由此推出「他們會吃人，就未必不會吃我」、「我也是人，他們想要吃我了！」。大哥請中醫來診治，狂人又有了新的**發現**：

> ……原來也有你！這一件大發見，雖似意外，也在意中：合夥吃我的人，便是我的哥哥！
> 吃人的是我哥哥！
> 我是吃人的人的兄弟！
> 我自己被人吃了，可仍然是吃人的人的兄弟[20]！

在狂人的**探究**中，發現《本草綱目》的「人肉可以煎吃」、「易子而食」、「食肉寢皮」、「海乙那」等等，都是「吃人」的證據。與此同時，還**發現**了他們吃人的方法：

> 我曉得他們的方法，直捷殺了，是不肯的，而且也不敢，怕有禍祟。所以他們大家連絡，佈滿了羅網，逼我自戕[21]。

狂人尤其痛心的是大哥，決定「我詛咒吃人的人，先從他起頭；要勸轉吃人的人，也先從他下手。」於是開始了「勸轉」的行動。

　　第一個「勸轉」對像是一個年輕人，狂人劈頭就問：「吃人的事，對麼？」無論對方怎樣躲閃其辭，一再追問——「對麼？」、「從來如此，

19　魯迅，〈狂人日記〉　425。
20　魯迅，〈狂人日記〉　426。
21　魯迅，〈狂人日記〉　427。

便對麼？」對於狂人的追問，對方最後的答復是：「我不同你講這些道理；總之你不該說，你說便是你錯！」

第二個「勸轉」對象就是大哥，在這次清晨對話中，面對大哥，狂人將長期的內心糾結幾乎和盤托出，可謂苦口婆心：

> 他們要吃我，你一個人，原也無法可想；然而又何必去入夥。吃人的人，什麼事做不出；他們會吃我，也會吃你，一夥裏面，也會自吃。但只要轉一步，只要立刻改了，也就是人人太平。雖然從來如此，我們今天也可以格外要好，說是不能！大哥，我相信你能說，前天佃戶要減租，你說過不能[22]。

大哥惱羞成怒，公開稱弟弟為「瘋子」。狂人因此又有了新的**發現**：

> 這時候，我又懂得一件他們的巧妙了。他們豈但不肯改，而且早已佈置；預備下一個瘋子的名目罩上我。將來吃了，不但太平無事，怕還會有人見情。佃戶說的大家吃了一個惡人，正是這方法。這是他們的老譜[23]！

家丁陳老五拖狂人回家，狂人一邊掙扎，一邊大聲呼籲：

> 　　你們可以改了，從真心改起！要曉得將來容不得吃人的人，活在世上。
>
> 　　你們要不改，自己也會吃盡。即使生得多，也會給真的人除滅了，同獵人打完狼子一樣！──同蟲子一樣[24]！

狂人對「吃人」的洞察、研究、發現和揭露，層層深入、觸目驚心，其呼籲義正辭嚴，振聾發聵。本來，小說若在此戛然而止，也已經憂憤深廣，不同凡響。但是，像抖包袱一樣，〈狂人日記〉突然亮出了最後的也是最大的一個發現──

> 我未必無意之中，不吃了我妹子的幾片肉，現在也輪到我自己，……[25]

---

[22]　魯迅，〈狂人日記〉　430。
[23]　魯迅，〈狂人日記〉　430。
[24]　魯迅，〈狂人日記〉　430-31。

一直深處被「吃」恐懼中的「我」，最終發現自己也無意中「吃」過人，即使沒「吃」過，也因共同的歷史，具有「四千年吃人履歷」！被吃者無意中也成為吃人者，本來幾乎站在審判者位置的「狂人」，一下子落入被審判的位置。這是「狂人」的最終自覺，達到這一步，小說的深度才真正顯示出來。

在這一「吃人」世界中，誰也難逃幹係，都有意或無意地吃過人，連孩子也不乾淨，日記一開始不就對孩子們的交頭接耳產生懷疑？事已至此，最後發出的「救救孩子……」，與其說是振臂一呼的「吶喊」，不如說是絕望的**呼救**！

五、何謂「吃人」？

狂人對「吃人」的發現，步步緊逼，層層深入，然則，究竟何謂「吃人」？

按照文本的字面意思及慣常思路，對「吃人」大致可以歸納出這樣兩種理解思路：一是事實性的吃人，即吃人肉，二是抽象的吃人。

事實性吃人，在文本層面隨處可見，如「打死大惡人」、「人肉可以煎吃」、「易子而食」、「易牙蒸了他兒子，給桀紂吃」、「徐錫林」、「去年城裏殺了犯人，還有一個生癆病的人，用饅頭蘸血舐。」還有「嘴」、「怪眼睛」、「毒」、「刀」、「牙齒」、「白厲厲」、「青面獠牙」、「狼子村」、「通紅斬新」、「食肉寢皮」、「海乙那」、「心肝」、「人油」等語象層面的渲染。

魯迅回答許壽裳時說：「偶閱《通鑒》，乃悟中國人尚是食人民族，」「狂人」也於深夜發現：「我翻開歷史一查，……滿本都寫著兩個字是『吃人』！」在中國歷史中，事實性的吃人所在多是。史書記載，每到荒年，就會發生吃人慘劇；一治一亂，兵慌馬亂中，常會發生以吃人充饑和洩憤的事件；甚至還有專門以食人為樂的怪癖。事實性的吃人，寫出來觸目驚心，歷史中又司空見慣。

---

25 魯迅，〈狂人日記〉　432。

　　抽象的吃人，常見的理解有：一、吃人的舊社會。這是階級論的理解模式，只有萬惡的舊社會才吃人，吃人是封建剝削制度的產物；二、「家族制度和禮教」吃人。這是按魯迅的原話來理解，首當其衝。但所指為何，卻言不及義，最後往往還是歸結到階級論的批判。遙想魯迅當年說「暴露家族制度和禮教的弊害」時，一定會包含母親包辦、婚姻失敗的慘痛體驗吧，但若僅將小說主題歸結為個人經歷，則未免因一葉而障目；三、傳統文化吃人。這是文化批判眼光下看似更為深刻的認識，然而，何謂「文化」？如沒有具體所指，籠統的對傳統文化的否定，極易招致熱愛傳統文化者的反感，上世紀九十年代，〈狂人日記〉開始遭遇義正詞嚴的指摘：將五千年中國文化說成「吃人」，簡直是數典忘祖、大逆不道！在今天的語境下，將「吃人」籠統地指向傳統文化，也更加不合時宜。

　　何謂「吃人」？其意深切。魯迅所揭示的「吃人」，極為抽象，也極為具體，極為宏深，也極為切近。「吃人」，不能由任何抽象名詞來承擔，「吃人」既在觀念中，也在現實中，既在過去，也可能在現在。抽象的「吃人」，就在具體的日常經驗中。

　　文化，不僅指《論語》《老子》、唐詩宋詞、甲骨青銅、故宮長城等成就態的存在，更是一種鮮活的生存方式，文化不僅在過去，更是在現在，真正的文化傳統，就在當下正在進行的群體生存方式中。因此，與其將〈狂人日記〉所揭示的「吃人」，指向「封建」、「禮教」、「文化」等等抽象名詞，不如指向現實的群體生存方式，一種群體「生態」。這一群體生態，既表現在顯在的制度層面，更表現在隱在的生存秩序中。

　　在人類文明中，最高的智慧不是個人的智慧，而是群體生存的智慧。動物世界依從弱肉強食的叢林原則，尚未文明的民族依賴武力壓制，文明的族群則將自由、正義、平等、博愛等超自然原則帶入人類群體生存的秩序和制度的設計中。文明的制度設計，以個人的利益訴求為出發點，最終訴諸於超越個人私利的正義原則，落實在合理的制度設計中。如果人們相信並奉守合理的秩序，則社會良性發展，如果沒有合理的制度設計，或者即使有，卻形同虛設，群體生存就會陷入無序狀態，最終依賴的是變動無形的一己私利，形成以個人生存智慧為依靠的新的「叢林原則」——不是「食肉」，而是侵犯別人的利益，不是依靠體力，而是依靠陰謀。這一群體生態，就是「吃人」生態。

我們再回頭看看〈狂人日記〉對「吃人」的描述：

> 自己想吃人，又怕被別人吃了，都用著疑心極深的眼光，面面相覷……[26]。

這難道不是對「吃人」生態的最經典描述？爭存於「吃人」生態的人們，一方面不擇手段，巧取豪奪，一方面相互懷疑，膽戰心驚。

無秩序的生存方式，最終必然會自發形成不成文的「秩序」，近年熱門的「潛規則」一詞，可以用來概括。「潛規則」原來專指演藝界的不良幕後交易，後來迅速擴大為對廣泛存在的社會潛在秩序狀況的描述。潛規則依據的不是白紙黑字的紙上條文，而是變動不居的一己私利，奉行的不是不損害他人基本利益的公平和正義原則，而是不擇手段的巧取豪奪。因而，「吃」，完全可以換成「潛」，你被「吃」過嗎？就是你被「潛」過嗎？你「吃」過別人嗎？就是你「潛」過別人嗎？自己想「潛」人，又怕被別人「潛」了，都用著疑心極深的眼光，面面相覷──盛行潛規則的群體，不就是處在這樣的「生態」中嗎？生活在潛規則生態中的人們，都是私欲中心、心懷巨測的人，他們聰明伶俐，閃展騰挪，隨時想獲得「潛」別人的機會，同時又疑心重重，惴惴不安，隨時處在被別人「潛」的恐懼之中，形成爾虞我詐、「面面相覷」的人際關係，社會誠信盡失。

因而狂人苦口婆心地勸告：

> 去了這心思，放心做事走路吃飯睡覺，何等舒服。這只是一條門檻，一個關頭。他們可是父子兄弟夫婦朋友師生仇敵和各不相識的人，都結成一夥，互相勸勉，互相牽掣，死也不肯跨過這一步[27]。

生活本來可以很明朗、很簡單、也很幸福，人們本來不必生活在如此複雜、恐懼的人際環境中，改變也並不是那麼艱難，只要跨過「一條門檻」、「一個關頭」！但是，「吃人」的生態一旦形成，就尤難改變。

---

[26] 魯迅，〈狂人日記〉 429。
[27] 魯迅，〈狂人日記〉 429。

六、「吃人」生態的特徵

在小說揭示的「吃人」生態中，「吃人」極為普遍、極為平常，因而也極為隱蔽。諸多揭示，就在小說的字裏行間。

1.「吃人」不是某個孤立的事件，而是最基本的生存秩序和生態系統。

在狂人覺醒後的雙眼中，展現的是普遍的「吃人」現狀：「自己想吃人，又怕被別人吃了，都用著疑心極深的眼光，面面相覷。……」每個人可能被吃，又會自覺或不自覺地「吃人」。「我」不僅「被吃」，而且，「吃人」的就是「我」的哥哥，「我自己被人吃了，可仍然是吃人的人的兄弟。」「我未必無意之中，不吃了我妹子的幾片肉」！

1925 年，有感於「讚頌中國固有文明的人們多起來了」[28]，在《燈下漫筆》中，魯迅引鶴見佑輔（TSURUMI Yūsuge, 1885-1973）《北京的魅力》，將中國文明吸引力歸於「生活的魅力」，「中國人的耐勞，中國人的多子，都就是辦酒的材料，到現在還為我們的愛國者所自詡的。[29]」並由此揭示了「吃人」生態的內在秩序：

> 但我們自己是早已佈置妥帖了，有貴賤，有大小，有上下。自己被人凌虐，但也可以凌虐別人；自己被人吃，但也可以吃別人。一級一級的制馭著，不能動彈，也不想動彈了。因為倘一動彈，雖或有利，然而也有弊[30]。

魯迅最後索性指出：

> 所謂中國的文明者，其實不過是安排給闊人享用的人肉的筵宴。所謂中國者，其實不過是安排這人肉的筵宴的廚房[31]。

〈狂人日記〉和《燈下漫筆》，是具有互文性的兩個文本，可以參照來讀。

---

[28] 魯迅，《墳·燈下漫筆》，《魯迅全集》，卷 1，214。
[29] 魯迅，《墳·燈下漫筆》 215。
[30] 魯迅，《墳·燈下漫筆》 215。
[31] 魯迅，《墳·燈下漫筆》 216。

2. 「吃人」生態中，沒有固定的「吃人者」與「被吃者」，只有固定的「吃」與「被吃」的位置，「被吃者」只要處在可以「吃人」的位置，也會有意或無意地成為「吃人者」。

　　「吃」狂人者，不僅有權勢者趙貴翁，而且，「也有給知縣打枷過的，也有給紳士掌過嘴的，也有衙役占了他妻子的，也有老子娘被債主逼死的」，這些人，不正是常處在「被吃」的位置而任人宰割的嗎？但是，他們也有意無意參與「吃人」。「大哥」也加入了吃「我」的一夥，處於「被吃」恐懼中的「狂人」，最後發現自己也於無意中吃了妹子的肉。

　　在「吃人」生態中，被吃者為了獲得補償，一有機會也就會吃人，但吃的不是吃他者，而是其他人——自己可以吃到的人，並對此視為當然，毫無糾結。「自己被人凌虐，但也可以凌虐別人；自己被人吃，但也可以吃別人。」對於吃自己的人，被吃者可能義憤填膺，但決不會反抗，更不會反思，他們所能做的，就是轉嫁損失。一邊罵吃人者，一邊去吃其他更弱者，這是「吃人」生態中的人常有的現象，看似雙重人格，其實不然，因為他們憤恨的，是他被別人吃了，而不是吃人行為本身。二十年代中期，魯迅說：「現在常有人罵議員，說他們受賄，無特操，趨炎附勢，自私自利，但大多數的國民，豈非正是如此的麼？這類的議員，其實確是國民的代表。[32]」

3. 「吃人」的生態一旦形成，就尤難改變。

　　狂人苦口婆心，而又無可奈何：

> 去了這心思，放心做事走路吃飯睡覺，何等舒服。這只是一條門檻，一個關頭。他們可是父子兄弟夫婦朋友師生仇敵和各不相識的人，都結成一夥，互相勸勉，互相牽掣，死也不肯跨過這一步[33]。

　　為什麼？因為，「吃人」生態的核心，是一己私利，在「吃人」生態中遊刃有餘的人，都是私欲中心的人，都是「闊人」和「聰明人」，他們

---

[32] 魯迅，《華蓋集·通訊》，《魯迅全集》，卷 3，22。
[33] 魯迅，〈狂人日記〉　429。

是不會打破已經形成的與己有利的利益關係的。這就是——「自己被人淩虐，但也可以淩虐別人；自己被人吃，但也可以吃別人。一級一級的制馭著，不能動彈，也不想動彈了。因為倘一動彈，雖或有利，然而也有弊。」

改變的看似是秩序，其實是本性，秩序不難改變，最難改變的是本性。

4.「吃人」往往隱藏在道德、倫理、大義、歷史等冠冕堂皇的說辭之後。

「我」不僅「被吃」，而且，「吃人」的就是「我」的哥哥，「我自己被人吃了，可仍然是吃人的人的兄弟」、「我未必無意之中，不吃了我妹子的幾片肉」！「吃人」，就發生在溫情脈脈的人倫情誼的核心——家庭之中，在父兄姊妹的血緣關係中。

> 我翻開歷史一查，這歷史沒有年代，歪歪斜斜的每葉上都寫著『仁義道德』幾個字。我橫豎睡不著，仔細看了半夜，才從字縫裏看出字來，滿本都寫著兩個字是「吃人」[34]！

這是「狂人」經過研究後的一大發現。歷朝歷代，字面上大多信奉「仁道」、「仁義」、「仁政」，實際上實行的卻是基於武力的「霸道」和基於陰謀的「厚黑」之道。春秋時代，真誠篤信仁義禮信、將「仁義」繡上大旗的宋襄公（子茲甫，？-前 637），最後不是落得慘敗的下場，為後人恥笑？

魯迅的文明批評和社會批判，總是能透過堂皇說辭的表面。1925 年，針對當時的讀經風氣，魯迅說：「……誠心誠意主張讀經的笨牛，則決無鑽營，取巧，獻媚的手段可知，一定不會闊氣；他的主張，自然也決不會發生什麼效力的。」[35]「我總相信現在的闊人都是聰明人；反過來說，就是倘使老實，必不能闊是也。至於所掛的招牌是佛學，是孔道，那倒沒有什麼關係。」[36]在另一篇文章中，魯迅指出：「孔夫子之在中國，是權勢者們捧起來的，是那些權勢者或想做權勢者們的聖人，和一般民眾並無什麼關係。」[37]

---

[34] 魯迅，〈狂人日記〉 425。
[35] 魯迅，《華蓋集・十四年的「讀經」》，《魯迅全集》，卷 3，128。
[36] 魯迅，《華蓋集・十四年的「讀經」》 128。
[37] 魯迅，《且介亭雜文二集・在現在中國的孔夫子》，《魯迅全集》，卷 6，316。

5.在「吃人」生態中，被吃者找不到真正的兇手。

　　對於「吃人」的方法，狂人有兩個發現：

　　（1）我曉得他們的方法，直捷殺了，是不肯的，而且也不敢，怕
　　　　　有禍祟。所以他們大家連絡，佈滿了羅網，逼我自戕[38]。

　　（2）這時候，我又懂得一件他們的巧妙了。他們豈但不肯改，而
　　　　　且早已佈置；預備下一個瘋子的名目罩上我。將來吃了，不
　　　　　但太平無事，怕還會有人見情。佃戶說的大家吃了一個惡人，
　　　　　正是這方法。這是他們的老譜[39]！

對於「被吃」者，「吃人」者往往首先加上某一罪名，或者逼其自盡。這
樣不僅使「吃人」者擺脫幹係，長此以往，也真地以為與己無關，坦然自
若。而對於「被吃者」，也被吃得不明不白，找不到兇手。

　　更為隱秘的是，「吃人」是普遍的生態，吃與被吃是一個網路，每個
人都有可能吃你一口。魯迅小說寫了那麼多被吃者，孔乙己死了，阿 Q 死
了，魏連殳死了，陳士成死了，被誰吃了？祥林嫂死了，兇手是誰？是魯
四老爺？柳媽？甚或就是「我」？吃人，往往是以「無主名無意識的殺人
團」的方式，使被吃者不知兇手是誰，甚至吃人者也不知自己是兇手，在
這裏，人人不僅可能被吃，而且同時又去吃人，悲劇在發生著，卻都是「無
事的悲劇」，[40]「殺人如草不聞聲」。

　　失學兒童，被誰吃了？失地農民，被誰吃了？失業工人，被誰吃了？
一個稟性善良、智商不低、身體健康、勤勞刻苦的年輕人，相信憑自己的
努力就會獲得成功，但在一個盛行潛規則的社會，他的每一次努力得到的
都是相反的結果，一而再，再而三，如果最終人生失敗，那麼，他是被誰
吃了？他能找到兇手嗎？

---

[38]　魯迅，〈狂人日記〉　427。
[39]　魯迅，〈狂人日記〉　430。
[40]　魯迅：《且介亭雜文二集・幾乎無事的悲劇》，《魯迅全集》，卷 6，370。

6.在「吃人」生態中，吃人者對自己的「吃人」是不自覺的。

　　「吃人」生態中的人們，可以感受到自己的「被吃」，卻絕難覺悟自己的「吃人」，因而，人人把自己當作受害者，人人牢騷滿腹，而不知自己也在有意無意地參與了「吃人」。傾訴、抱怨、指責、批判，動人、感人、甚至洞若觀火、振聾發聵，人們作為受害者發洩自己的不滿，然而，絕少有人自覺：也許自己正是這「吃人」生態中的中堅。「吃人」生態中不缺少憤青、抱怨者、批判者，缺少的是真正超越性的批判資源，對自己也有罪的自覺。

　　真正的批判，必須超越「吃人」生態中的循環。如果〈狂人日記〉對「吃人」的發現，到「吃人的是我哥哥！」為止，小說仍然屬於「吃人」生態中常見的批判文本，但是到了「我是吃人的人的兄弟！我自己被人吃了，可仍然是吃人的人的兄弟！」尤其是最後的發現——「我未必無意之中，不吃了我妹子的幾片肉」，這真正的自覺，才使小說的批判得以超越固有的模式，上升到一個全新的高度。

7.不僅吃人者不自覺吃人，最底層的被吃者也常常感覺不到自己被吃。

　　對於「吃人」現象，人們如此淡定，「狂人」對此苦思不解：

　　　　還是歷來慣了，不以為非呢？還是喪了良心，明知故犯呢[41]？

面對第一個「勸轉」對象，「狂人」追問：「吃人的事，對麼？」年輕人回答：

　　　　有許有的，這是從來如此……[42]

但狂人再次追問：

　　　　從來如此，便對麼[43]？

---

[41]　魯迅，〈狂人日記〉　427。
[42]　魯迅，〈狂人日記〉　428。
[43]　魯迅，〈狂人日記〉　428。

「歷來慣了，不以為非」、「從來如此」，這正是「吃人」生態之普遍、平常與隱蔽性所在，「吃人」者習慣之，悲劇的是，「被吃」者也習以為常，不以為非，安之若素。不僅如此，如果有人揭示真相，不僅不受「被吃」者的歡迎，而且還會招致他們的怨恨。小說剛開始，面對周圍人仇視的眼光，「狂人」曾大惑不解：

> 他們——也有給知縣打枷過的，也有給紳士掌過嘴的，也有衙役占了他妻子的，也有老子娘被債主逼死的；他們那時候的臉色，全沒有昨天這麼怕，也沒有這麼凶[44]。

這些處在被吃位置的人，平時積累的怨憤夠多了吧，為何唯獨對「狂人」如此深仇大恨、不依不饒？因為，他們討厭狂人說出的話，狂人揭示的真相，也許會重新喚起他們用遺忘掩蓋的痛苦，打破費盡周折好不容易建立起來的「幸福感」。我們活得好好的，哪裡有吃人？

8.在「吃人」生態中，有些事可以做，但不可以說。

在「狂人」窮追不捨的追問下，年輕人最後終於說：

> 我不同你講這些道理；總之你不該說，你說便是你錯[45]！

這正道出「吃人」生態中一個公開的秘密：有些事可以做，但不可以說，「你說便是你錯」。「吃人」見不得人，但可以心照不宣，不必天知地知你知我知，即使人所共知，只要不公開指出，就不會打破默契，傷了和氣，雖然各自心知肚明，但仍然可以光明正大地做人，還會被認為聰明、老練、識大體、好相處、能力強、會辦事；如果有人把做的說出來，就會被視為攪局、壞事、不懂事、不識趣、不合作、不講大局。錯不在做，而是在說，「說」既壞了「吃人」者的大事，也會損害「被吃」者的利益，對於「被吃」者來說，被說的損失，比不說的更大，「因為倘一動彈，雖或有利，然而也有弊。」權其輕重，不如不說或不被說。被吃者的出發點，與吃人者一樣，不在正義，而在私利。魯迅曾感歎：「不厭事實而厭寫出，實在是一件萬分古怪的事。[46]」

---

[44] 魯迅，〈狂人日記〉 423。

[45] 魯迅，〈狂人日記〉 428。

[46] 魯迅，〈《幸福》譯者附記〉，《魯迅全集》，卷 10，173。

七、「吃人」生態的人性基礎

「吃人」生態何以會產生？它形成的基礎是什麼？

如前文所揭，「吃人」生態作為群體的生存方式，其結構形態，顯在的秩序設計如制度固然重要，但是，潛在的、內在的、自發的、約定俗成的群體秩序，更為要害。自發秩序形成的基礎，就在人性之中。

「吃人」生態，就是人性的狀態。以民族國家為單位、基於長期的文化傳統與習俗而形成的人性，就是國民性，國民性劣根性，是「吃人」生態的基礎。

〈狂人日記〉第六則寫道：

> 黑漆漆的，不知是日是夜。趙家的狗又叫起來了。
> 獅子似的凶心，兔子的怯弱，狐狸的狡猾，……[47]

還要加上海乙那的「貪婪」。兇險、狡猾、怯弱、貪婪，這是「吃人」生態中的國民性，「黑漆漆的，不知是日是夜。」、「自己想吃人，又怕被別人吃了，都用著疑心極深的眼光，面面相覷。……」這就是「吃人」生態中的國民性狀況。

先有秩序，後有國民性？還是先有國民性，後有秩序？這似乎是一個雞生蛋、還是蛋生雞的問題。

我們知道，魯迅一生批判國民性，而對制度層面較少涉及。早在日本時期的文言論文中，青年周樹人第一次發言，就將激越的批判，指向當時「黃金黑鐵」與「國會立憲」的改革思路，面對「國會立憲」的指摘，今天看起來未免令人失望，受師傅章太炎（1869-1936）的影響[48]？還是思考

---

[47] 魯迅，〈狂人日記〉　427。

[48] 章太炎有關言論如：「代議者，封建之變形耳。」（章太炎，〈與馬良書〉，湯志鈞編《章太炎政論選集》，上冊，北京：中華書局，1977，385。）「無故建置議士，使廢官豪民梗塞其間，以相陵轢，斯乃挫抑民權，非伸之也。」（同上，386。）「徒令豪民得志，苞苴橫流，朝有黨援，吏依門戶，士習囂競，民苦騷煩。」（章太炎，〈政聞社員大會破壞狀〉，《章太炎政論選集》，上冊，375。）「議院者，受賄之姦府，……選充議士者，大抵出於豪家；名為代表人民，其實依附政黨，與官吏相朋比，持門戶之見。則所計不在民生利病，惟便於私黨之為。」（章太炎，〈五無論〉，《章太炎全集》，卷4，上海：上海人民出版社，1985，431。）「有議院而無平民鞭菙於後，得實行其解散廢黜之權，則設議院者，不過分官吏之贓以

中缺少制度之維？其實，只需細讀文本，就會發現，青年魯迅指摘的，主要還不是「國會立憲」本身的設計（論文中有受「新神思宗」影響對民主制度本身的懷疑[49]），而是「倡言改革者」的「假是空名，遂起私欲」[50]！其後來對倡言「革命」者的懷疑，亦是同一思路。辛亥事起，民國成立，憲政初建，魯迅也曾充滿嚮往，然而，民初憲政每況愈下，終至不可收拾。制度建設的挫敗，似乎證實其對國民性的懷疑。

有什麼樣的秩序，就有什麼樣的國民，有什麼樣的國民，也就有什麼樣的秩序。我們需要制度層面的批判與建設，也不可缺少魯迅式的國民性洞察與持久批判，在中國，後者更為艱巨，也更為重要。終其一生，魯迅的焦慮，是對國民性的焦慮，魯迅的批判，是對國民性的批判，魯迅的絕望，是對國民性的絕望。

〈狂人日記〉，是對「吃人」生態的大發現，更是對國民劣根性的深刻揭示！

「吃人」秩序與國民劣根性的關係，〈狂人日記〉既有所揭示，然而，吾人要進一步追問下去，尚需進入魯迅尚未涉及的論域。

筆者以為，所謂國民性，基於一個民族國家中的人們對自我、他人與世界秩序的基本認知，這一基本認知，形成於約定俗成的生活實踐，並凝結、塑形為在這個實踐基礎上形成的思想文化傳統。自「軸心時代」始，在中國，所謂「天人合一」的思維模式就已成形，殷商尚言「天」、「帝」，周公「以德配天」，「德」者「得」也，「天」與「人」始趨同，孔子「從周」，故一部《論語》，不語「怪力亂神」，亦不問「天」，所重者乃在「仁」──人人之間，由「仁」到「禮」──體制性倫理規範，正是內在邏輯使然。「天人合一」模式成為中國人理解群體與自我的深層思想傳統，在中國人的世界圖式中，只存在一元的世俗秩序：以血緣倫理為基礎的家國同構秩序。何謂「天」？何謂「人」？「天」，是人類通過超越性追問建構的普遍性的價值理性世界，「人」，就是歷史的、現實的世俗世界。「天」與「人」合一的結果，不是「人」合於「天」，只會是「天」合於「人」，所謂「天人合一」，最後剩下的就是「人」的一元世俗秩序，這

與豪民而已。」（同上）等。

[49] 見〈文化偏至論〉中對施蒂納、尼采、易蔔生等「重個人」觀點的介紹。

[50] 魯迅，《墳・文化偏至論》，《魯迅全集》，卷 1，45。

既是生存的世界，也是價值的世界，歷史即價值，現實即合理。如果這個一元秩序是良性的秩序，則皆大歡喜，但如果一元秩序出了問題，就會缺少自我更新的價值資源，因為，修正「人」的秩序的資源，只能在超越性、合理性的普遍理性中尋找。一元秩序中的核心，不是超越性的普遍理性，而是為歷史和現實驗證的「私欲」，一元秩序中的所謂自我更新，往往墮入以私欲為中心的惡性循環，一元秩序，最終就是「吃人」秩序。正如魯迅指出：

> 任憑你愛排場的學者們怎樣鋪張，修史時候設些什麼「漢族發祥時代」「漢族發達時代」「漢族中興時代」的好題目，好意誠然是可感的，但措辭太繞彎子了。有更其直捷了當的說法在這裏──
>
> 一，想做奴隸而不得的時代；
>
> 二，暫時做穩了奴隸的時代。
>
> 這一種循環，也就是「先儒」之所謂「一治一亂」[51]。

所謂「奴隸」，不是「奴隸主──奴隸」對立關係中的絕對位置，而是「──奴隸主（奴隸）──奴隸（奴隸主）──」可以無限延長的等級秩序中可以變動的角色，對於在你上面的人來說，你是「奴隸」，但對於你下面的人，你同時也可為「奴隸主」，「奴隸主」是吃「奴隸」者，「奴隸」是被吃者，但同時又作為「奴隸主」吃屬於他的「奴隸」，每個人都有可能兼備兩個角色。「奴隸」或「奴隸主」角色是可變的，永恆的是既可作「奴隸主」也可作「奴隸」的「奴隸性」。所謂「暫時做穩了」，就是自身獲得在「自己被人吃，但也可以吃別人」的秩序中暫時穩定的位置，所謂「想做而不得」，就是秩序中的利益關係被打破，打破的不是「吃人」秩序，而是「吃人」秩序中的自我利益。於是，一元秩序的歷史，也就成為一「治」（「吃人」生態暫時穩定）一「亂」（「吃人」生態的暫時平衡被打破）的循環。一元秩序的歷史所呈現的，也只能是這樣的循環。

---

[51]　魯迅，《墳‧燈下漫筆》，《魯迅全集》，卷 1，213。

八、啓蒙文學，抑或贖罪文學？

最後「救救孩子……」的呼救，就在狂人發現自己也吃過人之後，也就是說，被吃者狂人也不可救，狂人失去的是被救的資格。那麼，值得追問的是：「吃人」生態中，誰是拯救者？

連被救資格也喪失了，狂人怎麼可能是拯救者？

〈狂人日記〉被視為啟蒙文學的代表作。在今人對「啟蒙」的想像中，啟蒙是一種以己之昭昭啟人之昏昏的先覺者行為，一種眾人皆醉我獨醒的自許，因而，今人對啟蒙的指摘，直指啟蒙者自身，誰比誰優越？誰要誰啟蒙？

在解構啟蒙的熱潮中，魯迅不正是被視作這樣的啟蒙者的代表嗎？

在「日記」的前十則，狂人清醒後不斷發現：周圍人要「吃人」，甚至小孩，甚至「大哥」，「我自己被人吃了，可仍然是吃人的人的兄弟！」於是去「研究」真相，「勸轉」他人，發出呼籲。小說至此，已經相當憂憤深廣，稱得上比一般小說更深刻的啟蒙文本。作為先覺者，「狂人」的批判，近乎義正辭嚴的審判。

但是，出乎意料的是，小說最後三則日記，又推出一個新發現——「我」也無意中吃過人！

這最後的也是最大的發現，將小說推至一個全新的高度。

「我」也吃過人！這是先覺者身上發生的徹底的自覺，一種近乎「原罪」意識的形成，自此，「狂人」，不再是之前看上去高高在上、獨善其身的先覺者和審判者，而是有罪者和被審判的對象，啟蒙文學，就此成為贖罪文學。

敏感的日本學者，曾在〈狂人日記〉中感悟到某種「自覺」的產生。竹內好（Takeuchi Yoshimi, 1910-77）認為，〈狂人日記〉的發表，表明作者有了「罪的自覺」，由於「表現了某種根本的態度」而「成就一個文學家」。[52] 伊藤虎丸（Ito Toramaru, 1927-2003）認為，〈狂人日記〉是「作者的告別青春，獲得自我的記錄」[53]，是「個的自覺」和「科學者的自覺

---

[52] 參見竹內好（TAKEUCHI Yoshimi, 1910-77），《魯迅》，李心峰譯（杭州：浙江文藝出版社，1986）47、81。

[53] 伊藤虎丸（ITŌ Toramaru, 1927-2003），《魯迅與日本人》，李冬木譯（石家莊：

（即現實主義小說家的誕生）」[54]。罪的自覺——個的自覺——文學的自覺，這一自覺的內在邏輯，說明由周樹人到魯迅的產生，基於近乎「原罪」的自覺之上。

再回到前文所論「正常」與「不正常」的對立判斷，可以看到，閱讀至此，這一判斷發生了奇妙的轉換，第一層次，是我們正常，狂人不正常，第二層次，是狂人正常，我們不正常，第三層次則是：狂人認為自己和周圍人一樣不正常。第三層次的判斷才是狂人的自我視角。

原來中國第一篇現代小說，是中國空前絕後的贖罪文學！這是魯迅剛開始就為中國現代文學樹立的高度，但我們繼承了嗎？連理解還談不上，談什麼繼承？

九、誰解其中味？

〈狂人日記〉寫作的兩百多年前，在「吃人」生態中嘗盡炎涼的曹雪芹（1715-63），以「辛酸淚」，托「荒唐言」，成一部《紅樓夢》。雪芹絕望於人情世態，然在彼時，無以找到「新的生路」[55]，於是復墮於固有文明的生活魅力，使《紅樓夢》成為絕望與貪戀並至的文本，終至「淚盡而逝」。兩個多世紀後，又一個在固有生態中絕望的人出發了，時代在他的面前呈現了新的地平線，他不再流連於固有文明的生活之美，堅定地向前方逃亡。

但洞見後的焦灼與絕望，依然托於「狂人」的「荒唐之言」，就像《皇帝的新裝》裏說真話的孩子，不合時宜地說出了真相，更像一個偶然發現殺人小屋的小孩，在大街上奔相走告，但熙熙攘攘的人群中沒有一個人相信他。

對於一元秩序中的人們，唯一合理的秩序，就是當下的秩序，每個人首先選擇的，就是適應這個秩序。爭存於一元秩序中的人，視自己與秩序為唯一，故正常，如果說他們不正常，一定絕對無法相信，反過來說你不正常。在一元秩序中，覺醒者是痛苦的，一方面，他發現了自身的孤獨，

河北教育出版社，2000）120-21。

[54] 伊藤虎丸　122-23。

[55] 魯迅，《彷徨·傷逝》，《魯迅全集》，卷2，129-30。

另一方面，又無法在一元秩序中找到拯救的資源，就如同〈風箏〉裏的「我」，終於找到機會向「弟弟」道歉，希望得到寬恕，然而，對方卻全然忘卻！誰來拯救？在一元秩序中，不可能有拯救者，但無論如何，發現自己不正常，對自身有罪的自覺，才有可能打破「吃人」的循環。

魯迅通過「不正常」的「狂人日記」，在這個密不透風的一元「正常」秩序中，撕開了一個缺口，樹起了一個「他者」，為反思一元秩序，埋伏下一個可能。穿越世紀的隧道，我們聽到了「狂人」的話外之音嗎？

真可謂：

> 滿紙荒唐言，一把辛酸淚。
> 都云狂人狂，誰解其中味？

參考文獻

CHEN

陳獨秀.《獨秀文存》。合肥：安徽人民出版社，1987。

──.《陳獨秀文章選編》。2 冊，北京：三聯書店，1984。

LI

李宗英、張夢陽編.《六十年來魯迅研究論文集》（中國現代文學史料匯編
　　乙種），2 冊。北京：中國社會科學出版社，1982。

LU

魯迅.《魯迅全集》，16 卷。北京：人民文學出版社，1981。

HU

胡適.《胡適全集》，44 卷。合肥：安徽教育出版社，2003。

MAO

茅盾.《茅盾全集》，40 卷。北京：人民文學出版社，1984-2006。

QIAN

錢玄同.《錢玄同文集》，6 卷。北京：中國人民大學出版社，2000。

YI

伊藤虎丸（ITO, Toramaru）.《魯迅與日本人：亞洲的近代與「個」的思
　　想》，李冬木譯。石家莊：河北教育出版社，2000。

ZHANG

章太炎.《章太炎全集》，6 卷。上海：上海人民出版社，1982-1986。

──.《章太炎政論選集》，2 冊。北京：中華書局，1997。

ZHONG

中國社科院文學所魯迅研究室編.《魯迅研究學術論著資料匯編（1913-1983）》，6 卷。北京：中國文聯出版公司，1985-1990。

中國現代文藝資料叢刊編.《中國現代文藝資料叢刊》第 5 輯。上海：上海文藝出版社，1980。

ZHOU

周作人.《周作人文集》，6 冊。長沙：嶽麓書社，1987-1989。

ZHU

竹內好（TAKEUCHI, Yoshimi）.《魯迅》，李心峰譯。杭州：浙江文藝出版社，1986。

What is Meant by "Eat People"?
A New Analysis of "A Madman's Diary"

Wang, Weidong.
Professor, Faculty of Arts, Soochou University

Abstract

As the first novel written by Lu Xun, "A Madman's Diary" has been analyzed heavily, yet not reached the core of the text. The "iron house" mentality makes it difficult to articulate "Call to arms," the key to interpret is to analyze two texts (two worlds) within an individual novel. From the conventional readings of "A Madman's Diary," "What means 'Eat People'?" is the central theme of discussion. "Eat people" refers to the most basic culture──"living in groups," and the novel depicts eight "Eat people" characteristics. "Eat people" is the foundation of human nature, which is the citizenship Lu Xun criticized. "Madman" eventually notices the "eat people" experiences of "I" and this makes the novel become an enlightening and guilt literature.

Keywords: "A Madman's Diary" Eat People, People-eating, Ecology, national character

評審意見選登之一

　　此文讀來，頗有些藉古諷今的意味。

　　魯迅的批判，讓人想起尼采的著作。尼采的 *Human, All too Human* 中，就討論到人類所謂的道德，往往都在人性的自私中找得到根底（「世人所謂的美德往往只是我們的激情形成的幻影，給它一個好名稱後我們就可以為所欲為。」「『無私心』這個字眼永遠不能在嚴格意義上理解。」〔即：所有所謂「無私」的行為，其中都藏著一些私心。〕「會有很多誠實者承認給他人造成痛苦是一種樂趣。」等等）。魯迅對於尼采的著作是很熟的，我自己頗有些疑心魯迅對中國國民性的批判，與尼采有些關係。雖然難以證明。

　　評論人是研究歷史的。從歷史的角度來看：清中葉，大約自乾嘉以後，中國人口壓力激增，進入了社會總需求全面超過社會總供給的不平衡的時代；而且越往後，這種不平衡越加嚴重。中國歷朝歷代到了末世，一般都是如此。也就進入了魯迅所謂「想做奴隸而不得的時代」。但中國自清末以來，由於人口壓力遠遠超過了中國歷史上的任何時期，所以這種情形，就破了歷史紀錄。此所以「人吃人」的情形更形嚴重。魯迅的批判，應該置放在這樣的歷史脈絡中，才能得其確解。要解決這個問題，就必須先增加社會總供給，以便應付社會總需求。即使達到了這個目標，中國人還會在相當時期裏，重複以前「人吃人」的習慣。此所以孔子謂「善人為邦百年，亦可以勝殘去殺矣」。要「勝殘去殺」，他是以百年為期的。

　　魯迅主張的啟蒙。「啟蒙」的原意，是康德所說的，「擺脫該由自己負責的蒙昧狀態」。所以這是一種主體的行為。問題是。中國當時的處境中，文盲比例太高。所以中國的啟蒙運動，似乎必然會採取「由先知覺後知」的路徑。而這恰恰與啟蒙的原意不合：這不是具有主體性的個人的自覺行為，而是「自在的階級」（毛澤東借自黑格爾的話），經由他人推動，產生了「自覺」，而成為「自為的階級」的過程。這是中國式啟蒙的弔詭。也是魯迅所面臨的困境。

　　當然，這就不是對於魯迅的文學史或思想史解讀了，而成為一種對魯迅的歷史學與社會學的解讀。

評審意見選登之二

1). 論文自然屬於小說閱讀和解釋的類型。此類研究的長處和難點在於其天然的不確定性，以及闡釋者的「完全自由」和「創造的可能」。於是，閱讀和闡釋的新意、傳達的方式就顯得很重要。本文的閱讀和闡釋顯示了新意，敘述和傳達也有特點，尤其 6、7 兩部分的分析，較通常更進一步。

2). 文章的敘述很流暢，沒有一般論文的詰屈聱牙，短句子和口語化的傳達，易於閱讀者的接受和理解。文章的邏輯構成也是緊密的。

3). 不過，論文在全力摸索小說真相時，似乎還是限於現有的評價的實質框架中。除了發現「偉大」的新亮點之外，有否還有新的可能。

《國際魯迅研究》輯一（2013 年 10 月）44-63。

台灣「解嚴」以來的魯迅出版、
傳播狀況概述[*]

■徐紀陽

作者簡介：

　　徐紀陽（Jiyang XU），男，1979 年生，江蘇省常州市人。閩南師範大學中文系講師，文學博士。2010 年以來完成和正在主持福建省教育廳社會科學研究項目 2 項、福建省社會科學研究規劃項目 2 項及中國大陸教育部人文社會科學研究項目 1 項，並入選福建省高校傑出青年科研人才培育計畫。近三年來專注於中國現代文學在台灣的影響與傳播研究，發表〈賴和：魯迅的精神鏡像——〈過客〉、〈《前進》及其周邊〉〉、〈「魯迅傳統」的對接與錯位——論光復初期魯迅在台傳播的若干文化問題〉、〈張我軍的翻譯活動與「五四」思潮〉、〈台灣新文學發生期的魯迅影響〉等論文。

論文題要：

　　1987 年「解嚴」後，魯迅著作在台灣大量出版，出現多種《魯迅全集》和各種魯迅作品的選本，研究魯迅的學術著作也受到出版界青睞；此外，在一些期刊、報紙上也出現各種形式對魯迅的介紹、宣傳。總體而言，魯迅傳播的規模更大、形式更為多樣化，對魯迅的評價和理解也趨向多元，尤其是魯迅似乎開始走出知識圈而有進入民間生活的通俗化趨向，這無論是對促進台灣的學院派魯迅研究走向深入，還是讓魯迅進入普通百姓的視野，都起到了相當重要的推動作用。

關鍵詞：魯迅；解嚴；台灣；出版；傳播

---

* 本文受中國大陸教育部人文社會科學研究項目「台灣魯迅接受史研究」（13YJC751063）、福建省社會科學研究規劃項目「臺灣新文學運動與『五四』文學之關聯研究」（2012C092）之資助。

一、引言

　　本文以魯迅著作和魯迅研究著作（含台灣以外地區的研究著作）在台灣的出版及多種媒介方式對魯迅的傳播為主要依據，嘗試對「解嚴」以來台灣的魯迅出版及傳播狀況作一簡要探討。台灣學者的魯迅研究著作、論文及「解嚴」後大量出現的關於魯迅的碩博士論文等內容，筆者已有另文探討，故不再贅述。

　　隨著 1987 年 7 月 15 日「戒嚴令」的解除，《台灣地區戒嚴時期出版物管制辦法》、《管制「匪」報書刊入口辦法》隨之廢除，圖書出版、流通得以全面鬆綁，出版社開始將目光轉向大陸書籍的引進與出版。1987、1988 年之交，台灣卓越出版社一次性通過香港歐美非拉圖書公司取得一萬種大陸出版品在台灣出版中文繁體字版的權利[1]。這其中，「卅年代作品老而彌堅。魯迅、沈從文、老舍等對讀者有一定吸引力。[2]」一時間，長期以來處於地下傳播狀態的大陸二三十年代作品浮出地表。對此，一些新聞官員也表示要「讓空白了 40 多年的斷層，接續上來」[3]。在二三十年代文學全面解禁的風潮下，魯迅的作品最早受到系統性的關注。台灣出版界認為，「隨著海峽兩岸文化交流的展開，再沒有理由讓魯迅作品長期被掩埋在謊言或禁忌之中了。對魯迅這位現代中國最重要的作家而言，還原歷史真貌最簡單、也最有效的方法，就是讓他的作品面對廣大的讀者，接受檢驗、解讀、或批判。[4]」曾在「戒嚴」期一直冒著政治風險偷印魯迅書籍的台灣出版界終於可以放開手腳進行魯迅作品的出版、銷售。

　　台灣新聞出版界開始關注大陸出版動態，《民生報》甚至開闢「大陸讀書界」專欄予以持續報導。這其中，由於版權引進的問題，台灣出版界對大陸魯迅出版中的版權問題表現出特別的興趣。1988 年 11 月 15 日，《民

---

[1]　本報訊，〈大陸書籍出版權整批交易　卓越透過香港取得一萬種〉，《民生報》，1988 年 3 月 8 日，9。

[2]　黃美惠、姜玉鳳，〈大陸熱衝激下的省思（四）〉，《民生報》，1988 年 3 月 24 日，9。

[3]　郭行中，〈40 多年的斷層　接起來！〉，《聯合晚報》，1988 年 12 月 3 日，1。

[4]　本報訊，〈《魯迅全集》台灣印行，涵蓋範圍廣，首批今上市〉，《民生報》，1989 年 10 月 8 日，14。

生報》援引「中央社」消息，報導了周海嬰（1929-2010）就魯迅著作版權問題與人民文學出版社的糾紛[5]，並於次年 12 月再次報導歷時三年半的魯迅稿酬訴訟案[6]。1989 年《民生報》還曾報導上海文物出版社對《魯迅手稿全集》的出版及稿酬的最終歸屬[7]。此後，台灣出版界全面開始了魯迅著作出版的競爭。

二、魯迅著作出版狀況

　　1989 年 9 月，唐山出版社率先出版了《魯迅全集》。此版《魯迅全集》由林毓生（Yu-sheng Lin，1934-）、李歐梵（1939-）擔任編輯顧問，「將民國卅六年十月上海「魯迅全集出版社」所出版的《魯迅卅年集》，加上魯迅的書信、日記及補匯，把原字體（繁體）予以放大重印而成，總共十三卷精裝」[8]。

　　與此同時，早在 1987 年就出版魯迅小說集《吶喊》、《彷徨》並有不凡銷售業績的谷風出版社[9]，把大陸人民文學出版社 1981 年出版的《魯迅全集》改為繁體字版，共十六卷精裝，由臺靜農（1902-90）題署書名。由於 1981 年版的《魯迅全集》是注釋版，因此，在出版時谷風出版社將注釋中意識形態傾向強烈的條目予以過濾刪除。

　　10 月，風雲時代出版公司出版《魯迅作品全集》（13 卷，不包括書信等），1991 年 9 月再版。2010 年 8 月，風雲時代出版社又推出「魯迅精品集系列」，計有《吶喊》、《彷徨》、《故事新編》、《朝花夕拾》、《中國小說史略》等五本，呼應了 20 年前《魯迅作品全集》的出版。

　　《魯迅全集》的出版，是台灣文化界、出版界的一件大事。「魯迅是公認的中國近代偉大的文學家、思想家。而在台灣，中國新文學的傳統可說斷層了四十年。」「在台灣，解嚴之前幾年，魯迅的作品即開始出現翻印本，解嚴後更是大量在書市裡冒出來，但這些均屬於魯迅較知名的

5　「中央社」訊，〈魯迅遺著大陸興訟〉，《民生報》，1988 年 11 月 15 日，14。
6　本報香港電，〈魯迅稿酬訴訟結案〉，《民生報》，1989 年 12 月 14 日，14。
7　《魯迅手稿出齊，經濟利益歸公〉，《民生報》，1989 年 10 月 7 日，26。
8　莫昭平，〈《魯迅全集》首度在台出版〉，《中國時報》，1989 年 9 月 25 日，18。
9　黃美惠、姜玉鳳，〈大陸熱衝激下的省思（四）〉，《民生報》，1988 年 3 月 24 日，9。

作品……至於完整的《魯迅全集》則是在台灣第一次出版。[10]」因此意義重大。

　　除此三套《魯迅全集》之外，台灣出版界還在多種系列叢書中出版魯迅作品。1987-88 年之間，台北光復書局出版「當代世界小說家讀本」系列書刊共計 50 種，其中後十種為中國作家，包括許地山（許贊堃，1894-1941）、郁達夫（郁文，1896-1945）、巴金（李堯棠，1904-2005）、老舍（舒慶春，1899-1966）、沈從文（沈岳煥，1902-88）、錢鍾書（1910-98）等現代作家，也包括劉賓雁（1925-2005）和鍾阿城（1949-）等當代作家，而魯迅自然不會被遺忘，《魯迅》作為該叢書的第 41 種（中國作家的第 1 種）於 1988 年出版。1989 年，台北海風出版社選取部分魯迅作品結集成冊，作為「中國新文學大師名作賞析」系列第一種出版，題名為《魯迅》。這套書原名「中國現代作家作品欣賞」，由廣西教育出版社授權在台灣出版。1990 輔新書局將其 1988 年出版的《阿 Q 正傳》單行本納入「中國名家系列」再版。1991 年業強出版社出版「中國現代作家讀本」叢書之《青少年魯迅讀本》，由大陸學者陳漱渝（1941-）編。位於台北汐止市的雅典文化出版公司 1994 年出版《阿 Q 正傳》並於 2004 年再版，是為該出版社「優質文學系列」叢書之第一種。1996 年，書林出版社出版由香港三聯書店授權在台出版的「中國文學精讀」系列，其中黃繼持（1938-2002）所編的「魯迅」卷介紹新文學大師魯迅的作品。

　　可以看出，這一時期台灣出版界使用較多的仍是大陸、香港所編的魯迅作品集。這一類的出版品還有，陳漱渝編《魯迅語錄：人物評估》[11]，林鬱《魯迅小語錄》[12]，黃繼持編《魯迅著作選》[13]等。

　　此外，形態各異的魯迅著作不斷面世，如：1987 年文強堂出版的《魯迅語錄》；1988 年，金楓出版社出版夏志清（1921-）導讀的《阿 Q 正傳》及周玉山（茶陵，1921-）主編的魯迅作品選集《魯迅》；1991 年風雲時代出版社編、作為《魯迅作品全集》第 33 卷出版的《魯迅論戰文選》；

---

[10] 莫昭平，〈《魯迅全集》首度在台出版〉，《中國時報》，1989 年 9 月 25 日，18。
[11] 陳漱渝編，《魯迅語錄：人物評估》（台北：天元出版公司，1990）。
[12] 林鬱，《魯迅小語錄》（台北：智慧大學出版社，1990）。此書後附有「魯迅簡譜」。
[13] 黃繼持編，《魯迅著作選》（台北：台灣商務印書館，1994）。此書由香港商務印書館授權出版。

1993 年金安出版社出版的《彷徨》；及署名周樹人著、龍文出版社 1993 年出版的《魯迅自傳》。

分析上述出版狀況可以看出，走出政治禁錮的台灣出版界尚未完全擺脫「戒嚴」時期的翻印、盜印遺風，所出版的魯迅著作多數不是由自身編選。事實上，直到 1994 年，才有台灣本土知識者所編的第一個魯迅選本的出現。著名學者、報人楊澤（楊憲卿，1954-）這一時期依魯迅著作原刊初版，編有《魯迅小說集》[14]、《魯迅散文選》[15]，並分別作序——〈盜火者魯迅其人其文〉、〈恨世者魯迅〉[16]。前者至 2008 年 9 月共印刷十四次，後者至 2003 年 4 月印刷四次，其受歡迎程度可見一斑。王德威（David Der-wei Wang，1954-）評論說：「楊澤的長序，細膩扎實，極為可讀。惟書內部分文章的歷史背景，原可以批註方式稍作介紹。」不過他也指出，「有些文字，如果把魯迅已交代得十分清楚的歷史、政治線索刪除」，「竟與我們的時代，依然息息相關。[17]」恐怕也正因為編選者的如此操作，才使得這個選本得到了空前的成功。這正應驗了魯迅所言：「凡選本，往往能比所選各家的全集或選家自己的文集更流行，更有作用[18]」。

魯迅曾言「選本所顯示的，往往並非作者的特色，倒是選者的眼光。[19]」楊澤的選本標誌著台灣出版界開始思考如何整合人力，出版足以展現台灣學術實力的專著、選本、作品欣賞集等，力圖擺脫長期以來依賴大陸、香港出版界的努力，也象徵著台灣知識份子在新的文化語境中對魯迅理解的新開端。這種理解表現在另一方面，就是對於魯迅作品出版的形式也多樣化了。台灣麥克出版社在 1995-98 年間出版了「大師名作繪本」系列 50 本，其中第 28 本為魯迅的《狂人日記》，由黃本蕊繪圖。特別值得一提的是，這套書於 2002-03 年之間由河北教育出版社推出大陸版，從而率先逆轉了之前大陸出版界對台灣魯迅著作出版市場的單向影響。

---

[14] 楊澤編，《魯迅小說集》（台北：洪範書店，1994）。

[15] 楊澤編，《魯迅散文選》，台北：洪範書店，1995）。

[16] 這兩篇文章後來又分別發表於《聯合文學》1996 年第 2、3 期。

[17] 王德威，〈「匪筆」與「惡聲」〉，《聯合報》，1996 年 2 月 12 日，39。

[18] 魯迅，〈集外集・選本〉，《魯迅全集》，卷 7（北京：人民文學出版社，2005）138。

[19] 魯迅，〈且介亭雜文二集・「題未定」草（六至九）〉，《魯迅全集》，卷 6（北京：人民文學出版社，2005）436。

九十年代中期，新竹的文強堂出版社也推出了《阿 Q 正傳：魯迅小說連環畫》。

除了上述出版《魯迅全集》的三家出版社之外，出版魯迅作品最多的當屬七十年代大量翻印禁書的里仁書局。其 1995 年出版的《魏晉思想：乙編三種》的三篇文章之一就是魯迅的〈魏晉風度及文章與藥及酒之關係〉。1997 年出版《魯迅小說合集——吶喊、彷徨、故事新編》，2002 年出版《魯迅散文選集——野草、朝花夕拾及其它》。初版於 1992 年的《魯迅小說史論文集：中國小說史略及其它》於 2000 年再版，旋即又於 2003 出增訂後第一版，顯示出台灣學界對於魯迅學術研究成果的關注。另有一些出版社雖然出版的魯迅作品較少，但它們的出版品和上述的魯迅作品共同促成了近年來台灣出版界的「魯迅熱」。這些作品有《魯迅精選集》[20]、《狂人日記》[21]、《彷徨：魯迅小說選》[22]、《采薇奔月》[23]、《野草》[24]、《中國小說史略》[25]等。

單篇作品轉載的減少和大量魯迅作品的公開出版，說明全面接受魯迅時代的到來。魯迅可以通過書本、課堂、演出、影視等各種方式被「閱讀」，魯迅甚至成為書商促銷的手段。據《中國時報》，由於「天氣懊熱，……台北市新生假日書市為了挽回讀者的心，從今天開始，凡親臨書市現場者，便可獲得魯迅署名的對聯一幅，數量有限，請民眾把握機會。[26]」但是，當魯迅成為一種時髦的文化表徵的時候，是否也正隱含著魯迅思想活力在當代社會消退的危機？而台灣在歷經數十年對魯迅的禁絕後如何重新進入魯迅的世界，也成為挑戰思想界的難題。因此，台灣左翼知識份子的努力，便在此時顯示出重大的思想意義。

這其中特別需要提及的是台灣左派知識者承襲陳映真（陳永善，1937-）等人的傳統，近年來做出種種努力，試圖「在台灣恢復魯迅研究，打通中

---

[20] 魯迅，《魯迅精選集》（台北：獨家出版社，1998）。
[21] 魯迅，《狂人日記》（基隆：亞細亞出版公司，2002）。
[22] 魯迅，《彷徨：魯迅小說選》（台北：正中書局，2002）。
[23] 魯迅，《采薇奔月》（台北：亞洲出版社，2007）。
[24] 魯迅，《野草》（台北：大旗出版社，2008）。為「魯迅誕辰一二八周年經典文選」之一，收魯迅《野草》、《朝花夕拾》、《無花的薔薇》等文字。
[25] 魯迅著、周錫山評注，《中國小說史略》（台北：五南圖書出版公司，2009）。
[26] 林婉瑩等，《書市贈魯迅對聯》，《中國時報》，1994 年 5 月 22 日，16。

文世界共通的思想資源[27]」，並希望借此將魯迅推廣到知識界以外的普通民眾群體，「融入台灣的知識、文化氣氛中，成為我們精神生活不可分割的一部分。[28]」2009 年，台灣社會研究雜誌社出版《魯迅入門讀本》（上、下），2010 年，人間出版社出版《魯迅精要讀本・雜文卷》、《魯迅精要讀本・小說、散文、散文詩卷》。這是在全新的歷史語境下台灣思想界與魯迅的再次相遇，因而尤其值得期待。

　　另外，「解嚴」以來部分期刊、報紙零星地重刊魯迅作品的情況，本節不再贅述。

三、魯迅研究著作出版狀況

　　「解嚴」數月之後的 1987 年 12 月，新潮社就率先將高田昭二（TAKADA Shōji, 1927-）的《魯迅的生涯及其文學》、曹聚仁（1900-72）的《魯迅的一生：中國近代文學史的側影》納入「現代文庫」加以出版，開創了「解嚴」後出版魯迅研究著作的先河。在這套書每一冊的正文之前都有一個「『現代文庫』緣起」的說明，策劃者在其中指出，文庫的內容不拘泥於任何一種體裁，但求能夠親切地貼近知識份子心靈的深處和滿足他們精神上的渴求。這套叢書在 1987 年即選擇出版關於魯迅的研究著作兩種，正滿足了走出「戒嚴」時代的台灣知識份子渴望閱讀魯迅、瞭解魯迅的內心需求。曹聚仁早年與魯迅多有交往，魯迅逝世後一直從事魯迅研究和魯迅傳記的寫作。不過，其關於魯迅的研究工作因對魯迅多有褒獎而早在 1950 年代台灣的第一波「反魯」浪潮中即受到激烈批判。然而時過境遷，他的書卻在「解嚴」後成為台灣最早出版的魯迅研究著作之一[29]。高田昭二的《魯迅的生涯及其文學》一書寫成於 1981 年，次年由日本大名堂出版，此次由朱櫻翻譯成中文，介紹給台灣讀者。高度肯定魯迅的雜

---

[27] 陳光興，〈本書薦詞〉，錢理群編，《魯迅入門讀本》（台北：台灣社會研究雜誌社，2009）封底。

[28] 呂正惠，〈簡短的出版說明〉，王得后、錢理群、王富仁選編，《魯迅精要讀本》（台北：人間出版社，2010）vi。

[29] 當然，儘管台北的瑞德出版社早在 1982 年就出版了曹聚仁的《魯迅評傳》，但《魯迅的一生：中國近代文學史的側影》，也確實是「解嚴」後最早出版的魯迅研究著作之一。

文、稱「魯迅文學的精髓在於他的雜感文」，是高田昭二這本書的核心觀點。高田稱，

> 魯迅在這般狂風怒吼中，是以何為羅盤而勇往不懈呢？我認為他是一個天生傲骨的文人，以文學為根據，發自內心的羅盤引導他不斷地努力，而且徹底地秉持對文學的信仰而屹立不搖。他內心的羅盤使他在遭遇到外界狀況時均能「一招不差」地盡己之力，而他的雜文，也時時「一招不差」地發表，至今仍能膾炙人口。[30]」

這是台灣自「戒嚴」以來首次在公開出版物中對魯迅及其雜文做出如此的高度評價，對於台灣文化界重新認識魯迅具有相當重要的示範意義。

1949 年之後的數十年中，兩岸處於完全的隔絕狀態，但台港兩地的文化、文學界之間卻有頻繁的互動，香港事實上成為「戒嚴」期兩岸文化交流的一個重要視窗。這一狀況使得台灣得以首先關注香港學者的魯迅研究成果。除曹聚仁的上述著作外，1988 年，天元出版公司又出版了他的《魯迅評傳》，同時，錦冠出版社出版了香港學者陳炳良（1935-）的《照花前後鏡：香港・魯迅・現代》。此後，陸續有香港學者的魯迅研究著作在台灣出版。如 1991 年風雲時代出版的王宏志（1956-）《魯迅與左聯》，1993 年業強出版社出版的黎活仁（1950-）《現代中國文學的時間觀與空間觀：魯迅・何其芳・施蟄存作品的精神分析》，1994 年東大圖書公司出版的《文學與政治之間：魯迅・新月・文學史》，1994 年陳炳良在書林出版公司出版的《魯迅研究評議》，1995 年陳勝長（1946-）在東大圖書公司出版的《考證與反思：從〈周官〉到魯迅》，2000 年大安出版社出版的黎活仁主編之《魯迅、阿城和馬原的敘事技巧》，2007 年秀威資訊科技公司出版的董大中（1935-）《魯迅日記箋釋：一九二五年》等。此外一直積極參與台灣文壇和學術界的新加坡作家兼學者王潤華（1941-）在「解嚴」後也有多部學術著作在台灣出版，其中與魯迅相關的，有早在 1992 年就由東大圖書公司出版的《魯迅小說新論》，以及 2006 年文史哲出版社出版的《魯迅越界跨國新解讀》。這些著作提出了與中國大陸學者和台灣學者都不太一樣的魯迅觀，從而在兩岸長達四十年的意識形態對抗中所形成的相互對

30　高田昭二，《魯迅生涯及其文學》，朱櫻譯（台北：新潮社，1987）158。

立的魯迅觀之間架起一座溝通的橋樑。香港學者王宏志就指出「絕對的客觀是不可能的，我們各人都有著自己沉重的包袱，影響著我們對事物的理解和看法」，「但不能忍受的是故意的扭曲」。因此，他的《文學與政治之間》這本書的「基本態度」就是「對一些故意的扭曲的『平反』，例如魯迅研究……等，都是希望能以一個自己認為比較客觀的態度，就自己所能見到的資料，畫出一個我自己在這個時候相信可能是比較接近『事實』的圖像來。[31]」

中國大陸的魯迅研究經過幾十年的發展，到八十年代末已有相當的積累，一些報紙對大陸的魯迅研究動態有相應的關注。1988 年 12 月 20 日，《聯合報》就大陸學界正在進行的「重評魯迅」的論戰進行了述評，列舉了魯迅研究學者袁良駿、嚴家炎（1933-）、王富仁（1941-）等人的主要學術觀點，認為大陸的魯迅研究已經走向多元化[32]。不久，《聯合報》又從香港中新社得到唐弢（1913-92）正在撰寫一部四十萬字的魯迅傳記的消息，在對此的報導中，《聯合報》特別強調唐弢寫這本傳記的主要目的是要「還魯迅本來面目」，這實際是在暗示台灣的魯迅研究必須拋棄意識形態偏見而往正常化、學理化的方向發展[33]。1989 年大陸魯迅研究者陳漱渝赴台省親，他通過對台灣的魯迅著作出版狀況的初步考察，對台灣出版界出版魯迅著作所體現出來的文化使命感深表欽佩[34]。陳漱渝的赴台更引發了一輪介紹大陸魯迅研究歷史和現狀的熱潮。有學者在採訪陳漱渝之後，將瞭解到的大陸魯迅研究狀況與台灣的魯迅接受經驗相比較，大膽地提出今後台灣魯迅研究的可能路徑。杜十三（黃人和，1950-2010）就流露了他「第一次在台灣聽到有人以『完人』的角度全面性的力薦魯迅的『完美』」而產生的新鮮感，「因為陳漱渝先生的某些觀點和筆者零星接觸過的，如梁實秋（梁治華，1903-87）、林語堂（林語堂，1895-1976）或是鄭學稼諸位先生的見解確實有所出入，也許這是

---

[31] 王宏志，《文學與政治之間：魯迅‧新月‧文學史》（台北：東大圖書公司，1994）420。
[32] 本報香港訊，〈給魯迅換頂高帽子！——大陸學術界掀起新評價論戰，研究走向多元化，爭議也不少〉，《聯合報》，1988 年 12 月 20 日，9。
[33] 本報香港電，〈還魯迅本來面目〉，《聯合報》，1989 年 1 月 23 日，9。
[34] 傅慧，〈魯迅研究蔚然成風〉，《聯合報》，1990 年 3 月 26 日，29。

因為同樣的一張匾，站的地方和看的角度有所不同的結果吧。」他在瞭解到大陸的魯迅研究「在魯迅的事蹟、思想與作品內容之外，……在文體上、在藝術上成就的研究成果」還較為薄弱時，設想今後台灣的魯迅研究也許可以在「文學家的魯迅」方面有所拓展[35]。就此類問題，陳漱渝在這次訪談中特別建議兩岸學界聯手進行魯迅研究[36]，並在離台前再次強調兩岸交換資料的重要性[37]。

基於「魯迅研究在大陸幾乎成為顯學」[38]的事實，開放以後的台灣出版業開始把目光轉向蓬勃發展中的大陸魯迅研究。首先被引進版權並出版的是大陸學者劉再復（1941-）八十年代初引起學界重大反響的《魯迅美學思想論稿》一書，由明鏡出版社在 1989 年出版發行。此後，台灣出版界開始關注大陸魯迅研究界的最新研究成果，汪暉（1959-）、王友琴（1952-）、王曉明（1955-）等人在八十年代末九十年代初完成的著作相繼被引進台灣。從出版時間上可看出台灣出版界對大陸魯迅研究動態的把握相當及時。比如王友琴完成於 1988 年並於 1989 年出版的《魯迅與中國現代文化震動》[39]一書，很快便於 1991 年由水牛出版社在台印行。而汪暉和王曉明的著作，竟先於大陸而首先在台灣出版。汪暉完成於 1988 年的博士論文《反抗絕望──魯迅及其〈吶喊〉、〈彷徨〉研究》1991 年在大陸出版，而在此之前的 1990 年卻已先期在台灣面世[40]。王曉明《無法直面的人生：魯迅傳》在 1992 年 12 月由台灣業強出版公司出版整整一年後，才由上海文藝出版社出版大陸版。1993 年，桂冠圖書股份有限公司還獨家出版了大陸學者張琢（1940-）的《中國文明與魯迅的批評》[41]一書。台灣出版界緊跟大陸學界魯迅研究動態之情景可見一斑。

---

[35] 杜十三，〈陳漱渝談魯迅──訪來台探親的大陸學者〉，《聯合報》，1989 年 11 月 9 日，29。

[36] 陳漱渝說：「我認為兩岸的文化交流應該再加強。以魯迅的研究而言，他的年譜牽涉到早期在台灣的人與事，目前已甚為難求，再不著手就來不及了。」

[37] 《「兩岸文化交流迫切且必要」──大陸學者陳漱渝離台前強調交換資料的重要》，《中國時報》，1991 年 2 月 8 日，18。

[38] 傅慧，〈魯迅研究蔚然成風〉，《聯合報》，1990 年 3 月 26 日，29。

[39] 王友琴，《魯迅與中國文化震動》（長沙：湖南教育出版社，1989）。

[40] 大陸版由上海人民出版社在 1991 年出版，台灣版由久大文化股份有限公司 1990 年印行。

[41] 此書未見其它版本。

　　1987 年開放大陸探親後，以學術書為主的大陸版簡體字書籍開始在各大學附近的書店出售，尤其是 1992 年台灣當局訂立《台灣地區與大陸地區人民關係條例》並以此條例對大陸出版品在台灣的販售加以管理後，大陸原版書籍在台灣的流通逐漸呈上升之勢[42]。由於大陸簡體原版書的大量進入台灣，再加學術著作的市場有限而致無法盈利，台灣在九十年代中期以後的十年間出版的大陸學者的魯迅研究著作較少，僅有《魯迅新傳：石在，火種是不會絕的！》[43]、《魯迅的治學方法》[44]、《魯迅與讀書》[45]、《魯迅與我七十年》[46]等少數幾本。不過，秀威資訊科技在打破了傳統的 "make then sell" 運營慣例、改為零庫存的 "sell then make" 銷售模式以後，由於大大降低了出版成本，重新開始進行大陸魯迅研究著作的出版，從 2008 年開始陸續出版了一批大陸研究者的著作，如邵建《二十世紀的兩個知識份子：胡適與魯迅》（2008）、張耀傑（1964-）《魯迅與周作人》（2008）、周正章《笑談俱往：魯迅、胡風、周揚及其它》（2009）、敬文東（1968-）《失敗的偶像：魯迅批判》（2009）、楊劍龍（1952-）《鄉土與悖論：魯迅研究新視閾》（2010）、紀維周《說不盡的魯迅：疑案・軼事・趣聞》（2011）、李怡（1966-）《魯迅的精神世界》（2012）、葛濤（1971-）《被遮蔽的魯迅：魯迅相關史實考辨》（2012）等。

　　由於經過數十年的查禁，導致台灣學界的魯迅研究力量相當薄弱，因此，「解嚴」以來台灣學者所編撰的魯迅研究專著或資料較少。據筆者目力所及，最早的有 1988 年 4 月霍必烈（胡子丹，1929-）所編之《蓋棺論定談魯迅》[47]一書，但該書所輯皆為魯迅逝世後的部分新聞報導、輓聯、各時期回憶或評價魯迅的代表性文字及魯迅年譜等，僅可作為瞭解魯迅或魯迅研究的基本資料，尚不是島內學者的研究成果。倘若再除去美國學者周質平（1947-）[48]、李歐梵[49]在台出版的魯迅研究專著，則公開出版的島

---

[42] 李漢昌，〈大陸書攤開賣，遠離禁忌的年代〉，《聯合報》，1999 年 1 月 5 日，20。

[43] 馬蹄疾（陳宗棠，1936-96），《魯迅新傳：石在，火種是不會絕的！》（台北：新潮社，1996）。

[44] 何錫章（1953-），《魯迅的治學方法》（台北：新視野出版社，1998）。

[45] 賀紹俊，《魯迅與讀書》（台北：婦女與生活社，2001）。

[46] 周海嬰，《魯迅與我七十年》（台北：聯經出版事業公司，2002）。

[47] 霍必烈編，《蓋棺論定談魯迅》（台北：國際文化事業有限公司，1988）。

[48] 周質平，《胡適與魯迅》（台北：時報文化出版公司，1988）。

內學者的魯迅研究僅有周行之《魯迅與「左聯」》[50]、蔡輝振《魯迅小說研究》[51]、蔡登山（1954-）《魯迅愛過的人》[52]三本。

四、魯迅傳播的其它方式

除了對魯迅作品的轉載、出版及魯迅研究著作的印行之外，一些圖書館在「戒嚴」期被封存的書籍也得以重見天日，開放給讀者借閱[53]。新聞出版界還通過開講座、出專輯、辦書展、為演劇做廣告及刊登作家遊記等方式全方位展開對魯迅的介紹與宣傳。

在剛剛「解嚴」三個月的 1987 年 10 月，《當代雜誌》就率先出版了「魯迅專輯」，希望借此舉「還原魯迅的本來面目」。1988 年 6 月，《國文天地》雜誌社開辦的系列文化講座中包含「中央」大學康來新教授（1949-）講授之「中國現代小說導讀」，其內容涉及對魯迅寫作技巧及藝術風格的分析[54]。1989 年 3 月，正值五四運動 70 周年前夕，《聯合文學》也邀請學者、作家就中國現代文學的著名作家開設「作家的心靈世界」系列講座，其中第一場即為張大春（1957-）主講之《造就阿 Q 的人們——兼及魯迅》[55]。同時，台灣藝術界也積極籌畫以繪製魯迅作品插圖而揚名的大陸油畫家裘沙（裘伯滸，1930-）赴台辦畫展，認為「裘沙的魯迅插圖作品如能在台灣舉辦，對海峽兩岸文化心理的靠攏會有好處。[56]」1991 年，魯迅誕辰 110 周年之際，《國文天地》又以「魯迅對台灣的文學界有什麼影響」為主題，通過張我軍（1902-55）、張深切（1904-65）、張秀哲

---

[49] 李歐梵，《鐵屋中的吶喊》（台北：風雲時代出版社，1995）。

[50] 周行之，《魯迅與「左聯」》（台北：文史哲出版社，1991）。

[51] 蔡輝振，《魯迅小說研究》（高雄：復文出版社，2001）。

[52] 蔡登山，《魯迅愛過的人》（台北：秀威資訊科技股份有限公司，2007）。

[53] 李玉玲，〈解禁！央圖為館藏兩千冊「禁書」請命〉，《聯合晚報》，1992 年 2 月 13 日，3。

[54] 台北訊，〈請學者導讀講授國學〉，《聯合晚報》，1988 年 5 月 16 日，8。

[55] 參見《〈聯合文學〉系列講座》（《聯合報》，1989 年 3 月 24 日，27），〈誰是五四以來最主要小說家？〉（《民生報》，1989 年 3 月 30 日，14），〈「作家的心靈世界」系列講座 1：造就阿 Q 的人們——兼及魯迅〉（《聯合報》，1989 年 3 月 30 日，27）。

[56] 本報香港電，〈大陸油畫家裘沙將訪台〉，《聯合報》，1989 年 5 月 3 日，12。

（1905-？）、劉吶鷗（1905-40）等人談魯迅對台灣青年的影響，並邀請
劉大任（1939-）、阿盛（楊敏盛，1950-）、羅智成（1955-）等現代作家
以座談方式，談閱讀魯迅作品的經驗；《中國論壇》則邀請海峽兩岸的學
者，撰寫了七篇探討魯迅文學創作與成就的專文，編輯成紀念專集推向圖
書市場；《文訊》也向讀者徵稿，從多方面探討魯迅的作品[57]。在魯迅逝
世 60 周年的 1996 年，《復興劇藝學刊》特別製作了「《阿 Q 正傳》特刊」，
並舉辦多場座談會，邀請多名著名劇場工作者和學者，就魯迅的《阿 Q 正
傳》從創作背景到改編成國劇的手法、新編國劇《阿 Q 正傳》的劇場形式、
角色造型、劇場效果，以及傳統國劇與現代劇場之間的異同等等，作極為
廣泛而深入的探討，成為台灣戲劇界菁英精采的腦力演出[58]。而在此之前，
在復興劇校 39 周年校慶的三月中旬就已將《阿 Q 正傳》搬上舞臺[59]，演出
引起了民眾的極大興趣，僅在預售票階段就「衝出七成佳績」[60]。在圖書出
版的銷售環節，書店也積極推出各種書展提高民眾對包括魯迅在內的二三
十年代作品的瞭解以利於擴大銷量。有的書店為了吸引讀者，多方搜羅最
原始的版本為展品，其中甚至有收藏最完整的《魯迅全集》、魯迅手跡、
照片及原始版的《阿 Q 正傳》等[61]。

　　兩岸開放互訪之後，台灣人民得以訪問大陸，對於關注魯迅的文化界
人士而言，除了購買魯迅作品及魯迅研究著作外，踏訪魯迅故居、魯迅墓
及魯迅紀念館等文化遺址，也往往成為他們大陸行程的重要組成部分，其
中部分人士及時在台灣的出版物上將參觀隨感以各種文體呈現給台灣讀
書界。1988 年 5 月 19-20 日，《聯合報》刊登了張自強參觀上海魯迅故居
後所寫下的散文《訪上海魯迅故居》，文章稱「到魯迅故居參觀，雖然未
必能增加對魯迅的瞭解，但是卻在這幢房子裡，深深察覺到魯迅的人性，
蔡元培（1868-1940）曾以『千岩競秀，萬壑爭流』八個字來推崇他，但他

---

[57] 張夢瑞，〈魯迅冥誕，出版熱鬧，雜誌座談多，專輯趕上市〉，《民生報》，1991
　　年 8 月 26 日，14。

[58] 王道，〈《復興劇藝學刊》製作「〈阿 Q 正傳〉特刊」〉，《聯合報》，1996 年 7
　　月 25 日，37。

[59] 詹婉玲，〈復興劇校搬演《阿 Q 正傳》〉，《中華日報》，1996 年 3 月 4 日，18。

[60] 〈《阿 Q 正傳》預售衝出七成佳績〉，《中國時報》，1996 年 5 月 4 日，24。

[61] 李友煌，〈三〇年代作家作品聯展：宏總新光書店即起舉行〉，《民生報》（地方
　　版），2001 年 1 月 3 日，CR1。

也有『俠骨柔腸、劍膽琴心』的一面。[62]」詩人向明更在拜謁了虹口公園的魯迅墓之後，以詩歌的形式闡發了魯迅批判精神所具有的現實意義[63]。與向明不同，作家管管（管運龍，1929-）卻在虹口公園以散文詩的形式寫下自己對魯迅的理解，以「一進虹口公園就看見魯迅大夫高高坐在那兒賣藥看病」、「魯迅自己就是一副重藥」這樣筆調凝重的文字觸摸魯迅文學與思想的核心[64]。由於親臨魯迅當年生活、戰鬥過的地方而對魯迅產生一種帶有強烈感性色彩的認識，是這類文字的共同特點，這對於台灣認識一個豐富立體的魯迅自然有著相當特別的意義。

　　此外，為數不少的戲仿魯迅的作品在台灣的面世，不僅起到了傳播魯迅的作用，同時也使魯迅筆下的人物從歷史的塵埃走向當下的現實生活，為嚴肅而單調的魯迅傳播帶來些許輕鬆的元素，成為魯迅走向大眾的一個契機。這其中最具代表性的是旅美華人作家徐曉鶴創作的《假如阿Q還活著》和福建作家林禮明創作的《阿Q後傳》兩部（篇）小說。徐曉鶴原籍中國大陸，後移居美國成為自由撰稿人，1993年憑藉《假如阿Q還活著》一文，在所有382篇散文來稿中脫穎而出，一舉奪得由《中華日報》與「行政院文建會」合辦的「第六屆梁實秋文學獎」散文創作類第一名[65]。作者在充分理解原典內在結構的基礎上，從《阿Q正傳》的結尾大膽假設阿Q僥倖從刑場逃脫，之後歷經北伐、清黨、清鄉、解放、文革及改革開放等歷史變革。在這過程中，作者一方面讓魯迅原作中人物悉數登場，另一面亦加入蔣介石（蔣中正，1887-1975）、王震（1908-93）、陳永貴（1914-86）、周恩來（1898-1976）、江青（李雲鶴，1914-91）、郭沫若（郭開貞，1892-1978）等真實的歷史人物，使全文讀來虛實相生、饒有興味。作者在略帶雜文諷喻筆法的敘述中以魯迅和中國為隱藏的對話者，有效地彰顯了近代中國的歷史與現實[66]。與此類似，1995年由台北翌耕圖書事業有限公司出版的林禮明（1943-）的長篇

---

[62]　張自強，〈訪上海魯迅故居〉，《聯合報》，1988年5月20日，16。
[63]　向明，〈虹口公園遇魯迅〉，《中國時報》，1992年11月1日，43。
[64]　管管（管運龍，1929-），〈魯迅的《藥》〉，《聯合報》，1994年4月27日，37。
[65]　事實上這是一篇標準的短篇小說，之所以歸入散文類，大約是因為「梁實秋文學獎」只設「散文類」、「翻譯類譯詩組」和「翻譯類譯文組」三組獎項。
[66]　參見徐曉鶴等著，《假如阿Q還活著：第六屆梁實秋文學獎得獎作品集》（台北：中華日報出版部，1993）。

小說《阿 Q 後傳》也是一部在藝術創造中重新闡釋魯迅《阿 Q 正傳》的大膽嘗試之作，全文從阿 Q 刑場被救並與吳媽結婚生子開始敘述，讓阿 Q 經歷種種磨難終於交上好運。儘管「後傳」中阿 Q 有新的生活經歷，但作者並未改變阿 Q 的性格特徵，也基本上保持了原著的喜劇風格。《阿 Q 後傳》對舊人物做了新的挖掘和發展，同時也創造了魯迅原文中沒有的新人物，是對《阿 Q 正傳》的豐富與發展。

　　「解嚴」後各報刊刊登的為數眾多的議論、介紹、評述魯迅的文字，也都起到向大眾傳播魯迅的作用。

五、結論

　　總體而言，「解嚴」後的魯迅傳播較之以前任何一個時期的規模都來得更大、形式更為多樣化，對魯迅的評價和理解也更為多元，尤其是魯迅似乎開始走出知識圈而有進入民間生活的通俗化趨向，這無論是對促進台灣的學院派魯迅研究走向深入，還是讓魯迅進入普通百姓的視野，都起到了相當重要的推動作用。

參考文獻目錄

CAI

蔡登山.《魯迅愛過的人》。台北：秀威資訊科技股份有限公司，2007。
蔡輝振.《魯迅小說研究》。高雄：復文圖書出版社，2001。

CAO

曹聚仁.《魯迅評傳》。台北：瑞德出版社，1982。
──.《魯迅的一生》。台北：新潮社，1987。

CHEN

陳勝長.《考證與反思──從〈周官〉到魯迅》。台北：東大圖書公司，1995。

GAO

高田昭二（TAKADA, Shōji）.《魯迅的生涯及其文學》，朱櫻譯。台北：
　　新潮社，1987。

HUO

霍必烈編.《蓋棺論定談魯迅》。台北：國際文化事業有限公司，1988。

LIN

林禮明.《阿 Q 後傳》。台北：翌耕圖書事業有限公司，1995。

LIU

劉心皇.《魯迅這個人》。台北：東大圖書公司，1985。

WANG

王宏志.《文學與政治之間──魯迅‧新月‧文學史》。台北：東大圖書公
　　司，1994。

王友琴.《魯迅與中國現代文化震動》。台北：水牛圖書出版事業有限公司，
　　1991。

王潤華.《魯迅小說新論》。台北：東大圖書股份有限公司，1992。

XU

徐曉鶴等著.《假如阿 Q 還活著：第六屆梁實秋文學獎得獎作品集》。台
　　北：中華日報出版部，1993。

ZHONG

中島利郎（NAKAJIMA, Toshirō）編.《台灣新文學與魯迅》。台北：前衛
　　出版社，2000。

ZHU

朱雙一.《海峽兩岸新文學思潮的淵源和比較》。廈門：廈門大學出版社，
　　2006。

An Overview of the Popularity of Lu Xun's Publication after the Imposition of Martial Law in Taiwan

Jiyang XU

Lecturer, Department of Chinese, Minnan Normal University

Abstract

After the imposition of martial law in Taiwan in 1987, Lu Xun's literature was published widely in Taiwan. A wide range of his literature and books can be found and are cordially welcomed by the academics. Besides, different forms of propaganda about Lu appeared in media and newspaper. In a nutshell, the influences of his literature were enlarging and diversifying and the recognition and criticism tended to be pluralized, especially for the shift from the academic discussion to the emergence in folk culture. It is significant for both scholars and laymen to further their analysis on Lu Xun's literature.

Keywords: Lu Xun, Martial law in Taiwan, Publication, Spread

評審意見選登之一

1). 相關資料比較翔實，能夠較為充分地評介台灣「解嚴」以來魯迅著述及魯迅研究著作在台出版和傳播的情況；

2). 貼近魯迅研究及文學傳播研究的學術前沿，且具有較為強烈的歷史感和使命感；

3). 對最近台灣出版的魯迅研究著作有遺漏，對台灣某些學者批評魯迅的論著包括短文也應有較為充分的實事求是的評述。

4). 大陸學者徐紀陽於 2011 年曾在《東南傳播》（2011 第 9 期）上發表了〈魯迅著作在台出版及傳播研究〉，這篇「新作」基本是此文第三部分的擴展版（作者是同一人）。內容充實了不少，不過，從內地走向「國際」，似應增加國際色彩，即相關評論要適當加強並具有國際眼光。

5). 盡可能不要遺漏比較重要的成果，如台灣天空數位圖書有限公司出版的《全人視境中的觀照——魯迅與茅盾比較論》（2012 年 12 月版，著者李繼凱）等即可補入本文。

評審意見選登之二

1). 作者搜集的資料較為豐富，對於魯迅在台灣的出版與傳播狀況作了較為詳細的梳理。

2). 作者在文章中關注到演劇、書展等傳播魯迅的方式。

3). 作者沒有注意到魯迅在台灣網站中的傳播狀況。在 2002 年台灣出現過有幾個關於魯迅的網站，也有一些線民在網路中談論魯迅。

4). 文章結尾部分如果能夠作出進一步的深入分析研究會更好。

5). 建議將台灣近年撰寫的碩士、博士學位論文也納入文章研究範圍。

6). 建議將近年在台灣舉辦的學術研討會中的關於魯迅的論文也納入研究範圍。

評審意見選登之三

1). 論文選題很有意義，由於兩岸相對隔絕和資料匱乏的原因，大陸學界對此論題缺乏深入的研究，作者在收集大量的相關資料的基礎上，對台灣「解嚴」以來的魯迅出版、傳播狀況進行了全面系統的爬梳和歸納，深化了「魯迅在台灣」這一論題的研究。

2). 論文認為「解嚴以來台灣學者所編撰的魯迅研究專著或資料較少，僅列舉三本著作」，事實上，解嚴後台灣魯迅研究取得的成果最為豐富，品質也最高，譬如一些學院派的研究論文，以及台灣高校出現的眾多博碩士論文，具有較高的學術價值。論文對此語焉不詳。

3). 文章以「述」為主，缺少必要的「論」，譬如可以探討這些文化現象產生的多維原因，從政治文化、意識形態、文化認同、大眾消費、時代語境、經典魅力等等方面來分析現象背後的本質。

4). 簡要交代解嚴後台灣一些學院派的研究論文，以及台灣高校出現的眾多博碩士論文成果。

5). 從政治文化、意識形態、文化認同、大眾消費、時代語境、經典魅力等方面來探討魯迅傳播的文化現象。

《國際魯迅研究》輯一（2013 年 10 月）64-86。

嘉納治五郎：魯迅的弘文學院院長

■潘世聖

作者簡介：

　　潘世聖（Shisheng PAN），男，日本九州大學博士，華東師範大學外國語學院日文系教授。近年發表有〈夏目漱石、芥川龍之介「中國敘事」再考〉（2012）、〈事實・虛構・敘事——〈藤野先生〉閱讀與日本的文化觀念〉（2011）等論文。目前從事「魯迅與明治日本」、「1910～20 年代中國留日學生雜誌」「近代日本綜合雜誌《太陽》」等課題的研究。本文得到國家社會科學基金（留日時期魯迅與明治日本之實證研究，09BZW047）之資助。

論文題要：

　　對於魯迅研究來說，大部分時候，人們是通過魯迅而知曉和解讀嘉納，這時候，往往魯迅規定嘉納。而另一方面，魯迅之前之外的嘉納也非常重要，這時候，嘉納也會規定魯迅、規定「魯迅與嘉納」。嘉納之意義，除了「魯迅與嘉納」之外，更在於嘉納在近代日本的多重身份：講道館柔道創始人、體育家、教育家、中國留學生教育的開創者等等。嘉納主要是通過教育、也包括柔道，與近現代中國發生種種關聯。他進行了具有先驅意義的實踐，其背後的國際理念、中國認識在他的時代是賢明而穩健的。他與魯迅是師生關係，但直接聯繫並不多。而有關他的情形其實卻是魯迅形成的重要背景之一。

關鍵詞：嘉納治五郎、魯迅、弘文學院、國際觀、中國認識

一、引言

2013 年 1 月，隨著日本柔道國家隊教練對運動員進行體罰這一事件的曝光，嘉納治五郎（KANŌ Jigorō，1860-1938）這個久違了的名字，再一次頻頻出現在各種公共媒體上。評論員們引用嘉納「精力善用、自他共榮」的名言，闡述柔道的宗旨和真諦，呼籲摒棄體育運動中的暴力。一如既往，這裡的嘉納治五郎，依然是作為現代柔道的創始人、作為近代日本的體育之父和教育之父，被人們重溫和議論。

以魯迅（周樟壽，1881-1936）為仲介、具體說是通過魯迅赴日之初在嘉納主持的弘文學院學習的經歷，嘉納進入了中國魯迅研究者的視野，若干有關嘉納的介紹和評論也相繼出現。較早有馬力〈魯迅在弘文學院〉[1]等文章，為學界提供了有關嘉納的重要基本資料。此後，很少再有專門的研究或介紹。以筆者調查的結果來看，包括非魯迅研究在內，目前能夠看到的，僅有唐政〈魯迅與日本友人三題〉[2]、靳叢林、田應淵〈魯迅與楊度改造國民性思想之關聯——從楊度與嘉納治五郎的論辯談起〉[3]、余建華〈嘉納治五郎與日本柔道的發展〉[4]等文章中有所涉及，比較專業的詳盡考察尚未得見。如果以 1902 至 1906 年這一階段來看，關於嘉納、弘文學院、以及魯迅，最詳盡和確實的研究當在日本，即北岡正子（KITAOKA Masako，1936-）的〈魯迅　在日本這一異文化中——從弘文學院「入學」到退學事件〉（2001）[5]。該著以 1902 到 1906 年、特別是魯迅就讀的 1902 到 1904 年間的弘文學院以及魯迅與弘文學院為考察重點，調查發掘了大量第一手文獻資料，為該課題的研究進展做出了重要貢獻。其研究中，多處涉及到

---

[1] 馬力，〈魯迅在弘文學院〉，《魯迅生平史料彙編》，薛綏之主編，第 2 輯（天津人民出版社，1982）12-26。

[2] 唐政，〈魯迅與日本友人三題〉，《魯迅研究月刊》6（1999）：51-56。

[3] 靳叢林、田應淵，〈魯迅與楊度改造國民性思想之關聯——從楊度與嘉納治五郎的論辯談起〉，《魯迅研究月刊》12（2004）：22-26。

[4] 余建華，〈嘉納治五郎與日本柔道的發展〉，《體育文化導刊》7（2004）：60-61。

[5] 即北岡正子（KITAOKA Masako）《魯迅　在日本這一異文化中——從弘文學院「入學」到退學事件》，《魯迅　日本という異文化のなかで——弘文学院入学から「退学」事件まで》（吹田：關西大學出版部，2001）1-434。

嘉納，除嘉納對畢業生的講話、與楊度（1874-1931）關於國民性問題的討論等等之外，還專著《嘉納治五郎 中國教育視察之旅》一章，進行探討。全書填埋空白處甚多，無疑為研究魯迅留日第一期最重要之先行文獻。

表面上看，魯迅與嘉納之間並沒有太多的直接關聯。魯迅 1902 年 3 月赴日留學，4 月進入弘文學院學習日語並補習其他科目時，還只是一個年僅 22 歲、來自數年前在甲午戰爭中大敗於日本的「清國」青年。而嘉納其時已四十有三，身為講道館柔道始創人和最高指導者；在歷經諸多要職後，時任東京高等師範學校（現為筑波大學）校長，同時兼任弘文學院院長，在當時的日本教育界和體育界舉足輕重、影響力甚大。這樣一種身份地位的差異，決定嘉納和魯迅兩者之間不太可能有直接的、或對等的交涉交往。儘管如此，嘉納及其周邊的各個要素，直接參與或影響了魯迅留日時期所棲身的思想文化環境以及學習生活環境，成為考察這一階段魯迅的不可或缺的重要部分，對嘉納的理解連接著對魯迅的理解；而目前學界對嘉納的考察不足，對嘉納的解讀也存在模糊和失誤。

基於上述理由，本文主要進行以下兩方面的工作：第一，在整理分析筆者多年來搜集積累的文獻資料（基本為日文資料）的基礎上，對嘉納其人及其周邊相關情況進行考察和描述；第二，依據日本出版的全集和著作集，參照部分初載雜誌，對嘉納的言說言論進行考察，梳理其思想結構的基本線索，把握其教育實踐和文化實踐的思想支撐，為魯迅研究、特別是魯迅與日本的研究提供一份可靠的參考資料。

1.嘉納的多重身份與貢獻

嘉納治五郎是近代日本歷史上的一個重要人物。他最具有影響力的貢獻首推創立現代「柔道」，並將其普及推廣成一種世界性的體育運動和體育文化運動，並因此成為亞洲第一位國際奧會委員；他還是教育界的名人，曾作過文部省官員，擔任過多所重要學校的校長，如第五高等中學校長（現熊本大學）、第一高等中學校長（現東京大學）特別是曾三次擔任「筑波大學」前身之東京高等師範學校校長，前後長達 26 年，是近代日本師範教育和中等教育發展史上的重要人物；他還是近代日本留學生（中國留學生）教育的開創者，創辦了日本第一所從事留學生教育的學校，中國人熟知的陳獨秀（1879-1942）、黃興（1874-1916）、宋教仁（1882-1913）、

章炳麟（1869-1936）、魯迅、胡漢民（1879-1936）、吳敬恒（1865-1953）、楊度等許多人，都是該校的畢業生。他是名副其實的「柔道之父」「體育之父」和「教育之父」[6]。

（一）有關嘉納整體狀況的先行文獻

關於嘉納的生平傳記，現在出版的有如下幾種：橫山健堂（YOKOYAMA Kendo）《嘉納先生傳》（東京：講道館，1941）、嘉納先生傳記編纂會編《嘉納治五郎》（東京：講道館，1964）、加藤仁平（KATŌ Jingpei）《嘉納治五郎：閃耀在世界體育史上》（《嘉納治五郎：世界體育史上に輝く》，東京：逍遙書院，1970）、大瀧忠夫（OTAKI　Tadao）《嘉納治五郎　我的一生與柔道》（『嘉納治五郎　私の生涯と柔道』，東京：新人物往來社，1972），前三種都是出自師從嘉納研習普及柔道的弟子之手。另外還有長谷川純三（HASEGAWA Junzo）編著的專題論文集《嘉納治五郎的教育與思想》（《嘉納治五郎の教育と思想》，東京：明治書院，1981）。2010 年，為紀念嘉納誕生 150 週年，築波大學舉辦一系列紀念活動，出版了「生誕一五〇週年紀念出版委員會」編纂的文集《氣概和行動的教育者　嘉納治五郎》（《気概と行動の教育者　嘉納治五郎》，東京：筑波大學出版會，2011），回顧總結了嘉納的生平業績和貢獻。至於嘉納的文集，目前一共有兩種：一是「講道館」監修的三卷本《嘉納治五郎著作集》（東京：五月書房，1983），另一種則是為紀念嘉納逝世五十週年而出版的「講道館」監修的全集《嘉納治五郎大系》14 卷（東京：書之友社，1988）。本文作者從近 20 年前開始接觸蒐集有關嘉納的資料文獻，現參考上述文獻及其它資料，同時參佐個人的理解和考察，嘗試對嘉納其人進行一個比較全面的描述。

---

[6] 有關嘉納的傳記性綜合介紹，比較重要者可參見：「嘉納治五郎先生追悼號」（『柔道』1938 年 6 號，講道館）、橫山健堂『嘉納先生伝』（講道館，1941）嘉納先生伝記編纂會編『嘉納治五郎』（講道館，1964 年）、加藤仁平（KATŌ Jingpei）《嘉納治五郎：世界体育史上に輝く》（『新體育講座』，卷 35，東京：逍遙書院，1964）、松本芳三解説『嘉納治五郎著作集』全 3 卷（東京：五月書房，1983）等。

（二）嘉納的出生及求學經歷

嘉納於 1860 年（萬延元年）出生在今日本神戶市東灘區一個從事造酒業的家庭。父親原本與嘉納家族並無血緣關係，因擅長漢學和繪畫，深得嘉納祖父的喜歡，將其收為養子，並許配長女與之為妻，成為嘉納家族的一員。嘉納幼年深受母親薰陶影響，母親仁慈堅韌克己利人的品德，日後每每可在嘉納的思想和實踐中看到影子[7]。嘉納的父親非常重視子女教育，嘉納五歲就跟隨父親延聘的老師學習儒學和書法，十歲時，母親去世，嘉納和哥哥去東京與父親一起生活，繼續學習經史詩文。十二歲時，為了適應學習西洋文明開化的時代趨勢，嘉納進入洋學塾學習，十三歲入官立外國語學校英語科。十六歲進入官立開成學校，十八歲時，開成學校改成東京大學，嘉納被編入文學部，學習政治學和理財學，22 歲畢業後，又進入文學部哲學科學習道義學和審美學，並在兩年後的 1882 年畢業，進入宮內省管轄的官立學校——學習院，開始教師生活。

（三）創立講道館柔道與普及講道館柔道文化

嘉納畢生所從事的最重大的事業便是創立講道館柔道並普及講道館柔道文化。嘉納早年回憶自己最初接觸「柔術」（嘉納後來據此創立了柔道）時說到：「（十二歲進入洋學塾後）在學業上並不遜於他人，但當時在少年之間有一種風氣，往往體力強壯者比較跋扈，而體質柔弱者則要甘拜下風。很遺憾，在這方面我每每落後於他人。現在，我的身體可算比一般人強健，而在當時我是有病在身，體質極弱，在體力上幾乎遜於所有人。我因此也往往為他人所輕視。（中略）我小時候聽人說日本有一種叫作柔術的功夫，用它可以讓力小者戰勝力大者，所以我就想一定要學會這種柔術」[8]。

---

[7] 參見嘉納先生傳記編纂會編，《嘉納治五郎》（講道館，1964 年）等。引用據「誕生一五〇周年記念出版委員會」（生誕一五〇周年記念出版委員會）編，《氣概和行動的教育者　嘉納治五郎》（『気概と行動の教育者　嘉納治五郎』，東京：築波大學出版會，2011）3-4。

[8] 嘉納治五郎口述，落合寅平筆錄《作為柔道家的嘉納治五郎（一）》，《嘉納治五郎著作集》，卷 3（東京：五月書房，1983）9。

　　嘉納從 18 歲，即進入東京大學以後正式開始修習柔術。在修習過程中，他逐漸反省傳統柔術的不足，研究人體結構和柔術的各種招式與技巧，改進柔術著用的服裝，或為外國客人表演柔術，有意推廣和普及這一日本傳統運動。在對柔術施以思索改進融會貫通的過程中，嘉納逐漸認識到，如果經過很好的改良，作為一項包含了德育智育和體育的武術，柔術將成為對社會產生重要意義的一項運動。於是，在大學畢業後的第二年，即 1882 年，嘉納創立了「講道館柔道」，並開設了教習柔術的道場「講道館」。嘉納首先把當時慣用的「柔術」一詞改為「柔道」，旨在強調這一運動的安全性。從此，嘉納著手系統整理和改進柔道的招式技巧，制定各種規章規則，招收柔道學員，開始了畢其終生的教習推廣普及柔道的事業。這是一個漫長的過程，嘉納通過各種努力，贏來「講道館柔道」的發展和普及：1882 年創立柔道時，僅有入門者 9 人，第二年為 8 人，40 年後的 1921 年，講道館館員增加到 22,000 人，1930 年則達到 48,000 人，其中有段位者 13,000 人[9]。

　　對嘉納來說，柔道不單是一種體育運動競技，而是一種融匯了德智體三育的「道」（文化）。嘉納將「精力善用」「自他共榮」作為柔道的原則原理。他主張「善用」「精力」，即最有效地使用身心之力，並在實際社會生活中應用之，貢獻於人類社會的進步發展，進而實現「自他共榮」[10]。1914 年，嘉納設立「柔道會」，出版《柔道》雜誌；1921 年，改「柔道會」為「講道館文化會」，進一步宣傳普及以「精力善用」「自他共榮」為核心的柔道精神和柔道文化。

（四）嘉納的教育家歷程

　　較之柔道家，教育家嘉納與魯迅研究的關係確乎更加直接。1882 年，23 歲的嘉納在東京大學道義學科、審美學科畢業，之後被學習院聘為講師，邁出了作為教育家的第一步。26 歲時，嘉納成為學習院教授兼教頭。從此開始，嘉納的教育工作重心開始轉向教育管理和學校運營。1891 年（32歲）他被任命為位於九州熊本的第五高等中學校校長，一年多後，回到東

---

[9] 「誕生一五〇周年記念出版委員會」，《氣概和行動的教育者　嘉納治五郎》　34。
[10] 參「講道館」主頁 http://www.kodokan.org/j_basic/history_j.html

京，經文部省參事官和第一高等中學校校長後，於 1893 年首次擔任高等
師範學校（現筑波大學）校長。1897 年被免去校長職務，但幾個月後又受
命第二次成為高等師範學校校長。1898 年，他又應邀擔任文部省普通學務
局局長，辭去高師校長，但隨即因與上司發生衝突，於同年辭去局長一職，
其後他度過兩年多在野閒賦的生活。1901 年，嘉納第三次坐上高師校長的
交椅，直到 1920 年辭職。其間，嘉納圍繞中等教育改革、中等教育師資
培養、高師升格為大學等課題進行了長期努力，並為此做出重大貢獻。第
三次辭去高師校長時，嘉納已經年過六十，此後，他把自己的餘生和精力
全都奉獻給了柔道的推廣和普及。

（五）嘉納對中國留學生教育的開創之功

　　嘉納一生中非常重要的一章，即他所開創和從事的中國留學生教
育。嘉納曾在回憶錄中記述自己開始這一事業的由來：1896 年，中國駐
日公使裕庚（？-1905）向日本文部大臣兼外務大臣西園寺公望（SAIONJI
Kimmochi, 1849-1940）公爵探尋日方能否接收中國留學生，為此西園寺
找到時任高師校長的嘉納。嘉納解釋說，自己非常繁忙，無法直接承接
這件事，但如果有合適的人負責具體工作，自己可以擔負指導和監督的
責任。於是日方決定接受清政府的請求，由嘉納負責接收官費中國留學
生。嘉納在自家附近的神田三崎町設立了塾，邀請東京高師教授本田增
次郎（HONDA Masujirō, 1866-1925）擔任主任，又聘請了幾位老師，教授
日語和其他普通科目，掀開了近代日本中國留學生教育的第一頁。這一
年接收的第一批留學生一共 14 人[11]。三年後的 1899 年，嘉納擴大了學校
規模，起名為「亦樂書院」，師資方面也以專攻國語學的三矢重松
（MITSUYA Shigematsu, 1871-1937）為中心，聚集了一批優秀教師。此後，
赴日留學成為一股熱潮，中國留學生人數迅速增加。到了 1901 年，嘉納
接受外務大臣小村壽太郎（KOMURAJU Taro, 1855-1911）男爵的建議，
將學校遷往牛込區牛込西五軒町 34 番地（現新宿區西五軒町 13 番地），

---

[11] 通說為 13 人。但據近時酒井順一郎（SAKAI Junichirō, 1964- ）《1896 年中國人留
學生的派遣與接收經過》及其教育》（〈1896 年中国人日本留学生派遣・受け入れ
経緯とその留学生教育〉，《日本研究》31（2005）：191。）考證，第一批留學
生實為 14 人。

正式辦起了「弘文學院」[12]。學校占地面積近萬平米，建築物面積四百多平米。學校的主體教學內容有兩部分，一是日語教育，二是中學程度的普通科目教育。學校開設「普通科」，學制三年，學習日語及普通科目。此外，還有培養教師的速成師範科（六個月課程）、培養員警的警務科（三年課程）。從 1896 的「嘉納塾」算起，到 1909 年停辦，弘文學院及其前身一共存在了 13 年，累積入學的學生有 7,192 人，畢業生 3,810 人，平均每年有 550 人入學，300 人畢業，鼎盛時期的 1906 年有在校生 1,615 人[13]，成為明治時期日本國內日語教育的大本營。魯迅正是弘文學院最早的那批學生之一。

　　除弘文學院以外，在自己長期擔任校長的東京高等師範學校，嘉納同樣積極推進中國留學生教育。1899 年，高等師範學校開始接受留學生。為了讓留學生能夠順利地升入上一級學校學習，嘉納向文部省進行交涉，促使文部省在 1901 年發佈了「文部省令第十五號」，規定凡在弘文學院三年制普通科畢業的學生，均可以升入文部省直轄的京都帝國大學、札幌農學校、仙台醫學專門學校、岡山醫學專門學校、高等師範學校、女子高等師範學校等。如果申請人超過規定錄取名額時，則通過考試進行選拔。魯迅從弘文學院畢業時，未能免試進入高等師範學校，最後去了遠在東北地方的仙台醫專，正是利用了這一制度。1907 年，日本文部省與清政府簽訂了所謂「五校特約」，規定未來十五年中，第一高等學校（東京）、東京高等師範學校、東京高等工業學校、山口高等商業學校和千葉醫學專門學校這五所學校每年合計招收 165 名中國留學生。根據這一協定，從 1908 年開始，東京高師每年有 25 名留學生名額。此後，東京高師的留學生逐漸增加，多的時候達到 30 人左右。當時全校學生僅有三百人前後，三十名留學生所占的比例還是很可觀的。無論是弘文學院還是東京高師時代，嘉納都能善待中國留學生，和他們有過很多有益的交流。

---

[12]　嘉納治五郎，〈我的柔道家生涯〉（〈柔道家としての私の生涯〉），《嘉納治五郎著作集》，卷 3，33-34。

[13]　酒井順一郎，〈明治期に於ける近代日本語教育──宏文學院を通して──〉（〈明治期近代日本語教育──透過宏文學院的考察〉），綜合研究大學院大學文化科學研究科《総合日本文化研究実践教育プログラム特集号》（綜合研究大學院大學文化科學研究科《綜合日本文化研究實踐教育課程專號》，2007）：3-9。

總之，嘉納在近代日本歷史、特別是體育史、中等教育和師範教育史、以及中國留學生教育史上佔有非常重要的地位，僅僅從魯迅是弘文學院的學生，而嘉納是弘文學院的院長的角度來把握嘉納、或者只看魯迅與嘉納的關聯是不夠的。嘉納從事中國留學生教育的動機、運營弘文學院和對待留學生的方式等等，都與嘉納的上述人生背景、特別是他的思想和理念有關。

二、嘉納的國際觀

除開辦學校從事中國留學生教育之外，嘉納還曾數次前往中國訪問視察。1902 年 7 月至 10 月，嘉納訪問中國各地長達兩個多月，拜見清朝王公貴族和官員，特別是與湖廣總督張之洞（1837-1909）會面，縱論教育問題，對其後留日熱潮的進一步升溫起到了推動作用。1905 年，赴旅順，視察日本「佔領地」；1922 年往「滿洲」旅行；1927 年，為普及柔道，前往上海演講。其中特別是 1902 年的訪問，對促進中日教育文化交流，推動中國人赴日留學具有重要意義。

1、嘉納國際觀的前提：順應時代潮流的自強自立

嘉納與中國的關聯方式，依託著他獨特的國際觀和中國認識，他的獨有的觀念支撐了他的獨特實踐。總體上說，嘉納對國際及國家關係等問題的基本思路、對世界的認識、對東亞和中國的理解、對日中關係應有形態的構想，開明而溫和，超越了彌漫於那個時代充滿擴張氣味的民族主義，也超越了同時代的許多政治家學人文化人，體現了一位出色的教育家、國際人和體育人的情懷及價值觀[14]。

---

[14] 據筆者調查，關於本課題，中國方面尚無嚴格意義上的學術研究成果；日本方面也僅有數篇，如與那原惠（YONAHARA Kei, 1958- ），〈柔道の父であり、留学生教育の先駆者・嘉納治五郎〉，《東京人》26（2011）：60-67；陳舜臣（CHIN Shunshin, 1924-）「近代日本と中国-5-田岡嶺雲と嘉納治五郎」（《朝日ジャーナル》14.6（1972）：89-94；楊曉，田正平〈清末留日学生教育の先駆者嘉納治五郎——中国教育改革への参与を中心に——〉，《中国人日本留学史研究の現段階》，大里浩秋（OSATO Hiroaki）、孫安石編（東京：御茶の水書房，2002，1-447）等。但在中國留日學生研究、近代日本語教育史等研究中均會涉及到嘉納治五郎及其創辦的弘文學院。

　　嘉納所從事的中國實踐的基本背景，正是近代以來中日關係、特別是中日兩國的國際地位發生逆轉這一冷酷事實的發生。嘉納經歷了始於明治維新的近代轉型，目睹了近鄰老大中華帝國的淪落。他一直強調，一個國家一個民族，在歷史關頭，要放眼看世界，認清時代潮流，並迅捷地跟隨這些潮流，能動實現國家的改革和轉變。他明確反對弱肉強食的發展邏輯，認為：

> 世間往往會以為，通過發動國家間的戰爭、奪人土地來擴充自己國家的領土才是實現國家發展的道路。這是完全錯誤的。國家的發達，源於國家實力的發達。因此，謀求國家發展首先要認識世界的大趨勢，弄清自己的國家在世界中所處的地位，刻苦鑽研日新月異的學術，並實際運用學術，探索殖產興業的途徑，發展工業商業，增強國家實力。（1900[15]）

2、嘉納國際觀的核心：平等互利共榮

　　在國家間的交往和關係問題上，嘉納強調平等互利共榮的原則理念。面對老大中華的慘境，他沒有高高在上的自負狂傲，也沒有竊竊歡喜的幸災樂禍。他沒有忘記明治時代日本也走過由弱到強的歷程，經歷過來自西方列強的壓力及屈辱。他把「弱者」的感受融入自己對世界、對國家關係的認識構想，表現出感同身受的人道色彩：

> 國家交誼的關鍵，在於雙方利益共用。但這種利益不單限於通商貿易方面，還應通過文化思想方面的相互攝取，來實現國家的開明進步。如果認為外國人所具有的道德標準與自己完全不同，而從一開始就相互敵視的話，就大錯特錯了。（1899[16]）

本文引用了筆者閱讀翻譯的嘉納的大量論述，目的是呈現他的理念認識的原貌，為讀者提供實際的思考材料。這並不意味筆者對嘉納的見解完全持贊同意見。立場處境、話語背景和意識結構的千差萬別，決定了面對同一事物的不同看法，這原本是很自然的事。是尋找錯誤和破綻進行否定批駁，還是發現有益啟示尋求思想參照，進行有效的自我認識，本文選擇後者為論考重點。

[15]　嘉納治五郎，〈清國事件〉，《嘉納治五郎大系》，卷 6，185-86。除特別標注者之外，論文中的所有日本引文翻譯均系筆者據日本原文翻譯，歡迎識者批評指正。

[16]　嘉納治五郎，〈いかにして外人を待つべきか〉（〈應該如何對待外國人〉），《嘉

> 國與國的關係正如人與人的關係，原則上應像待我同胞一樣親待他
> 國人，甚至有時候還要準備對待外國人比本國人更加親切。只有這
> 樣，才能使彼此關係通融圓滑、互通有無取長補短、提高文明程度
> 為世界共有、進而增進世界人類的福祉。（1901[17]）

> 無視世界人類、只考慮自己國家的利益，是不能允許的。因此，各
> 國國民都應該考慮其他國家的利害，與他們融合協調，同時爭取自
> 己的利益，致力發展。（中略）放眼今日世界大勢，任何一個國家
> 要想實現自我發展，都必須通過與其他國家的融合協調來達到目
> 的。（1924 年）[18]

嘉納一再呼籲日本國民走出國門到海外看一看，去接觸新鮮事物，增加見
識和知識，並將獲得的新思想新知識運用到自己的國家；同時也要增進別
國人士對日本和日本人的瞭解，通過接觸和交流，排除誤解，加深相互理
解，建立親密圓通的關係，以減少和消除摩擦，互利互惠實現和平
（1901[19]）。

三、嘉納的中國認識

明治時代的日本知識人文化人，大體都接受過漢學教育，對古代中
國高度發達的文明和文化充滿尊重和敬畏，對中國和中國人有較多的認
同感親近感。然而，甲午戰爭之後，中日國際地位逆轉，弱肉強食適者
生存的社會達爾文主義的氣運高漲，日本人昔日面對中華的虔敬變成了
亢奮自大，仰視的視線變為俯視和蔑視。當大部分人都被這樣一種時代
風潮所裏挾時，審視嘉納的中國認識，能夠感受到他所保持的仁者和達
者的姿態。

納治五郎大系》，卷 6，170。

[17] 嘉納治五郎，〈対外の覚悟〉（〈面對外國的精神準備〉），《嘉納治五郎大系》，
卷 6，192-93。

[18] 嘉納治五郎，〈日本国民の理想〉（〈日本國民的理想〉），《嘉納治五郎大系》，
卷 6，357。

[19] 嘉納治五郎，〈盛んに海外に出でよ〉（〈積極走向海外〉），《嘉納治五郎大系》
卷 6，196-99

1、嘉納對古代中華文化的敬畏與感念

嘉納對中華文明文化一直保持著敬畏之心，他經常提醒人們，「支那是世界的老大帝國。今天，歐美諸國在世界範圍內處於富強前列，然而在這些國家還未開化的時代，支那已經實現了高度的文明」（1902[20]）。

他感念中華文明曾經給予日本的巨大恩惠，希望能夠反哺中國：

> 我國與清國僅有一水之隔，往古之時，我國曾從清國輸入制度以及物質文明，促進了我國的開化發展。（中略）支那的德育以孔孟之道為基本，日本的德育大部分也來自孔孟的教誨」。（1902[21]）

> 日本與支那有不少類似點，以至於被稱為同文同種。往昔歲月，我國曾大量輸入支那的文化和器物，我們今天所用的文字，雖非直接輸入，但卻是國人依據支那的漢字而創造出來的。制度也是模仿支那，教育上也從支那學習了許多，所以兩國的文明有頗多相似之處」。（1919[22]）

2、嘉納對中華文明衰落之因的洞察

對於近代以來中國不斷衰落，屢遭列強欺辱蹂躪的慘狀，嘉納一方面屢屢表示痛心和同情；另一方面，他又透過自己的觀察，思索其中的緣由。他的見解雖不時有刺耳之處，但發自內心又參合銳利的洞察力，每有令人回味和深省之力。1901 年發表的《清國》這篇專論就是一個代表。為了完整理解嘉納的思路，我們來看下面一段話：

> 然而，長久以來，沒有來自外國的刺激，那些為維持國內和平而設立的制度及教育方法阻礙了國民的進步，當世界上的其他國家飛快進步的時候，唯有支那一國不改舊態，數百年間處於渾渾噩噩的狀態。到了清代，開始與西洋頻繁發生交涉，先有鴉片戰爭，受到英國的沉重打擊。接著有英法聯軍的侵略，依然遭受了莫大屈

---

[20]　嘉納治五郎，〈清國〉，《嘉納治五郎大系》，卷 6，208。
[21]　嘉納治五郎，〈清国〉　210。
[22]　嘉納治五郎，〈日支の関係について〉（〈關於日支關係〉），《嘉納治五郎大系》，卷 6，288。

辱。但老大帝國依舊不改自大之風，愚蠢地視外國人為夷狄。其後的日清戰爭再受重創，雖依然未能喚起舉國覺醒，但引起部分有識之士的注意。日清戰爭在不經意之間向世界表明，老大帝國的實力已不足為懼。此後，歐洲列強向清國提出種種要求，但清國均無力拒絕，隨後有北清事變[23]以致國家日日舉步維艱，清國朝野人士始有警醒。在軍事和教育方面，效法今日的文明諸國，進行改革；在官吏任用方面，改革舊的考試方法，用新的方法選拔適合實務的人士；關於如何殖產興業，也認識到必須利用新的學術。這種覺醒，不僅是清國的幸事，也是世界的大幸事。假如清國不幸的不知覺醒、不知奮起、不去考慮如何實現國家自衛、任憑外國脅迫，或者割地讓權、最終喪失獨立的實權的話，其後果該是何等情形呢？列強將爭先恐後地來爭奪權益，最後將瓜分清國的領土，導致清國滅亡，甚至引起世界列強的紛爭。如果這樣，就不單是清國的大不幸，也是世界的不幸。如果歐美列強為瓜分中國而爭鬥，與清國唇齒相依的我國必然被捲入混戰的漩渦，從而給我國帶來巨大災害，這是不言而喻的。

因此，清國的保全和發展不僅是為了清國自身，如果能夠使我國免於捲入紛爭的不幸、並避免與歐美列強發生衝突的可能，則清國必當保全，我們要幫助它自我防禦並實現發展。[24]

鑒於嘉納在日本教育界體育界的重要地位，他的言論和見解受到中國學界出版界的關注。據筆者調查，在 1903 年 6 月 4 日創刊的文摘類刊物《經世文潮》（又稱《經世報》，半月刊，上海編譯館輯錄）第一期和其他各期，嘉納的上述言論便被冠以《嘉納治五郎學界國際策》等題名譯介刊出。在《清國事件》（1900 年）一文中，面對晚清政府的腐敗無能，嘉納心態複雜，言辭也更為犀利：「目前清國國民的情態實在糟糕至極。他們認不清天下大勢，不瞭解自己的國家在世界所處的地位，不懂得如何與外國交往，不懂得該如何對待外國人，不去努力吸收日新月異的文明，不圖增強實力，對外的防備體系至今尚未整飭完善，有時還荒唐地對外國人挑起事

---

[23] 指「八國聯軍侵華戰爭」。

[24] 嘉納治五郎，「清國」 208-09。

端。這些都是清國今天淪落至此的原因。清國國民的作為背離了國家發展的正確道路，最終在列強競爭之間陷入劣敗的悲慘境地。這也是必然的。」「東洋的老大帝國陷入如此悲運，我們最感遺憾」[25]。

3、嘉納與中國交往論中的利他而利己的共榮原則

在當時日本朝野上下廣泛議論如何「處置」中國時，嘉納置身「保全派」之列。他論述了日本「保全」中國的「義務」（必要性），提出日本具有幫助中國的有利條件，比如同為東亞國家、存在歷史文化思想上的深刻聯繫、地理上交通便利、以及日本作為改革先行者的經驗等。他呼籲日本人走出去，到中國去，用自己的學識技能與中國人一起拓展事業，幫助中國：

所以，最理想的是，我國的人們前往清國，與清國人協同展開事業時，或者那些有學識有技能的人為清國雇聘，利用學識技能來工作。所以，當清國人來到日本時，要盡力去歡迎並親切對待，要去進行指導，表達我們的厚意，為他們提供方便。我國的人們則努力前去清國，與清國人交往，精通清國的情況，在清國創業。（中略）總之，有學識有經驗的人，若得到清國的雇聘，不要僅僅考慮自己的利益，應該懷著真心為清國謀利益的想法前去。只有真正盡了善待鄰國之道，才能得到回報，為我國帶來真正利益。[26]

在另一篇專論《關於日支關係》（1919 年）中，嘉納進一步闡述了自己的看法：

我們應該對它採取怎樣的態度呢？我認為，第一，絕對不可侮辱他們。那怕是在本國人之間，侮辱人也是不可以的。侮辱人對己沒有任何好處，反倒暴露了自己品性低下。看到不如自己的人，要給予憐憫，表示同情，想方法去幫助他，自己也獲得慰藉。對不如自己的人尚且要如此，更不要說在支那人中，學識豐富人格高尚的優秀人物無計其數。對待那樣的人，哪怕是流露出少許輕蔑的態度都是極不妥當的。畢竟，日本近年來有了長足的進步，而看對方則國運

---

[25]　嘉納治五郎，〈清國事件〉　186。
[26]　嘉納治五郎，〈清國〉　211-12。

不佳，不論在政治上還是教育軍事產業上，都不如人意，容易輕看
他們。然而退一步考慮，或許可以說現在我是他的一日長者，但過
往之時，他是吾師，而且今後我們稍有大意，也許今天的位置就會
顛倒過來，我們要再次拜他為師。因此我們對他們一定要以友情相
交，不可有一絲一毫的侮辱。

其次，不可想著通過不正當的方式來獲取利益。以往，在我國，曾有
人通過欺詐他們而獲利，或通過威嚇他們而達到自己的目的。此般做法務
必要戒除。這種手段或許可的一時之利，但不會收穫永遠的利益。要想獲
永遠之利，就必須要利他而利我，任何事情都要走光明正大之路。不過，
在國際關係中，有時不免會作出違背上述大方針的行為。或是為了正當防
禦，或是權利受到他國侵犯，我們從防止侵犯的目的出發，不得不採取一
些看上去不合理的行動。這些在國際關係中也是無奈的。除開這種特殊情
形，必須要堅持利他的同時利我。即使是上述特別場合，如果從大局考慮
的話，也還是能做到雙方互利的。

第三是以誠意來指導他們。此前日支兩國的關係不夠圓滿的主要原因
是，在支那，上層裡的玩弄小計的政治家政治家頗多，而缺乏具有卓越見
識的政治家；而在下面，許多國民異常的自尊心很強，看不清今日的國情，
而疏遠需要去提攜的友好國家。在我國，同樣也存在這樣的缺陷。所以，
我們要主動去改變自己的態度，以正義與他們相處，徹底改變他們對我們
的態度。這樣，相互關係融洽了，我們告知自己的誠意的時候，他們才會
虛心坦懷地接受。他們所流露出來的親近異人種、反倒疏遠同人種的行
跡，是由於以往我們的誠意不足，是我們還不具備足以讓他們信賴我們的
實力。（中略）如果日本人真的下決心要改善現在的關係的話，日支提攜
是不難實現的。我們一定要實現它。[27]

對於嘉納觀察和思考中國的立場態度，我們可以和近代日本最著名的
啟蒙思想家福澤諭吉（FUKUZAWA Yukichi, 1834-1901）做一個對比。福
澤對近代日本的思想文化啟蒙、對日本社會的近代轉型作出了巨大貢獻。
福澤的啟蒙思想和文明觀念影響巨大，但其思想結構中隱伏著重大的矛盾
和兩面性。福澤一方面宣導近代西方的自由、平等、民主、國民國家等觀

---

[27]　嘉納治五郎，〈關於日支關係〉　290-92。

念，為實現近代日本的文明開化吶喊；而另一方面，在國際關係國家關係
問題上，他又與平等民主深刻對立。他把東西方國家分為三種形態：文明
國家——半開化國家——野蠻國家，他崇仰西方的民主平等，視歐美為高
尚和開化的典範，而對其他則鄙如草芥。他提出的「文明」和「非文明」
國家關係準則，滲透了「弱肉強食」的冷酷，具有濃厚的社會達爾文主義
色彩。福澤自身有很好的漢學修養，飽受古代中華文化文明的薰陶，但他
並不像嘉納那樣，對中國文化抱有敬畏和感念。他的著作、特別是書信中
充斥了「東洋之老大朽木」「豬尾巴」「豸犬」等辱罵性的中國指稱，一
心嚮往「脫亞入歐」；他鼓噪日本的民族主義和擴張有理的強權邏輯，充
滿了極端民族利己主義、極端功利和合理主義的氣味。甚至可以說，在觀
念結構上，福澤和嘉納處於一種相反的位置，但福澤這一路的思想覆蓋了
近代日本，而嘉納的理念的輻射範圍有限，而且一直未被主流政治吸納。

四、嘉納之尊崇孔夫子

1、嘉納之孔子思想恆久價值論

　　與那個時代大部分漢學修養深厚的日本知識份子一樣，嘉納對中國傳
統文化之核心的孔孟儒家極為敬重，他把孔孟之道視為一種重要的恆久的
價值觀。1903 年，在「弘文學院」的畢業典禮致辭中，他就指出：「振興
中國教育，以進入二十世紀之文明，固不必待求之孔子之道之外，而別取
所謂道德者以為教育，然其活用之方法，則必深明中國之舊學而又能參合
泰西倫理道德學說者，乃能分別其條理而審定其規律」[28]。他認為在謀求
新時代文明時，不能過分偏重西洋文明，還應該發掘和應用傳統文化的價
值。在弘文學院，嘉納親自帶領中國留學生舉行祭孔活動，強調尊重孔孟
之道。

2、嘉納重開「祭孔」的由緒

　　嘉納在弘文學院進行的「祭孔」，既不是僅僅面向弘文學院的中國學
生，也不是一時性的活動。在整個社會的思想觀念劇烈變動的時代，嘉納

---

[28] 馬力　18。

謀求在儒家學說中獲得精神資源。其重要標誌就是，1907 年，嘉納擔任孔子祭典委員會委員長，恢復了中斷多年的孔子祭典。元祿 3 年（1690），德川幕府將軍在東京湯島創建孔子廟，通稱「聖堂」，作為祭奠孔子的專用場所，每年舉行孔子祭典，後來又在此開設了昌平阪學問所。1868 年明治維新後，聖堂和學問所為明治政府接收。1872 年，聖堂變成日本最早的博覽會會場，學問所也變成東京大學並遷移他處。於是在原學問所所在地開設了高等師範學校。與此同時，具有悠久歷史的孔子祭也畫上了句號。1880 年，一部分有識之士為國家的前途憂慮，成立了「斯文學會」，目的是利用儒教，培養人們堅實的思想，鞏固國家的基礎。嘉納作了高師校長後，借高師搬遷大塚之際，再度提起孔子祭典事宜。1906 年，負責管理湯島聖堂的高師職員們為長期以來孔子祭典的荒廢感到遺憾。大家計畫在大成殿舉行祭典，以表達對孔夫子的誠摯感謝和崇敬之情。1907 年 1 月，祭典發起人會召開，宣佈嘉納為祭典委員會委員長。4 月，正式舉行盛大祭典。此後的十餘年間，嘉納一直擔任祭典實行委員長。1918 年，孔子祭典會與斯文學會合併，孔子祭典統由斯文學會繼承，嘉納仍擔任孔子祭典部部長。嘉納曾經說過「日本的德教脫胎於孔子教，考慮到國家的未來，這實在是一件值得高興的事」[29]。嘉納寄託於孔子祭典的情懷，同樣反映在他最早接收來自中國的留學生、甚至不惜投入私人財產開設弘文學院這些舉動上。

3、魯迅敘述嘉納祭孔的視線

關於弘文學院、關於嘉納尊孔，魯迅曾有過若干記述。譬如〈在現代中國的孔夫子〉（1935）一文就寫到：

> 政府就又以為外國的政治法律和學問技術頗有可取之處了。我的渴望到日本去留學，也就在那時候。達了目的，入學的地方，是嘉納先生所設立的東京的弘文學院；在那裡三澤力太郎先生教我水是養氣和輕氣所合成，山內繁雄先生教我貝殼裡的什麼地方其名為「外套」。這是有一天的事情。學監大久保先生集合起大家來，說：因

---

[29] 嘉納治五郎，〈足立學校釋奠講演筆記〉，《氣概和行動的教育者　嘉納治五郎》94。

　　為你們是孔子之徒，今天到禦茶之水的孔廟裡去行禮罷！我大吃一
　　驚。現在還記得那時心理想，正因為絕望於孔夫子和他的之徒，所
　　以到日本來的，然而又是拜麼？一時覺得很奇怪。而且發生這樣感
　　覺的，我想決不止我一個人。[30]

　　魯迅在這裡只是如實地記錄了當時發生的事實以及自己的心情，
並不涉及到對嘉納尊孔或者孔子學說的評判。況且，退一步說，即使
魯迅發表了意見，也還有一個恰當與否的問題。後來魯迅研究界在涉
及到魯迅與弘文學院、或者嘉納舉行祭孔時，往往使用一種挪揄甚至
批判的腔調進行敘述，這是特別值得商榷或反思的。在明治日本，在
那個對中國人來說充滿屈辱的時代，嘉納崇敬孔子，感念孔子的思想
學說給予日本文化的惠澤，認為孔教具有普世價值，這無論如何都是
一件具有正面意義的事情。至於在後世的某個時期出於某種特定目的
來解讀嘉納祭孔這件事，作為研究者應該釐清其中的細委緣由，不能
人云亦云，敷衍從事。

五、結論

　　嘉納的人生是一個體育家教育家和國際主義者的歷程，在那個嚴峻的
時代，他所具有的理性和柔性立場，體現了比較多的善意和誠意，其中貫
通著他為柔道規定的精神宗旨，即「精力善用，自他共榮」。這些精神理
念的存在和確立，支撐了嘉納的中國實踐。他的中國之行、他開創的中國
留學生教育、弘文學院，才有了與眾不同的內涵和意義，成為近代中日交
流歷史中為數不多的正面案例。正如嘉納談及在弘文學院時所說：「基於
上面那些想法，這次我開辦了弘文學院，幫助從清國來我國學習各種學問

---

[30] 本文的最早版本為日文版，發表於日本的《改造》月刊 1935 年 6 月號。中文版則
署名「亦光」譯，發表於由在日本的中國留學生主辦的《雜文》月刊第 2 號（1935
年 7 月，日本東京）出版的，題為〈孔夫子在現代中國〉，後收入魯迅自己編選的
《且介亭雜文二集》（上海：三閒書屋，1937）。引用據《魯迅全集》，卷 6（北
京：人民文學出版社，1981）321。另，丸山昇（MARUYAMA Noboru, 1931-2006）
的〈關於山本俊太氏收藏的〈在現代中國的孔夫子〉手稿〉（陸曉燕譯，《魯迅研
究動態》6（1985）：26-27）一文提供了魯迅手稿的獨特資訊，極具參考價值。

的學生。這所學校將教授清國學生日語，並進行普通教育，為準備進入各類專門學校的學生提供預備教育。另外，還將設置速成的專門科，讓學生在短時間內學到專業學術，順利回國」[31]。

　　在近代日本，嘉納的思想見識和實踐是一個卓爾不群的存在。他與中國的關聯方式，體現了近代日本支配性思潮之外的另一種觀念體系和行為樣式，其中包含了具有普泛意義的善意平等和互利共榮的價值思路。而通過弘文學院，他又不可預知的與魯迅、以及陳獨秀、黃興、林覺民、楊度、宋教仁、章炳麟、胡漢民、吳敬恒等著名人物發生了「師生」關係，也因此被人們所注意。因此，對於魯迅研究來說，「魯迅與嘉納」固然重要，而魯迅之前的嘉納也同樣非常重要，是認識魯迅不可或缺的重要背景和視角。

---

[31]　嘉納治五郎，〈清國〉　212。

參考文獻目錄

JIA

嘉納先生傳記編纂會編.《嘉納治五郎》。東京：講道館，1964。
加藤仁平（KATŌ, Ninpei）.《嘉納治五郎：閃耀在世界體育史上》（《嘉
　　納治五郎：世界体育史上に輝く》）。東京：逍遥书院，1970。

BAN

坂根慶子（SAKANE, Keiko），〈弘文學院的日語教育〉（〈弘文学院に
　　おける日本語教育〉），《東海大學紀要》13（1993）：1-16。

BEI

北岡正子（KITAOKA, Masako），〈魯迅在日本這一異文化中──從弘文
　　學院「入學」到退學事件〉（〈魯迅　日本という異文化のなかで
　　──弘文学院入学から「退学」事件まで〉）。吹田：關西大學出版
　　部，2001，1-434。

JIANG

講道館監修.《嘉納治五郎著作集》，三卷。東京：五月書房，1983。
──.《嘉納治五郎大系》，十四卷。東京：書之友社，1988。

MA

馬力.〈魯迅在弘文學院〉，《魯迅生平史料彙編》，薛綏之主編，第 2
　　輯。天津：天津人民出版社，1982，12-26。

DA

大瀧忠夫（OTAKI, Tadao），《嘉納治五郎　我的一生与柔道》（《嘉納
　　治五郎　私の生涯と柔道》。東京：新人物往来社，1972。

HENG

横山健堂（YOKOYAMA, Kendo）.《嘉納先生傳》。東京：講道館，1941。

JIU

酒井順一郎（SAKAI, Junichirō）.〈明治時期的近代日本語教育——透過
　　宏文學院的考察〉（〈明治期における近代日本語教育——宏文学院
　　を通して——〉），總合研究大学院大学文化科学研究科『総合日本
　　文化研究実践教育プログラム特集号』（2007）：3-9。

SHENG

生誕一五〇週年紀念出版委員會編.《氣概和行動的教育者嘉納治五郎》
　　（《気概と行動の教育者　嘉納治五郎》）。東京：筑波大學出版會，
　　2011。

YANG

楊曉、田正平.〈清末留日学生教育の先駆者嘉納治五郎——中国教育改革
　　への参与を中心に——〉，《中国人日本留学史研究の現段階》，大
　　里浩秋，孫安石編。東京：御茶の水書房，2002：3-28。

Chairman of Kobun Gakuin : KANŌ Jigorō

Shisheng PAN

Head and Professor, Department of Japanese, Huadon Normal University

Abstract

Researchers generally analyze and recognize Kano Jigoro through Lu Xun's literature and this to some extent might restraint the understanding of Kanō. On the other hand, the understanding of Lu was also affected by Kanō. Kanō's multifaceted roles, such as the founder of *judo*, educator and gymnast, posed significant effects on contemporary Japan. He is one of the prominent artists who established international relations with China by means of education. The teacher-student relationship between Lu Xun and Kanō influenced Lu very much, albeit their direct contact is not frequent.

Keywords: KANŌ Jigorō, Lu Xun, KobunGakuin or Kobun Institute, international perspective, understanding of China

評審意見選登之一

1). 本文以魯迅留日時期的關係人物嘉納治五郎為對象，進行詳細的考
索。在觀點上，嘗試超越「通過魯迅來理解嘉納」的侷促，以便呈現
較完整而真切的歷史面貌。材料豐富，見解通達而深入，實頗有可觀
之處，為一篇扎實而難得的好文章，建議略作修改後即可登刊。

2). 文中對於學界的相關研究，作了適切的交待，這是很負責任的作法。
專業讀者稍加對比，即可知本文遠較先行研究更為周密而深刻，但作
者也可考慮自行標舉出超越之處（例如可以稍稍評述唐政先生舊文第
一節部份）。

3). 本文對於擴充「中國魯迅研究者的視野」，其貢獻自是昭著的。但作
者顯然精通中日兩方面的資料，具有良好的條件來談論跨文化的問
題，如能進一步把願望提高到融貫「中日魯迅研究者的視野」，同時
回顧一下日本學者對魯迅弘文學院時期的研究，應該是極好的事。

4). 作者親自摘譯日文第一手文獻多篇，絕大多數為首譯，文字清暢，用
心可感，很值得肯定。

5). 如果作者還有時間，則可考慮再多運用日方的相關論述，例如北岡正
子教授的專書《魯迅日本という異文化のなかで：弘文學院入學から
「退學」事件まで》（關西大學，2001）。

評審意見選登之二

1). 這是一篇有價值的魯迅研究的參考資料。

2). 這篇文章如果能將魯迅與嘉納關係加以梳理，將使該文份量倍增。

3). 因為該文實際並未涉及魯迅與嘉納的關聯，以「魯迅的弘文學院院長」
為題往往導致閱讀期待的落空，所以建議修改題目，以便與內容吻合。

《國際魯迅研究》輯一（2013 年 10 月）87-116。

魯迅前期文學創作
與西方表現主義的潛在影響

■古大勇

作者簡介：

　　古大勇（Dayong GU），男，1973 年生，安徽無為人，廣州中山大學文學博士，曾任教於淮北師範大學，現任泉州師範學院文學與傳播學院副教授，主要從事魯迅研究和中國現當代文學研究，已發表學術論文七十餘篇，出版專著三部，即《「解構」語境下的傳承與對話──魯迅與 1990 年代後中國文學和文思潮》（2011）、《多維視閾中的魯迅》（2012）和《文本細讀與現象闡釋》，近期關注「魯迅在台港澳暨海外華文文學圈的接受與研究」專題。

論文題要：

　　以《故事新編》為代表的魯迅後期文學創作與西方表現主義的直接影響已得到學界的公認。但以《吶喊》《彷徨》和《野草》為代表的魯迅前期文學創作，學界從總體上對其表現主義藝術風格尚缺乏明晰指認與深入論述。事實上，魯迅絕非只在後期受到表現主義的影響，從早期開始，魯迅對表現主義的接受就已經開始，經歷了一個由淺入深、由隱入顯、由非自覺到自覺的大致變化過程。《吶喊》、《彷徨》、《野草》與《故事新編》的創作實踐恰好生動展現了表現主義對魯迅的影響動態化遞嬗過程。《吶喊》、《彷徨》的表現主義特徵呈現為一種非自覺性的散點印痕；《野草》是表現主義相對自覺影響下的產物，其表現主義特徵已是一種整體呈現。

關鍵詞：魯迅、表現主義、廚川白村、尼采、弗內斯（R. S. Furness）

一、序言

　　以《故事新編》為代表的魯迅後期文學創作受到西方表現主義的直接影響，並在文本中體現出鮮明的表現主義風格，此點已經得到學術界的公認[1]。但就以《吶喊》、《彷徨》和《野草》為代表的魯迅前期文學創作而言，除有個別學者對其中的個別篇目的表現主義風格有所論及外[2]，從總體上對其表現主義特徵尚缺乏明晰指認與深入論述。事實上，魯迅絕非只在後期受到表現主義的影響，從早期開始，魯迅對表現主義的接受就已經開始，經歷了一個由淺入深、由隱入顯、由非自覺到自覺的大致變化過程。《吶喊》、《彷徨》、《野草》與《故事新編》的創作實踐恰好生動展現了表現主義對魯迅的影響動態化遞嬗過程。

二、表現主義的基本特徵與魯迅對表現主義的接受

　　表現主義是西方現代派文學的主要流派之一，20 世紀初至 30 年代盛行於歐美一些國家，在德國、奧地利的聲勢最大。它涉及的範圍極廣，包括繪畫、戲劇、小說、詩歌、音樂、雕塑、電影等形式。

1.表現主義的基本的主張

　　表現主義在文藝觀等方面有一套基本的主張，具體可以概括為以下幾點內容：一、藝術應當干預生活。二、自我是整個宇宙的中心與一切真實的源泉。表現主義認為藝術必須絕對忠實於自我，藝術創造的過程就是表現人們內心世界的過程，就是「由內向外」而不是如印象主義者那樣「從外而內」。三、藝術是表現，是創造，而不是模仿。四、文學創作的目的

---

[1] 參見嚴家炎（1933-），〈魯迅與表現主義——兼論《故事新編》的藝術特徵〉，《中國社會科學》2（1995）：141-53；徐行言，〈論《故事新編》的表現主義風格〉，《魯迅研究月刊》11（1995）：28-35；徐行言、程金城，《表現主義與 20 世紀中國文學》（合肥：安徽教育出版社，2000）。

[2] 徐行言，〈20 世紀中國文學的第一聲「吶喊」——〈狂人日記〉與表現主義風格在新文學中的發軔〉，《文藝理論研究》3（1996）：50-59。

是為了表現作家的主觀思想。表現主義在藝術上亦呈現鮮明的特色：一、
強烈的主觀隨意性。表現主義作家極端推崇「思想」，既然他們強調主觀
思想的絕對性，勢必帶來對客觀事物的隨意性。外界事物、歷史都是表現
作家思想的一種工具。表現主義劇作家在處理歷史題材時，為了主觀思想
表現的需要，往往任意改變歷史的真貌。二、陌生化。陌生化原則又稱間
離原則，其基本內涵是在文學作品中採用非同尋常的情節結構、語言、形
象、意象、表演手段、舞臺設計等來打破讀者對於作品真實性的幻覺，而
使讀者從作品世界中驚醒過來，拉開讀者與作品之間的距離，從而引發讀
者用批判的目光發現隱藏在正常生活之後的危機，這種陌生化手段在表現
主義文學作品中具體體現為變形、分身、時空交混、時間錯割、事件割裂、
怪誕場景意象等藝術手段。三、抽象化。抽象化主要體現為人物類型化、
情境抽象化、舞臺風格化、線條色彩簡單化，背景模糊化等。四、寓言和
象徵。寓言是指表現主義主題的寓言化。象徵是指象徵藝術手法在表現主
義作品中的運用。五、狂熱的激情。表現主義理論家弗內斯（R. S. Furness）
認為：

> 人從他的靈魂深處發出尖叫……為求救而尖叫，為靈魂而尖叫，那
> 就是表現主義[3]。

此外，表現主義還具備以下一些藝術特色：強烈的色彩對比，反諷手法，
戲擬的語言，打破各種藝術種類的界限的多種藝術混合，「同時性」表現
手法等。

2.魯迅於表現主義的接受過程

魯迅對表現主義的接受經歷了一個由淺入深、由隱入顯、由非自覺到
自覺的大致變化過程。大致以 1924 年為界，可分為前後兩個階段。前期
姑且命名為「非自覺影響階段」，此階段魯迅與表現主義的接觸是零散的、
非自覺的、不成系統的，具體表現為魯迅受到一些表現主義先驅人物思想
或創作的潛在影響，或受到一些具鮮明的表現主義風格作品藝術營養的潛

---

[3]　R・S・弗內斯（R. S. Furness），《表現主義》（*Expressionism*），艾曉明譯（北
　　京：昆侖出版社，1989）58。

在滋潤，這種潛在影響與滋潤會作為一種藝術酵母沉澱於魯迅藝術思維潛結構中，當他受到特定的創作情緒觸發時，這種藝術酵母在文本中會散化為一種或多或少的表現主義藝術特徵。後期則將之命名為「自覺拿來階段」，此階段魯迅對表現主義的接受是自覺的、有意識的，是站在「拿來」的高度，對之進行辨證的汲取，且在作品與理論兩方面都有較深層的接觸與把握。

（一）尼采被表現主義理論家奉為先驅

魯迅與表現主義的非自覺性接觸最早出現在留日時期。此時期，尼采（Friedrich Wilhelm Nietzsche, 1844-1900）出現在魯迅的視野。而尼采被表現主義理論家奉為先驅與精神導師，正如表現主義理論家弗內斯所說：

> 在任何關於表現主義前驅的描述中，討論尼采都是必不可少的。……正是尼采對自我意識，自主與熱烈的自我完善的強調給了表現主義者的思考方式以強大的推動力……他（尼采）強調理想主義、意志與熱烈的迷狂，這一切都是與許多表現主義者強烈的主觀性及他們對新人的渴求相通。他們所渴求的新人的特徵常常與查拉圖斯特拉的特徵有著確定無誤的相似，最重要的是，尼采對創造性與生命力的崇拜，這給新的精神打下最深的根基[4]。

尼采對魯迅的影響，這是毋庸置疑的事實，魯迅對尼采的寓言體作品《查拉圖斯特拉如斯說》（*Also Sprach Zarathustra*）十分推崇，其序言部分曾經用文言與白話兩度翻譯，其中涉及到的關於「瘋子」的章節近乎表現主義寓意，〈狂人日記〉的構思無疑受到它的影響。尼采及《查拉圖斯特拉如斯說》對魯迅前期的思想與創作都產生了深刻的影響，《吶喊》、《彷徨》和《野草》等作品中都可辨認出這種影響的痕跡。魯迅與尼采的共鳴更多的是魯迅從尼采那裡汲取了與「五四」時代精神相合拍的反叛精神、自我意識、創造精神等一系列屬於表現主義本質的精神內涵，這就決定了魯迅受到尼采影響的作品，如〈狂人日記〉等，在表現主義風格

4　弗內斯　8-9。

方面呈現的最大特色——洶湧激蕩、不受羈勒的與時代同步的表現主義
精神。

（二）安特列夫的影響

　　安特列夫（Leonid Andreev, 1871-1919）亦是一位魯迅所喜愛並給他
的創作以重要影響的作家。安德列耶夫先後創作了他自稱為「新現實主義」
的劇作《人的一生》（*The Life of Man*）、《黑假面人》（*The Black Maskers*）
及小說《紅笑》（*The Red Laugh*）、《謾》（*Hypocrisy*）、等。魯迅在評
價安特列夫的創作時說，安特列夫的創作，「都含著嚴肅的現實性以及深
刻和纖細，使象徵印象主義與寫實主義相調和，俄國作家中，沒有一個能
夠如他的創作一般，消融了內面世界與外面表現之差，而現出靈肉一致的
境地。[5]」魯迅認為安特列夫在創作方法上呈現的特徵是象徵印象主義與寫
實主義二相結合，那麼，這裡的象徵印象主義事實上近似於表現主義[6]。魯
迅在其翻譯的日本學者片上伸（KATAGAMI Noburu, 1884-1928）的〈階
級藝術的問題〉一文中指出，安德列夫的戲劇「所表現的是人生之型，非
偶然底一時底而是永遠的東西，全部的東西。[7]」而這正是表現主義最本質
的特徵之一。因此，具備鮮明表現主義風格的安德列夫的作品無疑給魯迅
前期創作以深刻的、潛在的影響。

（三）「表現主義戲劇之父」斯特林堡的引進

　　魯迅在「五四」時期亦接觸到瑞典戲劇家斯特林堡（August Strindberg,
1849-1912）。周作人（周遐壽，1885-1967）在 1918 年 7 月就翻譯了他的
短篇小說〈改革〉（"An Attempt at Reform"），並由魯迅轉交給《新青年》
發表，魯迅後又陸續購置許多日文版的斯特林堡作品[8]，足見魯迅對他的重
視。而斯特林堡無疑是表現主義的先驅人物，早在 1916 年，他就創作了

[5]　魯迅，〈《暗淡的煙靄裡》後記〉，《魯迅全集》，卷 10（北京：人民文學出版社，
　　1981），185。
[6]　參看朱壽桐，〈「象徵印象主義」就是表現主義〉，《魯迅研究動態》4（1987）：
　　42-45。
[7]　片上伸，〈階級藝術問題〉，魯迅譯，《魯迅大全集》，李新宇、周海嬰（1929-2011）
　　編，卷 15（武漢：長江文藝出版社，2011）70。
[8]　魯迅，〈書信 180705 致錢玄同〉，注釋 2，《魯迅全集》，卷 11，352。

「被稱為第一部表現主義戲劇」的《到大馬士革去》(*The Road to Damascus*)，因此，斯特林堡有「表現主義戲劇之父」的美譽。

（四）陀斯妥耶夫斯基和惠特曼相繼備受關注

陀斯妥耶夫斯基和惠特曼也是較早進入魯迅視野並予以充分關注的作家。陀斯妥耶夫斯基（Fyodor Dostoyevsky, 1821-81）同樣被表現主義理論家認為是表現主義的先驅者，此點在弗內斯的《表現主義》一書中有較詳細的論證。弗內斯認為：

> 陀斯妥耶夫斯基對表現主義精神的貢獻是值得重視的，他與尼采和斯特林堡同樣強調極端的常常是病態的心理狀況，強調對思想與情感的陳規戒律予以拒斥，強調必須大膽地重估一切價值[9]。

而惠特曼（Walt Whitman, 1819-92），亦是「表現主義精神上的先驅」，「一種特別強盛的力量來自惠特曼的詩歌，惠特曼與尼采有許多共同之處，他的活力論後來在表現主義狂想的烏托邦思想中贏得了無可否認的共鳴。[10]」

（五）日本「白樺派」作品譯介

此時期，魯迅翻譯的日本「白樺派」作家武者小路實篤（MUSHANOKŌJI Saneatsu, 1885-1976）的劇本《一個青年的夢》，亦具備鮮明的表現主義風格。20 年代，魯迅著手翻譯愛羅先珂（B. R. Epomehk, 1889-1952）的童話系列，其中《世界的火災》(*World on Fire*)、《為人類》(*For Human Beings*)等透露出鮮明的表現主義色彩。在此階段，魯迅對於包括表現主義在內的整個現代主義思潮（理論）只有過零星、淺層的接觸。如他在 1919 年寫的〈隨感錄・五十三〉中，就曾提到與表現主義美術相關的「立方派」（Cubism）美術[11]，在 1921 年月 9 月 11 日給周作人的信中，他又批評宋春舫（1892-1938）翻譯的《未來派劇本》近乎兒戲[12]。

---

[9] 弗內斯 12。
[10] 弗內斯 13。
[11] 魯迅，〈隨感錄・五十三〉，《魯迅全集》，卷 1，341。
[12] 魯迅，〈200911 致周作人〉，《魯迅全集》，卷 11，404。

　　大約以 1924 年為界，魯迅對表現主義的接觸、探索與思考變成一種主動自覺的行為。1924 年，魯迅翻譯了廚川白村（KURIYAGAWA Hakuson, 1880-1923）的《苦悶的象徵》，這本給《野草》創作以深厚影響的著作是一部以表現主義為核心而不是以象徵主義為核心的理論著作（此點將在第三節進行具體論證）。在譯完《苦悶的象徵》之後，魯迅緊接著又譯完了廚川白村的具有「泛表現主義傾向」的《出了象牙之塔》，該書有專章談「藝術的表現」，專節談「自己表現」，此處「表現」的內涵與表現主義多有契合之處。

（六）魯迅於日本表現主義的譯介

　　魯迅此時期翻譯了日本文藝家論述表現主義的一批文章，如片山孤村（KATAYAMA Koson, 1879-1933）的〈表現主義〉、山岸光宣的〈表現主義諸相〉、青野季吉（AONO Suekichi, 1890-1961）的〈現代文學的十大缺陷〉、〈藝術的革命與革命的藝術等。魯迅還翻譯了板垣鷹穗（ITAGAKI Takao, 1894-1966）的《近代美術史潮論》，其中第九章較詳細論述了德國表現派美術，書末還附了有關表現主義的繪畫。魯迅翻譯的這些論文，前兩篇最具代表性。《表現主義》分別從表現主義的起源，世界觀、人生觀、藝術觀，表現主義的發展，表現主義的美學批評，文學上的表現主義，小說上的表現主義，作為病根現象的表現主義，德國表現派等方面進行詳盡的分析。《表現主義的諸相》則分別從表現主義在不同體裁領域的特徵，表現主義與自然主義的比較，表現主義政治傾向等方面進行分析介紹。此二文從多個角度全面闡釋了表現主義，而魯迅對之進行了認真的介紹，說明他有濃厚的興趣，或者與其中某些觀點有深刻的共鳴。

（七）魯迅相關的書帳

　　據魯迅日記中的書帳統計，1924 年前，魯迅絕少買外國書籍，而從 1924 年起，日記中就頻繁記載了各種有關歐洲文藝思潮的書籍，其中有大量是關於表現主義的，如：《表現主義戲曲》〔北村喜八（KITAMURA Kihachi, 1898-1960）〕、《表現主義的雕刻》（日本建築攝影類聚刊行會編）、《表現主義》〔*Expressionism*, 赫爾曼‧巴爾（Hermann Bahr）〕、《近代美術史潮論》〔板垣鷹穗（ITAGAKI Takao, 1894-1966）〕、《表

現派圖案》〔高梨由太郎（TAKANASHI Yoshitarō）〕等，由這些琳琅滿目的書籍，我們可以推測，魯迅對表現主義的接受已達到一種較高的自覺程度，其涉獵的範圍之廣、種類之多、程度之深，確令我們驚異不已。

　　值得注意的是，本文對魯迅作品的研究主要以表現主義藝術方法為基礎和準繩，也就是說，判定魯迅作品是否具有表現主義因素或風格，是否以表現主義為創作方法，主要是依據作品本身體現的美學原則、藝術表現手法及技巧，而不僅僅是依據作者的立場、宣言或他與表現主義思潮直接的聯繫。什麼是作為藝術方法的表現主義呢？它區別於興盛於 20 世紀初的狹義的表現主義，它把藝術方法作為評判作品性質的一種原則。而藝術方法是關於文學生產及其產品體現的內在藝術規律的一種總結，它採取的是一種跨時間、跨空間、跨流派的共時性視點，在不同時代與地域創作的不同流派的作品都能用共同的藝術方法來進行審美解讀。它基本含有兩個要素：一是由審美理想及文藝觀支撐的創作原則，二是由創作原則決定的獨特藝術處理方式及表現手法。其中第二點更為關鍵，它常可構成某一類作品易於指認的風格標誌。

三、《吶喊》、《彷徨》：表現主義非自覺性散點印痕

　　筆者在上節將魯迅對表現主義的接受過程分為前後兩個階段，1924 年前為「非自覺影響階段」。《吶喊》、《彷徨》創作於此階段，因此，《吶喊》、《彷徨》不是在表現主義理論自覺指導下進行創作的，而是魯迅受到表現主義先驅人物思想與創作潛在、非自覺的影響，這種影響漸漸沉積於魯迅藝術思維的潛結構裡，當他創作《吶喊》、《彷徨》時，此種積澱的表現主義藝術「酶母」會轉化為表現在文本中的表現主義藝術表徵。此種特徵零零散散、深深淺淺散佈在《吶喊》、《彷徨》各篇小說中，使《吶喊》、《彷徨》大部分篇幅都具備或深或淺、或明或暗、或隱或現的表現主義風格。但是，如果從創作方法這一角度來說，《吶喊》、《彷徨》總體上應該是現實主義。

1.〈狂人日記〉應該是屬於表現主義作品

　　〈狂人日記〉在魯迅小說中是個例外，它的創作方法應該是比較典範的表現主義，關於此點徐行言有過具體論述[13]。除〈狂人日記〉外，表現主義因素在魯迅其它小說中分佈並不均勻。有的小說表現主義特徵表現相對清晰而全面，有的小說只是在局部上呈現出一些表現主義印痕，此種表現主義印痕基本是零散的、局部的、表面的、難成系統的，因此不能上升到創作方法的高度。這兩類如果從創作方法上來說，都不能稱為表現主義，因為這些小說，都是魯迅相對自覺地按照現實主義原則進行創作的，具備典範的現實主義基本特徵。但魯迅的小說作為一種多種藝術風格並存的「複合型」，現實主義顯然並非是其唯一的特徵，很多單篇作品都深淺不一的呈現出表現主義的藝術特徵。以下篇幅重點分析散佈在《吶喊》、《彷徨》中的表現主義因素。〈狂人日記〉的創作方法因徐行言有過充分論述，此處不再單篇進行分析，而將之與《吶喊》、《彷徨》中的其它篇幅置於一起作整體論述，這樣就難以達到單篇分析的深度，但卻能從整體的角度將魯迅對表現主義的接受作一個全貌的認識，也是為了和魯迅的《野草》與《故事新編》的表現主義風格置於一起，形成一個系統的、動態化的展現，以便更好地理解魯迅對表現主義接受的內在邏輯體系。

　　表現主義認為文學創作的目的是表現自己的主觀思想，思想是一切的根本，因此，表現主義是一種主題先行的創作方法，它所關注的是運用形象化的手段表達作者對事物內在本質的洞見及對事情鮮明的情感立場。表現主義批評家庫爾特·品圖斯（Kurt Pinthus, 1882-1972）指出：「對於現實現象的擁抱、分解與重新創造，是為了把握事物的本質、心臟和神經，為了同外殼一起同時抓住內核。[14]」表現主義劇作家將自己的劇作稱為「思想劇」，同理，表現主義小說亦可稱為「思想的小說」。〈狂人日記〉的創

---

[13]　徐行言，〈20世紀中國文學的第一聲吶喊——《狂人日記》與表現主義風格在新文學中的發軔〉，《文藝理論研究》3（1996）：34。

[14]　庫爾特·品圖斯（Kurt Pinthus, 1882-1972），〈論近期詩歌〉（"Comments on Recent Poetry"），《現代主義文學研究》，袁可嘉（1921-）等編，上冊（北京：中國社會科學出版社，1989）422。

作當然寄託著作者的苦心孤詣，魯迅在創作此小說時，早有明確的主題期待。他在 1918 年 8 月 20 日致許壽裳的信中說：

> 前曾言中國根柢全在道教，此說頗廣泛，以此讀史，有多種問題可迎刃而解，後偶讀《通鑒》，乃悟中國尚是食人民族，因此成篇，此種發現，關係亦甚大，而知者尚寥寥也[15]。

此段話正道出了魯迅創作〈狂人日記〉的目的，也即是說，魯迅想要把自己從讀史中獲得的中國文明吃人的這一段埋藏幾千年、令人石破天驚的爆炸性感悟傳達給昏睡在鐵屋子裡的人們，把「凌駕於這一切之上」事物「真正的本質」深刻地昭示給讀者，按照表現主義原則完成此文。〈狂人日記〉還有更深層次的主題與本質，它深刻揭露了特定社會階段人類異化的命運。魯迅向我們展示了封建倫理關係中個人與社會、與他人之間充滿猙獰與隔膜的現實——「自己想吃人，又怕被人吃了，都用著疑心極深的眼光，面面相覷。」狂人可以說是這個等級森嚴、互相殘忍地「吃」與「被吃」的社會中的異化犧牲品。狂人所感受到的孤獨、壓抑與他人地獄般的冷漠會令人想起《變形記》中的格里高爾‧薩姆沙的命運，他們都是異化社會的不幸犧牲品。〈長明燈〉表面上講的是一個瘋子吹燈而遭到失敗的故事，內質上卻是一個傳統／反傳統、專制／反專制、文明／野蠻、光明／黑暗等二元對立的子因素在人類文明進程中互相纏繞、互相否定、互相撕滅的過程。作者借瘋子雄渾的「我放火」的嚎叫吶喊，表達了對封建專制制度一種勇敢無畏的反叛。〈阿 Q 正傳〉也傳達了作者兩個本質性的創作主旨，其一是對辛亥革命不徹底性的批判，其二是對「精神勝利法」國民性的批判。《吶喊》、《彷徨》除了一方面對現實具體問題的思考外，另一方面更有對人的存在、世界、人生等哲學意義上的普泛性思考。魯迅內心世界的「黑暗」與「虛無」的陰影是與他對人的存在的深刻絕望及對這種絕望充滿信心的自救聯繫在一起，而這表現在《吶喊》、《彷徨》的大部分篇幅中。總而言之，這種注重思想與本質的主題先行恰恰是表現主義的一大特點。

---

[15] 魯迅，〈書信‧180820 致許壽裳〉，《魯迅全集》卷 11，353。

2.採用寓言

　　表現主義在主題呈現上往往採用寓言化處理的方式，這與表現主義強調主題先行是相一致的，因為寓言這種方式往往能使讀者透過表層的文本結構挖掘深層的本質與思想。〈狂人日記〉在主題思想的傳達上主要是利用對一個迫害狂患者臆想瘋狂病態的寓言化處理來完成的。美國學者派翠克・哈南（Patrick Hanan）在比較〈狂人日記〉和安德列耶夫的《紅笑》時曾經指出：

> 《紅笑》的象徵是神秘的，像詩的隱喻，沒有點明，而〈狂人日記〉的象徵儘管十分有力，卻是理性控制的，點明了的，一句話，寓言式的[16]。

這正說明了〈狂人日記〉在主題呈現上的寓言化特徵。表現主義寓言化寫作在借鑒傳統寓言寄寓性主題的基礎上亦重視寓言情境的創造，其特徵主要是打斷時間、空間、人物和動作的邏輯鏈條，將虛擬的人物或自然物作為主人公，展開人物在特定時空的命運際遇。寓言實際上是將高度主觀化的情緒與觀念尋求圖示化的闡釋過程，即將抽象觀念轉化為圖畫式的語言編碼過程。〈狂人日記〉不是通過故事情節與人物動作來寄寓主題的，而主要是借助於狂人特殊的瘋人視角，展示狂人眼中真實得令人可怕的「非正常世界」，凸現狂人與周圍人物及環境種種不協調的關係，通過狂人視野中的一系列瘋狂幻象來寄託寓意。〈長明燈〉雖有簡單的故事情節及人物動作，在此點上稍不同於〈狂人日記〉，但它還不是所謂的「故事式」「寓言」作品[17]。因為在小說中，這種展示人物命運的事件不具備故事的曲折性、完整性（即情節具備開端、發展、高潮、結局），倒更接近於〈狂人日記〉的寓言模式：「以一個特殊情境為中心，通過特定的背景、人物關係和矛盾衝突所顯示的象徵內涵與符號意義，加上人物抒情對話中的主題暗示，凸顯出作品的寓言。[18]」〈長明燈〉的環境吉光屯是一個虛擬化的背

---

[16] 派翠克・哈南，〈魯迅小說的技巧〉（"The Technique of Lu Hsün's Fiction"），《國外魯迅研究論集》，樂黛雲主編（北京：北京大學出版社，1981）306。

[17] 徐行言、程金城　298。

[18] 徐行言、程金城　300。

景，人物是類型化的，蘊含著豐富的象徵意義，作者意在把反封建、反專制的抽象概念轉化為吹滅長明燈的圖畫式語言編碼過程。〈藥〉從深層意義上來說，亦是一個寓言，它寄寓著不但是如何治療整個華夏民族疾病的問題，而且是如何治療人類普遍的醜惡、缺陷、無知、病瘤、苦難、罪惡等問題，換句話說，它寄寓的是作者對真善美、人類永恆正義、一種存在意義上的完美境界的焦灼期盼。小說由四個獨立的小情境組成，共同完成對作品寓意的傳達。

3. 人物類型化

　　人物類型化是表現主義基本特徵之一。表現主義由於關注「本質」與「思想」，則必然忽略對個人特徵的描摹與關注，他們將人作為類的代表，揭示其具有普遍性的特徵，因此人物形象鮮有血肉、平面化、線條化、甚至漫畫化，往往具象徵抽象意味。〈狂人日記〉中「狂人」、〈長明燈〉中的「瘋子」等都可視為類型化人物，作者並沒有刻意將之塑造成富有鮮明獨特個性的藝術典型，亦沒有用具體詳實的語言對他們的外貌進行具體有表徵的勾勒。「狂人」塑造主要通過狂人一系列心理流動的變化及瘋狂言說來進行內涵定位。「瘋子」則通過其駭世震俗的行動及周圍人對之的反應來進行內涵定位。一是通過言說方式，一是通過行動方式，但兩者卻殊途同歸地定格為同質的內涵——無異的反封建鬥士形象。狂人和瘋子，無疑是具相同性質的類型化形象。如果用現實主義人物鮮明個性化的要求來分析此類人物形象，往往會令我們不太滿意，因為魯迅在這裡運用的是表現主義處理人物形象的範式，用單純簡潔的筆觸，將作品中的被賦予各種身份的人物統統加以風格化的抽象，使之定格為代表一種身份或觀念的類型化符號，或說他們是含有象徵性和寓言性意義的符號載體。

　　〈狂人日記〉和〈長明燈〉等小說中的其它人物採用的是類型化的漫畫群像的筆法。〈狂人日記〉中這些人物無論有名或無名均代表某種特定身份與年齡——富人趙貴翁、窮漢佃戶、幫閒陳老五、大哥與母親、青年、女人、老頭、小孩子等，他們都是一幅模樣，一例的怪眼光，臉色泛青，牙齒白厲厲地排著，或者面貌不清，一直不露聲色的大哥後來也變臉了，狗與人亦一樣，表情就只是各種各樣的笑：「笑也不像真笑」，而且「話中全是毒，笑中全是刀」，笑時每個人都現出青面獠牙的猙獰，卻全然區

分不出個人特點，這些無明顯表徵的人物都是為了表達特定思想與寓意的抽象符號而已。〈長明燈〉中除瘋子之外的人物——如闊亭、三角臉、灰五嬸、方頭、莊七等和〈狂人日記〉中的同類人物相似，他們雖然沒有鮮明的個性特徵，但都整體構成了一個與瘋子對立、並無時無刻不將其吞噬消滅的瘋人所生存的異質環境世界。總之，作者對這類人物採用了風格化的漫畫群像的筆法。他們從個體上來說，是一個個小的類型化人物，這些同質的類型化人物共同組成類型化人物群像，成為與狂人、瘋子二元對立的意義項因素，從而完成對寓言主題的思考。〈藥〉如果視為一個寓言，其中的人物亦可視為類型化人物，夏瑜約略等同於瘋子，而康大叔、阿義等作為一個群體而存在，構成與夏瑜之間意義的二元對立。

4.象徵

象徵是表現主義不可缺少的藝術手段。雖然它在作品意義系統中不像在典型的象徵主義作品中那樣具核心地位。這裡的象徵正如廚川白村所說的「廣義的象徵主義」，廚川白村「想更加深入，踏進幽玄的神秘思想的境地」[19]，這與魯迅欽羨安特列夫象徵主義的「神秘幽深」是相通的。魯迅一直將象徵主義視為「新興文學」，在作品中進行有意識的運用。〈狂人日記〉很早就有人視為象徵主義小說，狂人的象徵內涵已有學者進行了詳細反復的論述。小說中的其它細節也充滿了象徵隱喻意義，小說中頻繁出現的白天與黑夜也不純然是物理意義上的時間，「黑漆漆的，不知是日是夜[20]」具備雙重的指涉意義，其中的「狼子村」、「趙家的狗」、「黑沉沉的屋子」等都具鮮明的象徵隱喻色彩。〈藥〉接受了安特列夫〈齒痛〉（"Toothache"）與〈默〉（"Silence"）的影響，魯迅說過：「〈藥〉的收束，也分明留著安特列夫的陰冷。[21]」〈長明燈〉部分材料取自於迦爾洵（Vsevolod Mikhailovich Garshin, 1855-88）的小說《紅花》（The Red Flower），長明燈是中國長期封建統治的象徵，小說中的瘋子及其對立人物，一潭死水的吉光屯都具有較為明顯的象徵意義。

---

[19] 廚川白村，《出了象牙之塔》，《魯迅譯文集》，卷3（北京：人民文學出版社，1958）243。

[20] 魯迅，〈狂人日記〉，《魯迅全集》，卷1，427。

[21] 魯迅，〈《新文學大系》小說二集序〉，《魯迅全集》，卷6，239。

5.激情

　　表現內在的激情是表現主義最重要的美學原則之一，表現主義將文學視為內在精神的體現，他們總要尋找縫隙將這種地火般的精神爆發出來。〈狂人日記〉是魯迅小說中最有激情的一篇，這種激情並非浪漫主義式的直抒胸臆，而是飽含在狂人一系列「瘋狂言說」中。可以說，整篇〈狂人日記〉都是狂人以一種獨特的方式進行充滿激情的「自我告白式」的言說。例如小說第 7、8 節，狂人向大哥發表了激情滿溢的關於吃人的野蠻人變為不吃人的真人的進化演說，在尼采的《查拉圖斯特拉如斯說》中，主人公類似的「勸轉」一次次的失敗。然而狂人卻倔強地發出激情的呼籲：「你們可以改了，從真心改起！要曉得將來容不得吃人的人，活在世上……你們立刻改了，從真心改起。[22]」最後一節，當狂人喊出「救救孩子」這一憂心如焚、近乎絕望的呼求，狂人所抒發的內在激情已達到最高點。〈長明燈〉內在情感的抒發較〈狂人日記〉要含蓄一些，但瘋子的一些言行亦是充滿激情的，尤其是狂人那種吹熄長明燈的激情：「就因為那一盞燈必須吹熄……吹熄，我們就不會有蝗蟲，不會有豬嘴瘟。[23]」，「我要吹熄它[24]」。正如狂人喊出充滿激情的「救救孩子」，瘋子也數次喊出「我放火」的雄渾激越的吶喊。作品中這些借狂人、瘋子之口喊出的情緒激揚的告白、宣戰與呼求，一定程度上亦是魯迅向舊世界抗戰的宣言，我們可以在其中觸摸到魯迅自己情感脈搏的激烈跳動，這是一種魯迅式的在「寂寞」與「悲哀」之間「不免吶喊幾聲」的呼告，也是斯特林堡式由「孤獨的靈魂」向世界發出的「求愛的呼聲。[25]」這在表現主義戲劇小說中是一種常見的表達方式，我們看一看托勒爾（Ernst Toller, 1893-1939）的劇作《群眾與人》（*Masses Man*）中的臺詞：「……我喊道／打垮這套制度／可是你卻要打垮人類／我再也不能沉默／今天不能再沉默／那些在外邊的是人／流血呻吟著母親所生

22　魯迅，〈狂人日記〉　430-31。
23　魯迅，〈長明燈〉，《魯迅全集》，卷 2，60。
24　魯迅，〈長明燈〉　61。
25　劉大杰（1904-77），《表現主義文學》，2 版（北京：北新書局，1929）97。

下的人／人類永遠都是兄弟。[26]」這種飽含強烈激情的思想自由而不加節制地抒發，正體現了表現主義最根本的精神。魯迅曾說過：「叫喊與反抗是他們國人譯介外國文學的選材原則。[33]」而表現這種「叫喊與反抗」又何嘗不是他創作時所遵守的基本原則呢？

　　瘋人視角則主要體現在〈狂人日記〉裡。對精神病患者的重視是伴隨著 19 世紀非理性主義的盛行，當非理性主義逐漸成為人們反抗傳統思想道德的武器時，瘋人言行所透露的迥然不同的價值觀念開始受到重視。表現在文學創作中，與非理性密切相關的瘋狂、幻覺、鬼魂、夢幻、怪誕等進入現代主義文學體裁的領域，這在表現主義文學中顯得格外突出。表現主義往往站在瘋人立場，認同瘋人的言論與行為，深刻而真實地刻畫瘋人眼中被扭曲的異化世界。在表現主義看來，瘋人思維世界裡呈現的那種荒唐、怪誕、扭曲的世界恰恰是一個更真實的世界，更能揭示出現實的本質。因此可以說，〈狂人日記〉中塑造的狂人形象，是作者成功選擇了一個另一種真實意義上的非理性視角，從而為魯迅對現實社會與傳統文化進行批判與抨擊提供一個表達的「外衣」。〈狂人日記〉借瘋人視點表達作者真實的創作目的：借狂人瘋話、錯覺、幻覺暗寓了對中國舊時代本質的深刻洞見和義無反顧的批判，借狂人之口傳達了直接發自作者心底對整個舊制度反抗與宣戰的吶喊[27]。

6.間離敘事法

　　《吶喊》、《彷徨》中許多小說還運用了表現主義經常運用的「間離敘事法」，它是文藝作品在情節敘述或形象表現中採取的旨在打破讀者真實幻覺的非自然主義的敘事方式。〈阿 Q 正傳〉中，小說的敘述視點是採用中國傳統藝術中的說書人角度，在第一章中，用戲擬的筆法追溯為阿 Q 立傳的依據，其間又帶有幾份調侃色彩地穿插了關於陳獨秀和胡適之門人之類的文壇掌故，其目的並非是追求現實主義式的真實感，而是喚起作者與人物拉開距離的陌生感和對作品寓意的反省，從而達到陌生化效果〔布萊希特（Bertolt Brecht, 1898-1956）〕謂之「間離效果」），我們姑且將

---

[26]　袁可嘉（1921-）等，《外國現代派作品選》，冊 1，下（上海：上海文藝出版社，1980）559。

[27]　上述內容可參看徐行言、程金城《表現主義與 20 世紀中國文學》的相關部分論述。

之稱為「間離敘事法」。《吶喊》、《彷徨》中還有另一類形式的「間離敘事法」，《故鄉》裡寫到楊二嫂進了「我」家就大嚷大叫，對於「我」的不認識大為不滿，下面便有一段跳出的議論：「彷彿嗤笑法國人不知道拿破崙（Napoléon Bonaparte, 1769-1821），美國人不知道華盛頓（George Washington, 1732-99）似的」，這種議論式寫意其實是作者向讀者說的「悄悄話」，頗為幽默地跳出議論。〈社戲〉開頭部分亦有類似的話，作者對讀者聊了好一陣子閒話，等於在正式開場前舞臺監督和大家說一會閒話，其中「否則便是我近來在戲臺下不適於生存了」，很俏皮地引發出進化論的觀點。〈阿 Q 正傳〉在敘述中插入了許多直奔主題的議論，如第四章開頭：「然而我們的阿 Q 卻沒有這樣乏，他是永遠得意的，這或者亦是中國精神文明冠於全球的一個證據了。」說辛亥革命時代的阿 Q 卻將「五四」時代守舊派鼓吹精神文明的的話插進去，是間離的插入。

表現主義「窺視著」「潛在意識的奇詭，精神病的現象。[28]」這正好說明了魯迅作品中運用潛意識描繪等非理性手段的典型特徵。〈白光〉中的陳士成看榜回來，發現連一群雞都在笑他，月光注下的寒光，也被他認為是白銀發出的毫光。〈肥皂〉正是通過對主人公潛意識的挖掘而深刻犀利解剖出隱藏在道貌岸然外表下醜惡卑劣的魂靈，原來四銘買肥皂是為了獲得一種假想性替代性的性滿足，他不過和街上的流氓是一丘之貉。人物形象內涵的凸現是通過作者抽絲剝繭地對人物潛意識的逐步外現而完成。

總之，本節分別從表現主義諸般特徵對《吶喊》、《彷徨》進行散點透視，發現《吶喊》、《彷徨》中的部分作品尤其是〈狂人日記〉與表現主義藝術範式有著內在的一致性。如前所述，儘管此時期魯迅並未從思想上自覺認同於已在蓬勃高漲中的西方表現主義文藝思潮，或並沒有系統接觸到表現主義文藝的最新成果，但這並無妨他在共同的先驅者的引導下，與西方表現主義作家走上同一條藝術探索之路。散佈在《吶喊》、《彷徨》中的表現主義印痕便是這條看似無心的探索道路上的第一個觸目標誌。

---

[28] 片山孤村（KATAYAMA Koson, 1879-1933），《表現主義》，《魯迅譯文集》，卷 5，164。

三、《野草》：表現主義相對自覺影響下的產物

　　和《吶喊》、《彷徨》相比，《野草》大致是在表現主義理論相對自覺影響下進行創作的，表現主義著作和理論給魯迅的直接或間接影響或隱或現在《野草》創作過程中留下了痕跡，由此決定了《野草》創作方法或藝術面貌上的指向性。正如第一節所述，在創作《野草》時期，魯迅對表現主義的接受、探索與思考已變成一種主動自覺的行為，因此，《野草》必然帶上由之而決定的表現主義風格。

1.《苦悶的象徵》的影響

　　《野草》的第一篇散文詩〈秋夜〉寫於 1924 年 9 月 15 日，最後一篇〈一覺〉寫於 1926 年 4 月 10 日（寫於 1927 年 4 月 26 日的〈題辭〉是《野草》整理出版時的序言），而魯迅翻譯《苦悶的象徵》則從 1924 年 9 月 22 日著手（《野草》的第二篇〈影的告別〉則寫於 9 月 24 日），僅用了 20 天時間，在 10 月初譯完付梓。魯迅在翻譯之前，已經知道這本著作有了豐子愷的譯本及別人的零散譯文，他決定重譯，當然對該著作的內容十分熟稔且推崇。因此，我們可以推測，《野草》受到《苦悶的象徵》的影響。而《苦悶的象徵》是一種什麼性質的文藝理論著作呢？筆者認為，《苦悶的象徵》是一部具濃厚表現主義傾向的文藝理論著作，理由如下：

　　一、《苦悶的象徵》產生於日本文壇上現代主義文學潮流蜂湧紛至、表現主義文學異軍突起的時期，小山內薰（OSANAI Kaoru, 1881-1928）等人大力鼓吹和上演表現主義戲劇，進步作家秋田雨雀（AKIDA Ujyaku, 1883-1962）寫出了表現主義劇本《跳舞的骸骨》，宣導象徵主義詩歌的「未來社」成立，曙光詩社則揭開了日本「未來派」運動的宣言……這種以表現主義為核心的日本文學運動新趨勢在某種程度上給身在潮流之中的廚川白村以無形的影響，當然這種影響亦會在這之後寫就的《苦悶的象徵》中得到反映。

　　二、《苦悶的象徵》和表現主義有共同的影響淵源。法國哲學家柏格森給《苦悶的象徵》以極深的影響，魯迅在翻譯《苦悶的象徵　出

了象牙之塔》中序言說「作者據柏格（Henri Bergson, 1859-1941）森一流的哲學，以進行不息的生命力為人類生活的根本。」而柏格森的直覺主義，同樣也影響了表現主義的創作實踐，可以說，柏格森的反理性主義哲學是表現主義產生的哲學基礎之一。《苦悶的象徵》同時也受到佛洛德哲學的影響，魯迅在其譯本序言裡說：「又從弗洛特（Sigmund Freud, 1856-1939）一流的科學，尋出生命力的根柢來，即用以解釋文藝——尤其是文學。」佛洛德（Sigmund Freud）學說（尤其是潛意識、補償作用、昇華作用、藝術即做夢的理論）亦對表現主義作家的創作產生了極大的影響。

三、從《苦悶的象徵》的正文內容來看，作者運用了克羅齊和佛洛德的學說，強調藝術是「表現」。在第一章《創作論》中，從正面對表現主義進行了闡釋：「近時在德國所宣導的稱為表現主義（Expressionism）的那主義，要之就在以文藝作品不僅從外界受到的印象的再現，乃是將蓄在作家內心的東西，向外面表現出去。它那反抗從來的客觀的態度的印象主義（Impressionism）而側重於作家主觀的表現（Expression）的事，和最近思想界的確認了生命力的創造性的大勢，該可以看作一致的罷。藝術到底是表現，是創造，不是自然的再現，也不是模寫。[29]」廚氏在這裡強調藝術是表現，而非再現，這是他文藝觀上的一個核心思想，也是《苦悶的象徵》所欲表達的重要思想觀點。在《苦悶的象徵》不長的篇幅中，數十次出現「表現」的詞眼，像一顆顆珠璣貫穿在《苦悶的象徵》構建的理論框架中（當然這些詞眼並非全部和嚴格意義上的表現主義的定義相一致）。如「文藝是純然的生命的表現」[30]，「則表現乃是藝術的一切」[31]，「作家生育的苦痛，就是為了將存在自己胸中的東西……人物事象，而表現出去的苦痛」[32]。

---

[29] 廚川白村，《苦悶的象徵》，魯迅譯，《魯迅譯文集》，卷 3，31-32。
[30] 廚川白村，《苦悶的象徵》 14。
[31] 廚川白村，《苦悶的象徵》 25。
[32] 廚川白村，《苦悶的象徵》 37。

四、有些學者認為，魯迅接觸象徵主義，一個主要的來源是廚川白村的
《苦悶的象徵》，殊不知廚氏的象徵主義乃是一種廣義的象徵主
義。他說，「生命力受了壓抑而生的苦悶懊惱乃是文藝的根柢，但
是表現法乃是廣義的象徵主義。[33]」「所謂象徵主義者，決非單是
前世紀末法蘭西詩壇的一派所曾經標榜的主義，凡是一切文藝，古
往今來，是無不在這樣的意義上，用了象徵主義表現法的。[34]」

2.象徵主義

　　表現主義也大量採用廣義的象徵主義，在卡夫卡的小說、凱澤和托勒
爾的劇本裡，象徵手法的運用可以說是俯拾皆是。《野草》的象徵主義更
多的是源於波特賴爾（Charles Baudelaire, 1821-67）的法國象徵主義詩歌
流派、俄國的安特列耶夫、迦爾洵、屠格涅夫（Ivan Sergeevich Turgenev,
1818-83）等作品等的影響。可以說，《苦悶的象徵》對《野草》的表現主
義風格的形成以直接的影響。但在這之前，魯迅已或隱或現和表現主義多
次「觸電」，此點在上節已有過論述。

　　綜之，魯迅在表現主義的無聲滋潤下，使得《野草》帶上了鮮明的表
現主義色彩。《野草》的表現主義風格體現在如下幾點：

一、在美學原則的確認上，表現主義認為藝術創作是對作家主觀精神
世界的表現，而不是為了再現客觀現實。為了表現主體的內在本
質，強調主觀對客觀的絕對瓦解、征服與支配。表現主義推崇精
神，「唯以精神為真是現實底的東西，加以尊崇，而於外界的事
物，卻任意對付，毫不介意，從而尊重空想、神秘、幻覺，也正
是自然之勢。[35]」因此，他們主張抒發人物的內在精神。《野草》
中的大部分篇章正符合上述特徵。魯迅創作《野草》時期，是心
靈上最為陰暗、彷徨與沉重的時期。他說，《野草》是「碰了許
多釘子之後寫出來的」、「心情太頹唐了。」新文化運動之後國
內政治力量的分化，魯迅似「遊勇」似的置身於毫無邊際的荒原，
多種反動勢力鬼魅般盤踞在風雨如磐的血腥時代，幾千年封建文

---

[33] 廚川白村，《苦悶的象徵》　20。
[34] 廚川白村，《苦悶的象徵》　29。
[35] 山岸光宣，《表現主義的諸相》，《魯迅譯文集》卷10，221-22。

化的鐵屋子的精神桎梏，魯迅家庭的變故，友人的中傷與背叛，無路的彷徨……這諸多矛盾糾結纏繞衍生於魯迅靈魂的最深處，遭受心靈酷烈煎熬的魯迅必定要尋找適當的途徑使之迸發渲泄。

《野草》表現了魯迅在生與死、愛與憎、理想與現實、希望與絕望之間的矛盾衝突及由此產生的孤獨感，交織著驚異、猶豫、追求、失望等複雜的心態。而「極端的表現主義的精髓，是藝術來描寫他的心底狀態來，然而一切藝術家，尤其是表現派的藝術家，乃是苦惱的人們，大抵是和家族、社會、國家等相衝突。[36]」在《野草》的大部分篇章裡，我們看到的是一個主觀精神的藝術世界。

《野草》中八篇以「我夢見」開頭的散文詩，虛幻的夢中所展示的乃是主體絕對支配與征服下的藝術世界，作者在這裡追求的主要不是對自然表像的精確反映，而要表現自然界所蘊涵的內在精神，要表現感知者的本質，而不是表現被感知者的本質。因此，《野草》中描繪的大部分場景和意象，如「死火」、「冰山」（〈死火〉），「鬼魂出沒的地獄」（〈失掉的好地獄〉），「墓碣」、「死屍」、「孤墳」、「遊魂」（〈墓碣文〉），老婦「頹敗震顫的身軀」（〈頹敗線的顫動〉），「我」死後的怪異世界（〈死後〉），包括非以「我夢見」開頭的文章中的「復仇場面」（〈復仇（其一）〉），「釘殺神之子」的場面（〈復仇（其二）〉），徘徊於明暗之間的「影」（〈影的告別〉），「天空」、「棗樹」（〈秋夜〉）……都「是和自然主義或印象主義（Impressionism）反對，不甘於自然或印象的再現，想借了自然或印象以表現自己的內界。[37]」〈墓碣文〉中由「墓碣」、「死屍」、「孤墳」、「遊魂」等組成的藝術世界亦是創作主體心靈的外在表現，是魯迅赤裸、尖銳、毫不留情地「露出我的血肉來」，是魯迅靈魂中多個「自我」之間血淋淋的搏鬥、撕齧與深刻自剖的內在矛盾與痛苦的外在圖示化呈現。

---

[36] 片山孤村　170-71。
[37] 片山孤村　164-65。

〈復仇〉（其二）「以耶穌被釘上十字架的過程和情景」表現了魯迅對於和先覺者相對立的庸眾拿「殘酷」做娛樂，拿「他人的苦」做賞玩、做慰安，「渴血的欲望」決裂復仇的情感。此文表現的載體——耶穌被釘的故事，源自基督教《聖經》（*The Holy Bible*）中《新約全書》（*New Testament*）的《馬太福音》（"Matthew"）27 章和《馬可福音》（"Mark"）15 章的內容。但魯迅根據自己的需要對原材料進行了取捨——略去了原材料中關於祭祀長、長老、文士共同商議要治死耶穌，把耶穌交給巡撫彼拉多審問及最後處理的詳細過程，而在篇首以簡略的語言交待一下「兵丁們」（庸眾的象徵）對耶穌的侮辱，散文詩特別增加了關於耶穌內心對群眾復仇與悲憫情緒的渲染文字。這種為了創作主體主觀表達的需要而對歷史神話題材進行隨意取捨與處理的做法，正是表現主義的一個重要特點。

表現人物的內在激情是表現主義的重要美學原則之一。《野草》中有一部分文章的情感表現傾向於內斂，但許多篇什則酣暢地表現了創作主體的內在激情。我們在《野草》中可看到這樣一個個激情漩渦：「她於是抬起眼睛向著天空，並無詞的言語也沉默盡絕，唯有顫動，輻射如太陽光，使空中的波濤立刻迴旋，如遭颶風，洶湧奔騰於天邊的荒野。」（〈頹敗線的顫動〉[38]）「可詛咒的人們呀，這使他痛得舒服。」（〈復仇其二〉[39]）「希望是甚麼？是娼妓：她對誰都蠱惑，將一切都獻給……絕望之為虛妄，正於希望相同！」（〈希望〉[40]）……

二、在題材特徵上，《野草》中許多篇什和表現主義文學有著一致性。表現主義理論家認為：「和神秘地傾向相偕，幻覺和夢，便成了表現派作家得意的領域，他們認為藝術品的價值，是和不可解的程度成正比例的，以放縱的空想，為絕對無上的東西，而將心理底的說明，全部省略。[41]」《野草》可以說是一部有意

---

[38] 魯迅，〈頹敗線的顫動〉，《野草》，《魯迅全集》，卷 2，206。
[39] 魯迅，〈復仇其二〉，《野草》 174。
[40] 魯迅，〈希望〉，《野草》 178。
[41] 山岸光宣，《表現主義的諸相》，《魯迅譯文集》，卷 10，224。

識系統地描繪夢境的作品，24 篇作品中有 9 篇濃墨重彩寫夢，連續 7 篇文章都是以「我夢見自己……」為開頭。由於創作主體表現的需要，表現主義作品往往在其中穿插神話。《野草》中的《復仇》（其二）中的基本意象是耶穌被釘殺的悲劇場面，作者借這個神話故事痛快地表現了魯迅對於庸眾的拿「他人的苦」做賞玩，滿足「渴血的欲望」的一種強度復仇的情感。

三、在藝術表現上，表現主義有一套獨特的基本原則。在《野草》中，主要表現在如下幾點。

（一）藝術變形

表現主義理論家十分推崇變形，他們認為「如果變形和大膽的情感表現可以在早期的藝術作品中找到的話，那麼這些作品就被推為新觀點（指表現主義）的先驅者。[42]」《野草》的一部分世界是一個變形的世界，在那篇陰森恐怖的〈墓碣文〉的世界裡，為了表現「我」充滿悲觀虛無思想的「毒氣與鬼氣」，「我」由此變為一「遊魂」——「我的精神世界的遊魂」[43]，這一遊魂又化為「長蛇」、「口有毒牙」、「自齧其身」、「終至殞顛」。作者正是通過這不斷變形的意象深刻表達了創作主體精神世界的逼真狀態與嚴酷得近乎苛責的自我解剖。這種「人」化為「遊魂」（骷髏）或「動物」的意象在表現主義的作品中十分常見。托勒爾的劇本《轉變》（Transformation）為了表現戰爭的殘酷性，充滿了人變形為骷髏的意象，《從清晨到子夜》（From Morning to Midnight）、《啊，這就是生活》（Whoops! We are Alive）等劇中也充斥了關於骷髏的描寫。斯特林堡的《鬼魂奏鳴曲》（The Ghost Sonata）是一個活人和鬼魂共存的藝術世界。表現主義作品十分強調情節與意象的怪誕性。《野草》無疑是一個怪誕、誇張、陌生的世界。《野草》叢生處，是人鬼神獸出沒混合的好地方。「神之子」在碎骨的大痛楚透到心髓中被釘殺（〈復仇其二〉）；天神、魔鬼、人類撕殺聲「遍佈三界，遠過雷霆」，最後地獄門上豎起人類的旌旗（〈失掉的好地獄〉）；「人」被「狗」追逐並且落荒而逃（〈狗的駁詰〉）；死

---

[42] 弗內斯　4。
[43] 李何林（李竹年，1904-88），《魯迅〈野草〉注解》（修訂本），2 版（西安：陝西人民出版社，1981）151。

屍胸膽俱破，中無心肝，在墳中坐起，口唇不動，然能說話（〈墓碣文〉）；
奇怪而高的天空，「閃閃地鬼眨眼」（〈秋夜〉[44]）。

（二）抽象化

　　寓言化處理。表現主義作家認為文學創作不過是為了表現自己的主
觀思想。正因此，表現主義文學趨向於抽象化。表現主義理論家認為：
「它（指表現主義）脫離真似性和模仿，趨向抽象化。[45]」表現主義作家
往往避開具體的、可以捉摸到的事物，卻著重寫抽象的背景，表現普遍
的本質。一些表現主義劇作家故意突出時間、地點的不確定性。《野草》
雖然形象化不足，但在有限的形象裡，作者追求的仍是思想，〈過客〉
可以說是一部斯特林堡式的微型表現主義短劇。故事發生的時空皆是不
確定的，時間是「或一日的黃昏」，地點是「或一處」，而場景則滲透
著濃厚的表現主義色彩，「東，是幾株雜樹和瓦礫；西，是荒涼破敗的
叢葬；其間有一條似路非路的痕跡。一間小土屋向著這痕跡開著一扇門，
門側有一段枯樹根。[46]」人物則是類型化的人物，「過客、老翁、少女」
三個人物形象高度抽象化，性格內涵單一。這種類型化的人物形象在表
現主義作品裡屢見不鮮，如卡夫卡（Franz Kafka, 1883-1924）的《城堡》
（*The Castle*）、《審判》（*The Trial*）裡的「K」，托勒爾的《群眾和
人》裡的人物只是抽象化觀念的化身的「男人」、「女人」、「軍官」、
「教士」……表現主義作品還往往採取一種寓言化的表達方式。《野草》
中的〈立論〉、〈狗的駁詰〉、〈聰明人和傻子和奴才〉等篇什，呈現
出明顯的寓言化色彩。

四、結論

　　如果我們從宏觀上對魯迅三個不同時期的作品進行整體觀照，就會發
現：從《吶喊》、《彷徨》到《野草》到《故事新編》的創作過程，恰好
形象地反映了表現主義影響魯迅創作由淺入深、由不自覺到自覺的演變過

---

[44] 魯迅，〈秋夜〉，《野草》　163。
[45] 弗內斯　28。
[46] 魯迅，〈過客〉，《野草》　118。

程。《吶喊》、《彷徨》的表現主義特徵呈現為一種非自覺性的散點印痕；
《野草》是表現主義相對自覺影響下的產物，其表現主義特徵已是一種整
體呈現。這種表現主義特徵在《故事新編》中越發彰顯，上升為一種主導
的創作方法或創作原則。必須指出的是，確認《故事新編》乃至《野草》、
《吶喊》與《彷徨》文本中呈現的表現主義藝術風格或創作特徵，並不否
定它們同時呈現的其它方面的藝術風格或創作特徵。譬如《故事新編》文
本，就多維地呈現出現實主義、浪漫主義、後現代主義和表現主義的的藝
術風格或創作特徵。譬如《野草》文本，也多元融合了象徵主義、浪漫主
義、超現實主義、後現代主義和表現主義的藝術風格或創作特徵。而《吶
喊》、《彷徨》雖然以現實主義為主要創作特徵，但其中的不少篇什涉及
到浪漫主義、現代主義、象徵主義、表現主義等的藝術質素。由此可見，
魯迅文學事實是一種糅合不同藝術特徵、呈現多彩藝術面貌的「複合性」
文本，真實反映了魯迅藝術趣味和文藝思想的多元性。

參考文獻目錄

BA

巴爾，赫爾曼（Barr, Herman）.《表現主義》，徐菲譯。北京：三聯書店，
　　1989。

BEN

本森，雷內特（Benson, Reinette）.《德國表現主義戲劇——托勒爾與凱澤》
　　（*German Expressionist Drama: Talleur and Keyser*），汪義群譯。北京：
　　中國戲劇出版社，1992。

BU

布萊希特（Brecht, Bertolt）.《布萊希特論戲劇》，丁揚忠等譯。北京：中
　　國戲劇出版社，1990。

CHEN

陳燾宇、何永康.《外國現代派小說概觀》。南京：江蘇人民出版社，1985。

CHENG

程麻.《溝通與更新——魯迅與日本文學關係發微》。北京：中國社會科學
　　出版社，1990。

CHU

廚川白村（KURIYAGAWA, Hakuson）.《苦悶的象徵　出了象牙之塔》，
　　魯迅譯。北京：人民文學出版社，1988。

FU

弗內斯, R.S.（Furness, R. S.）.《表現主義》（*Expressimism*），艾曉明譯。
　　北京：昆侖出版社，1989。

GONG

龔翰熊.《現代西方文學思潮》。成都：四川大學出版社，1983。

LIU

劉大杰.《表現主義文學》。北京：北新書局，1928。

LU

魯迅.《魯迅全集》。北京：人民文學出版社，1981。

WANG

汪義群.《西方現代戲劇流派作品選》。北京：中國戲劇出版社，1992。

XU

徐行言.〈20 世紀中國文學的第一聲吶喊——〈狂人日記〉與表現主義風格在新文學中的發軔〉，《文藝理論研究》3（1996）：50-59。
——、程金城.《表現主義與 20 世紀中國文學》。合肥：安徽教育出版社，2000。

YAN

嚴家炎.〈魯迅與表現主義——兼論《故事新編》的藝術特徵〉，《中國社會科學》2（1995）：141-53。

ZHANG

張秉真等.《外國文學流派研究資料叢書》。北京：人民文學出版社，1994。
張黎.《表現主義論爭》。上海：華東師範大學出版社，1992。

ZHAO

趙毅衡.《新批評文集》。北京：中國社會科學出版社，1988。

ZHU

朱壽桐.〈象徵印象主義」就是表現主義〉,《魯迅研究動態》4（1987）：
　　42-45。

——等.《中國現代主義文學史》。南京：江蘇教育出版社，1999。

The Influence on Lu Xun's Early Literature of Western Expressionism

Dayong GU
Associate Professor, College of Literature and Media,
Quanzhou Normal University

Abstract

The tremendous influence of Lu Xun's "Old Tales Retold" and expressionism have been highly recognized in the academic field. However, Lu Xun's early literature, such as "Call to Arms ," "Wandering" and "Wild Grass," have not been analyzed by scholars. In fact, it is not only his literature in the late period affected by expression. From the earlier stage, his acceptance on expressionism was found and evolved to a deeper, more visible and self-aware manner. "Call to Arms," "Wandering," "Wild Grass" and "Old Tales Retold" vividly show the gradual performance of expressionism. The expressionism conveyed in "Call to Arms" and "Wandering" is not caused by self-awareness; "Wild Grass" on the other hand is affected by self-acknowledge towards expressionism.

Keywords: Lu Xun, expressionism, R. S. Furness, Herman Bahr, KURIYAGAWA Hakuson

評審意見選登之一

1). 文章提出了有價值的觀點。針對既有研究對西方表現主義思想與魯迅的關係主要集中在魯迅後期的《故事新編》上，該文著重分析了魯迅前期作品與表現主義的關係，從而整體化地梳理了西方重要的現代主義文學思潮——表現主義與魯迅文學創作的淵源與昇華關係，多側面地闡釋了魯迅作品的豐富內涵。

2). 文章的論述比較充實，材料比較飽滿，思路也相當明晰，文字有表現力。

3). 文章顯得有些平面化和歷史感不足的地方在於，談「表現主義」主要借鑒的材料是弗內斯的著作《表現主義》，而未能更多地引用魯迅時期的西方表現主義文學材料；另外，表現主義與其他西方現代主義文藝思潮的異同關係，文章也未能作更多的細緻辨別。

4). 可以更多地引用魯迅時期的西方表現主義文藝材料來進行論證。

5). 對表現主義與其他現代主義文藝思潮諸如浪漫主義、象徵主義、荒誕派等之間的關係，不妨作些簡潔的說明，以突出表現主義的獨特性。另外，該文標題「潛在」的含義，亦可作些說明。

評審意見選登之二

1). 角度新：「將表現主義用以分析魯迅早期作品，的確是一種新的發現和補充。」

2). 材料豐富，而且作者在材料的取捨和運用上非常好地做到了典型、新鮮、本質。

3). 分析透徹，論證嚴謹，引用、評述和分析結合得比較好。

4). 對魯迅早期作品表現主義特徵的原因分析較為欠缺。

5). 最後的結論部分略顯勾疏，似還應有發揮和引申之餘地。

6). 魯迅之於「表現主義」從不自覺到自覺到成熟這一脈絡的梳理也應加強。

評審意見選登之三

1). 文章提出了有價值的觀點。針對既有研究對西方表現主義思想與魯迅的關係主要集中在魯迅後期的《故事新編》上，該文著重分析了魯迅前期作品與表現主義的關係，從而整體化地梳理了西方重要的現代主義文學思潮——表現主義與魯迅文學創作的淵源與昇華關係，多側面地闡釋了魯迅作品的豐富內涵。

2). 文章的論述比較充實，材料比較飽滿，思路也相當明晰，文字有表現力。

3). 文章顯得有些平面化和歷史感不足的地方在於，談「表現主義」主要借鑒的材料是弗內斯的著作《表現主義》，而未能更多地引用魯迅時期的西方表現主義文學材料；另外，表現主義與其他西方現代主義文藝思潮的異同關係，文章也未能作更多的細緻辨別。

4). 可以更多地引用魯迅時期的西方表現主義文藝材料來進行論證。

5). 對表現主義與其他現代主義文藝思潮諸如浪漫主義、象徵主義、荒誕派等之間的關係，不妨作些簡潔的說明，以突出表現主義的獨特性。另外，該文標題「潛在」的含義，亦可作些說明。

《國際魯迅研究》輯一（2013 年 10 月）117-140。

「殖民政策是一定保護，養育流氓的」
——論魯迅對上海租界「流氓氣」的剖析

■梁偉峰

作者簡介：

梁偉峰（Wei-feng LIANG），男，1975 年生，江蘇徐州人。文學博士，江蘇師範大學文學院副教授，碩士研究生導師。在《中國現代文學研究叢刊》、《魯迅研究月刊》等學術期刊發表中國現代文學研究論文多篇。

論文題要：

「流氓氣」是魯迅的上海租界生存實感的重要載體和對象，對「流氓氣」的揭示和剖析，是他的租界文化思考的重要結晶。魯迅對流氓氣的觀察是從改造中國國民性中奴性心理的思路中得出的。魯迅眼中的流氓，代表著遊民性格最陰暗的一面。30 年代魯迅對流氓氣的揭示與批判，不僅是在廣闊的歷史背景中作出的，而且有著鮮明的現實針對性。他也表現出對流氓氣已經滲透到租界社會各個層面的某種焦慮。魯迅的租界生存與上海生活，無法完全排除周圍流氓氣的侵襲，他對此高度敏感和警惕，並進行了堅決反抗。

關鍵詞（中文）：魯迅、流氓氣、上海、租界、遊民

一、引言

　　作為一名以社會批評和文化批評見長的思想者和作家，魯迅（周樟壽，1881-1936）從來都有著極強的生存和生活的現實感。在其戰鬥的文字生涯中，對「現在」的關注和強調，壓過了對過去的留戀和對未來的憧憬。他憎惡任何「現在的屠殺者」，因為「殺了『現在』，也便殺了『將來』。——將來是子孫的時代」[1]。在上海的十年，魯迅一直具有較強的對自己的租界生存的時空感覺。諸如「時候是二十世紀，地方是上海」[2]，「現在是二十世紀過了三十三年，地方是上海的租界上」[3]，「魯迅於上海的風雨，啼哭，歌笑中記」[4]，「三月裡，就『有人』在上海的租界上冷冷的說道」[5]等，就是這種 20 世紀 30 年代的租界時空感覺的流露。1935 年底，在編《且介亭雜文》後，魯迅回顧自己一年來帶有國民黨政府「書報檢查」累累蹄痕的創作，不禁在「附記」的文末感慨「我們活在這樣的地方，我們活在這樣的時代」，就是這種租界生存實感的沉重表達。

　　上海租界一向是流氓和幫會勢力的樂土。流氓幫會勢力是上海社會中主要依託租界的一種客觀存在，有其形成原因、社會基礎和行為特徵，甚至在日常語境中，提及「上海灘」這座雲集各樣人物的當時中國最大的「碼頭」，我們往往就會自然聯想到一幅流氓瘟三當街、青紅幫黑道人物橫行的生動圖景來。要理解近代上海租界文化，就不能不觀察彌漫在這裡的「流氓氣」。1927 年 10 月後魯迅長居上海「半租界」區域，這種上海租界盛行的「流氓氣」也成為魯迅的上海生存實感的重要載體和對象，他對「流氓氣」的揭示與批判，乃是他的上海文化、租界文化思考的重要結晶。魯迅對流氓氣的觀察非常深刻，也是從其一貫的改造中國國民性中奴性心理的思路中得出的。

1　魯迅，〈五十七現在的屠殺者〉，《魯迅全集》，卷 1（北京：人民文學出版社，2005）366。拙稿引《魯迅全集》均用此一版本，後同。
2　魯迅，〈「抄靶子」〉，《魯迅全集》，卷 5，215。
3　魯迅，〈序的解放〉，《魯迅全集》，卷 5，231。
4　魯迅，〈《文藝與批評》譯者附記〉，《魯迅全集》，卷 10，333。
5　魯迅，〈三月的租界〉，《魯迅全集》，卷 6，532。

二、魯迅對上海租界「流氓氣」的揭露與批判

　　「流氓」二字，是魯迅上海時期雜文和書信中出現頻率較高的詞彙，他眼中的上海「真是流氓世界」[6]。流氓既然可以為「氣」，自然擁有浸染人、影響人、同化人的力量。魯迅少年時期曾從吳友如（1840-93）表現上海租界「惡鴇虐妓」，「流氓拆梢」一類的時事畫裡，領略了上海灘上的流氓相的狡猾的精神。他對此印象深刻，後來屢次道及。在作於 1927 年的《而已集·略論中國人的臉》中，魯迅談到這種流氓式的狡猾長生不衰，成為上海的「趣味」所在，甚至彌散在國產電影中：「這精神似乎至今不變，國產影片中的人物，雖是作者以為善人傑士者，眉宇間也總帶些上海洋場式的狡猾。可見不如此，是連善人傑士也做不成的。」在談到吳友如和葉靈鳳的畫作某些相似之處時魯迅又說：「兩人都在上海混，都染了流氓氣，所以見得有相似之處了。[7]」上海也確實是流氓橫行、流氓氣恣肆的地方。如汪仲賢（汪效曾，1888-1937）當時所言，「上海的柏油馬路和水門汀行人道，看著是十分平坦，實則行路之難，不亞於蜀道，流氓瘛三，到處潛伏」[8]。按他的說法，上海是一個槍花世界，木梢世界、滑頭世界，「善掉槍花者，能在上海住洋房，坐汽車，吃大餐，抱小老婆，發大財，做大亨。不會掉槍花者，只能一輩子住閣樓，坐冷板凳，吃包飯，抱獨身主義，絕子絕孫，發賣柴病，做小鬼，被人罵『壽頭麻子』」；「上海是木梢世界，能給人掮木梢而人不知其為木梢者，是為一等大好老，明知是木梢而人願掮其木梢者，亦二等大好老也。[9]」總之，人們印象中的上海往往是一個不折不扣的流氓世界，上海租界便是流氓氣的淵藪。

1.「流氓」的概念與魯迅對「流氓」的特殊理解

　　流者，移動漂泊不定之謂；氓者，外來之民。流氓的字面意義本是「流亡漂泊的外來之民」，它長期作為「無業遊民」的代名詞存在，「流氓」後來具有的貶義應該來自於遊民性格的負面內容。一般而言，「流氓」一

---

[6]　魯迅，〈360324 致曹靖華〉，《魯迅全集》，卷 14，55。

[7]　魯迅，〈340409 致魏猛克〉，《魯迅全集》，卷 13，70。

[8]　汪仲賢，〈上海俗語圖說〉（上海：上海大學出版社，2004），209。

[9]　汪仲賢　233。

詞包含著三層含義：一是從職業方面看，基本屬於無業或不務正業者；二從行為特徵來看，流氓具有為非作歹，擾亂社會秩序的特點；三是從道德規範的角度看，流氓主要是以放刁、撒賴和施展下流手段諸如鬥毆、猥褻強姦婦女等惡劣行為，或以此惡劣行為擾亂、破壞社會秩序的人[10]。不過，魯迅對流氓有著自己特殊的概念界定和理解：

> 無論古今，凡是沒有一定的理論，或主張的變化並無線索可尋，而隨時拿了各種各派的理論來作武器的人，都可以稱之為流氓。例如上海的流氓，看見一男一女的鄉下人在走路，他就說，「喂，你們這樣子，有傷風化，你們犯了法了！」他用的是中國法。倘看見一個鄉下人在路旁小便呢，他就說，「喂，這是不准的，你犯了法，該捉到捕房去！」這時所用的又是外國法。但結果是無所謂法不法，只要被他敲去了幾個錢就都完事[11]。

> 「只要是利於己的，什麼方法都肯用，這正是流氓行為的模範標本。[12]」

> 流氓等於無賴子加上壯士、加三百代言，流氓的造成大約有兩種東西，一種是孔子之徒，就是儒；一種是墨子之徒，就是俠。這兩種東西本來也很好，可是後來他們的思路一墮落，就慢慢的演成了所謂流氓。……本來他的目的就是要取得本身的地位，及至本身有了地位就要用舊的方法，來控制一切。……他所用的方法也不過是「儒的詭辯」，和「俠的威脅」[13]。

> （俠客）對一方面固然必須聽命，對別方面還是大可逞雄，安全之度增多了，奴性也跟著加足。

> 然而為盜要被官兵所打，捕盜也要被強盜所打，要十分安全的俠客，是覺得都不妥當的，於是有流氓。和尚喝酒他來打，男女通姦他來捉，私娼私販他來凌辱，為的是維持風化；鄉下人不懂租界章程他來欺侮，為的是看不起無知；剪髮女人他來嘲罵，社會改革

10 高秀清等，《流氓的歷史·流氓的概念界定》（北京：中國文史出版社，2005）5。
11 魯迅，〈上海文藝之一瞥〉，《魯迅全集》，卷 4，304-05。
12 魯迅，〈340803 致徐懋庸〉，《魯迅全集》，卷 13，192。
13 笠坊乙彥，〈魯迅在同文書院的講演筆記〉，趙英譯，童斌校，《魯迅研究月刊》3（1992）：32-33。

者他來憎惡，為的是寶愛秩序。但後面是傳統的靠山，對手又都非浩蕩的強敵，他就在其間橫行過去[14]。

可以看出，魯迅所說的「流氓」，是一種廣義的所指，並不局限在市井無賴，也與一般市井流氓的崇尚勇武暴力、亡命敢死、義氣相召等精神相去甚遠。魯迅眼中的流氓，乃是以奴性的「無特操」為本質精神特徵，以「有利於己」為根本原則，具有「隨時拿了各種各派的理論來作武器」式的善變表現，以強者為主子和靠山，以弱者為對付和欺凌對象，以舊秩序的維持者自命，所用的方法是言辭上的詭辯和武力上的威脅，其中詭辯源自儒家傳統，威脅則源自墨家之「俠」。他們消解了生活中的任何原則性，也擺脫了一切既有道德、原則、規範的約束，表現出最徹底的相機而行、變化多端的功夫和本領。

魯迅所界定的「流氓」，與遊民性格有著密切聯繫。代表著遊民性格最陰暗的一面。遊民是脫離了宗法人倫關係網絡的一個特殊群體，而流氓又是從這個群體中產生的一類。流氓性格是遊民性格的極端化表現，突出地體現了遊民群體性格、思想、行為的陰暗面。「流氓在思想意識、性格特徵上集中體現了遊民群體對社會最具腐蝕性與破壞性的一面。其突出表現為強烈的反叛性、反社會性和無確定的價值尺度，以牟取個人和小集團利益為核心，一切理論、口號乃至道德宣示都是謀利的外衣，小到『揩油』占點小便宜，大到謀王奪位，或以堂皇名義欺詐，或赤裸裸以卑劣下流的手段強取豪奪，只問目的而不擇手段，泯滅了一切道德良知和羞恥感。[15]」有研究者認為中國古典四大名著中，《三國志演義》、《水滸傳》均是「遊民情緒與遊民意識的載體」[16]。這一點，魯迅早就敏銳地看到了，他說：「中國確也還盛行著《三國志演義》和《水滸傳》，但這是為了社會還有三國氣、水滸氣的緣故。[17]」強調了遊民意識、流氓意識在中國社會的根深蒂固。

---

[14] 魯迅，〈流氓的變遷〉，《魯迅全集》，卷4，160。
[15] 王駿驥，〈主張的變化無線索可尋，都可以稱之流氓——魯迅對流氓性與流氓意識的批判〉，《魯迅研究月刊》9（2001）：13。
[16] 王學泰，〈遊民文化與中國社會〉（北京：學苑出版社，1999），216。
[17] 魯迅，〈葉紫作《豐收》序〉，《魯迅全集》，卷6，228。

2.上海租界「流氓氣」與殖民政策

外國資本主義國家力量在上海租界的殖民性存在，是造成上海流氓勢力、流氓氣膨脹的一個主要原因。殖民者從自身利益和需要出發，大多數情況下不僅不試圖剷除流氓勢力，而且要常常利用它來為穩固殖民統治秩序服務，使流氓勢力成為不可或缺的奴才和幫兇。從對流氓的奴性精神本質的認識出發，魯迅明確指出殖民者統治的租界必然會滋生和包容流氓氣，殖民性的租界文化中一定會有流氓氣的一席之地：

> 殖民政策是一定保護，養育流氓的。從帝國主義的眼睛看來，惟有他們是最要緊的奴才，有用的鷹犬，能盡殖民地人民非盡不可的任務：一面靠著帝國主義的暴力，一面利用本國的傳統之力，以除去「害群之馬」，不安本分的「莠民」。所以，這流氓，是殖民地上的洋大人的寵兒，——不，寵犬，其地位雖在主人之下，但總在別的被統治者之上的[18]。

1932 年，魯迅回北京探親，並在幾所大學作演講，當時曾有這樣的演講記錄：

> 人們又問上海的統治階級是誰呢，他說「青紅幫就是統治階級。」「他們不是無產階級麼？」人們驚呼地問了。「然而他們是實在的統治者。」他說了[19]。

如果記錄無誤的話，魯迅的這種看法非常值得重視，因為它不僅透露出魯迅對 30 年代幫會流氓勢力在「輔佐」殖民者、權力者統治租界社會過程中發揮的結構性和實質性作用的體認，而且從一個側面反映了對上海流氓氣的感受在魯迅的上海租界生存實感中佔據了很重要的地位。

---

[18] 魯迅，〈「民族主義文學」的任務和運命〉，《魯迅全集》，卷 4，319。
[19] 病高，〈魯迅先生訪問記〉，《1913-1983 魯迅研究學術論著資料彙編》，中國社會科學院文學研究所魯迅研究室編，卷 1（北京：中國文聯出版公司，1985）799。

3.魯迅對「流氓」「吃白相飯」的揭示

　　上海流氓過的多是「白相」生涯，上海社會稱呼那些沒有正當職業、遊手好閒、終日浪蕩、尋釁滋事的流氓地痞為「白相人」，「吃白相飯的」。徐珂（徐昌，1869-1928）《清稗類鈔·棍騙類·上海之地棍》中云：「上海之流氓，即地棍也。其人大抵各戴其魁，橫行於市，互相團結，脈絡貫通，至少可有八千餘人。平日皆無職業，專事遊蕩，設阱陷人。今試執其一而問之曰：『何業？』則必囁嚅而對曰：『白相』一若白相二字，為唯一之職業也者。」魯迅也曾對上海一般流氓的「吃白相飯」有著入木三分的分析。他指出「吃白相飯」乃是上海流氓的意在「席捲了對手的東西」的「光明正大的職業」，「要將上海的所謂『白相』，改作普通話，只好是『玩耍』；至於『吃白相飯』，那恐怕還是用文言譯作『不務正業，遊蕩為生』，對於外鄉人可以比較的明白些。」「我們在上海的報章上所看見的，幾乎常是這些人物的功績；沒有他們，本埠新聞是決不會熱鬧的。但功績雖多，歸納起來也不過是三段」：

> 　　第一段是欺騙。見貪人就用利誘，見孤憤的就裝同情，見倒霉的則裝慷慨，但見慷慨的卻又會裝悲苦，結果是席捲了對手的東西。
>
> 　　第二段是威壓。如果欺騙無效，或者被人看穿了，就臉孔一翻，化為威嚇，或者說人無禮，或者誣人不端，或者賴人欠錢，或者並不說什麼緣故，而這也謂之「講道理」，結果還是席捲了對手的東西。
>
> 　　第三段是溜走。用了上面的一段或兼用了兩段而成功了，就一溜煙走掉，再也尋不出蹤跡來。失敗了，也是一溜煙走掉，再也尋不出蹤跡來。事情鬧得大一點，則離開本埠，避過了風頭再出現[20]。

欺騙體現的是流氓的言辭上的詭辯，威壓體現的是流氓的武力上的威脅，溜走則說明瞭欺騙和威壓的用意只在試圖「席捲了對手的東西」，是「有利於己」的根本原則下的必然選擇。魯迅筆下簡短的這欺騙——威壓——

---

[20] 魯迅，〈「吃白相飯」〉，《魯迅全集》，卷 5，218-19。

溜走的「三段」分析，是一幅完整的流氓行徑圖，說出了一切「吃白相飯」
的秘訣。

三、魯迅批判上海租界「流氓氣」時的現實針對性與焦慮感

必須強調的是，30 年代魯迅對流氓氣的揭示與批判，不僅是在廣闊的
歷史背景中作出的，而且有著鮮明的現實針對性。魯迅不僅從中國傳統文
化歷史、「國民性」中把握流氓氣的由來，而且在現實社會中挖掘種種培
育流氓氣的因素。魯迅闡釋流氓氣，不僅建立在對上海租界殖民性社會結
構的認識上，而且把它與對殖民者統治、奴役中國民眾的需要這方面的認
識結合起來。魯迅對流氓氣的批判，不僅針對 30 年代上海幫會流氓勢力
空前強大的現實，針對外國殖民者利用流氓維持統治的意圖，而且針對國
民黨專制政治的的流氓本質。

1.魯迅批判上海租界「流氓氣」的現實針對性

上海時期的魯迅，似乎有一種將周圍醜惡事物「泛流氓化」的批判傾
向。例如對所謂「民族主義文學」的叫囂，他並不糾纏於文學的一般理論
範疇，而是高屋建瓴指出它在租界殖民統治中所充當的角色和所起到的作
用，指出它適應殖民統治對於流氓的需要的一面：「中國的『民族主義文
學家』根本上只同外國主子休戚相關」，「民族主義文學」只是「帝國主
義所宰製的民族中的順民」所豎起的旗幟。由於所謂民族主義文學家們欲
作流氓而無其剽悍，所以只是「上海灘上久已沉沉浮浮的流屍」[21]。這種
犀利的言語道斷，現在看來或許過於簡單，但當時可以說對「民族主義文
學」運動的理論合法性起到了釜底抽薪式的打擊作用。

除了認識到上海殖民者統治的租界一定會滋生和包容流氓氣而外，魯
迅對流氓氣的批判，還具有針對對國民黨政權的意味。專制主義從來就造
就、強化種種詭詐陰暗的政治性格和文化心理，必然造就卑劣的國民性
格，古今中外，慨莫能外。西方思想家很早就指出專制主義會極大地塑造
出民眾屈從迎合威權的卑劣性格。而往往越是專制壓迫下的那些受奴役

---

[21] 魯迅，〈「民族主義文學」的任務和運命〉，《魯迅全集》，卷 4，320。

者，反而最具有對權力的貪欲和奴役他人的欲望，如約翰・穆勒（John Stuart Mill, 1806-73）所言在一些國家「人民所渴望的則僅僅是人人享有實施暴政的機會」[22]。1927 年建立的國民黨政權之所以受到魯迅那樣地憎惡，一個重要的原因就在於他始終認為這是一個流氓政權。魯迅常常「頻頻地歎息今日中國的腐敗，他認為那種流氓文學與流氓政治就是地痞與無賴的變種。[23]」魯迅內心極端仇視帶有濃重流氓氣的國民黨政權。確實，國民黨政權幾乎有著全部的流氓氣特徵，它何嘗不「隨時拿了各種各派的理論來作武器」？正如魯迅談到國民黨的「理論家」戴季陶（1891-1949）時所說：「不過用無聊與無恥，以應付環境的變化而已」[24]。在此之前，沒有任何一個中國政權像它這樣善於變化，善於叛賣。它忽而讚頌共產主義，忽而清黨反共；忽而高唱民族主義，忽而「敦睦邦交」；忽而「不抵抗」，忽而「枕戈待旦」；忽而標榜三民主義，忽而羨慕法西斯。沒有哪個政權比國民黨政權更善於言辭上的詭辯，也沒有哪個政權比它更善於武力上的威脅，更敢於殺戮，更善於用弱者的血洗自己的手從而把自己變為更強的權力者。這個政權只崇拜和承認有力者，並處處以舊秩序的維持者自命，用魯迅的話就是簡直要包庇中國幾千年來的黑暗，因此它是十足的秉持流氓精神的政權。

2.魯迅對上海租界「流氓氣」瀰漫擴散的焦慮感

　　除此而外，魯迅還表現出對流氓氣已經滲透到租界社會各個層面的某種焦慮。「上海住得久了，受環境的影響，是略略會有些變化的，除非不和社會接觸。[25]」流氓氣就是租界文化中一種可以「變化」人的具有滲透性的力量。魯迅對於流氓氣在上海社會的滲透性的指斥，幾乎在他上海時期的書信中隨處可見，雜文中也俯拾皆是，例如，魯迅談到自己年少時接觸《點石齋畫報》等的情形時說，他對其中「歪戴帽，斜視眼，滿臉橫肉，

---

[22] 約翰・穆勒（John Stuart Mill, 1806-73），《政治經濟學原理》（*Principles of Political Economy with Some of Their Applications to Social Philosophy*），趙榮潛等譯（北京：商務印書館，1991），539。

[23] 新居格（NII Itau，1888-1951），〈風雲中國談〉，見陸曉燕，〈日本魯迅研究史料編年（1920-1936）〉，《魯迅研究資料》13（1984）：141。

[24] 魯迅，〈340424 致楊霽雲〉，《魯迅全集》，卷 13，84。

[25] 魯迅，〈350313 致蕭軍蕭紅〉，《魯迅全集》，卷 13，408。

一副流氓氣」的上海流氓面目留下深刻印象，「就是在現在，我們在上海
也常常看到和他所畫一般的臉孔」；又談到當時的中國電影，「裡面的英
雄，作為『好人』的英雄，也都是油頭滑腦的，和一些住慣了上海，曉得
怎樣『拆梢』，『揩油』，『吊膀子』的滑頭少年一樣。看了之後，令人
覺得現在倘要做英雄，做好人，也必須是流氓[26]」；又說，「巡警不進幫，
小販雖自有小資本，但倘不另尋一個流氓來做債主，付以重利，就很難立
足[27]」，「『白相』可以吃飯，勞動的自然就要餓肚，明明白白，然而人
們也不以為奇。[28]」在一次講演中，魯迅曾說「現在中國的生活方法，似
乎只借重在兩種資本上：女人用身，男人用頭。上海就是最清楚的例地；
滿街都是綁票匪和妓女。[29]」魯迅對上海的嫌惡很大程度上是因為幾乎上
海無孔不入的流氓氣，這樣判斷並不為過。

　　「文人也是中國人，不見得就和商人之類兩樣。[30]」「上海的文場，
正如商場，也是你槍我刀的世界，倘不是有流氓手段，除受傷以外，並不
會落得什麼。[31]」在對上海租界社會流氓氣的觀察過程中，魯迅對知識份
子的流氓氣特別予以關注。在《二心集·上海文藝之一瞥》中，魯迅對於上
海諸多「才子＋流氓」式的文人，有著辛辣的嘲諷。他延續他關注知識份
子身上的國民劣根性和奴性思想的思路，特別關注上海租界文化中的行私
利己、變化多端的流氓氣在文壇、文人中的表現：

> 我看中國有許多智識分子，嘴裡用各種學說和道理，來粉飾自己的
> 行為，其實卻只顧自己一個的便利和舒服，凡有被他遇見的，都用
> 作生活的材料，一路吃過去，像白蟻一樣，而遺留下來的，卻只是
> 一條排泄的糞。社會上這樣的東西一多，社會是要糟的[32]。

---

[26] 魯迅，〈上海文藝之一瞥〉，《魯迅全集》，卷 4，300。
[27] 魯迅，〈「民族主義文學」的任務和命運〉，《魯迅全集》，卷 4，319。
[28] 魯迅，〈「吃白相飯」〉，《魯迅全集》，卷 5，219。
[29] 於一，〈追記魯迅先生在女師大的講演〉，《1913-1983 魯迅研究學術論著資料彙
　　編第一卷》　504。
[30] 魯迅，〈350313 致蕭軍蕭紅〉，《魯迅全集》，卷 13，408。
[31] 魯迅，〈340920 致徐懋庸〉，《魯迅全集》，卷 13，210。
[32] 魯迅，〈350423 致蕭軍、蕭紅〉，《魯迅全集》，卷 13，445。

特別是對「民族主義文學家」之類，他主要是把他們看作以殖民者和國民黨政府為靠山的流氓。對於上海文壇上盛行的流氓意識和流氓手段，對於書店盤剝作家、欺騙讀者的流氓行徑，對於國民黨政府以流氓之能濟文化之窮，直接在文壇佈置流氓，如「儒的詭辯」不成則加以「俠的威脅」的屢頭行為，以及某些「海派」文人直接把上海幫會「投帖子」、「拜老頭」之類流氓關係引入文壇，圖謀「登龍」的行為，更是表示極度的鄙視：

> 現在的統治者也神經衰弱到像這武官一樣，什麼他都怕，因而在出版界上也佈置了比先前更進步的流氓，令人看不出流氓的形式而卻用著更屬害的流氓手段：用廣告，用誣陷，用恐嚇；甚至於有幾個文學者還拜了流氓做老子，以圖得到安穩和利益[33]。

「到去年，在文藝界上，竟也出現了『拜老頭』的『文學家』。[34]」30 年代上海文人文壇的流氓氣，正如 1936 年雪葦（劉茂隆，1912-98）在一篇悼念魯迅的文章中所說：「一八四二年以後，不斷加速展開的突然破產和空前饑荒，結果在我們的社會層裡孵化出整千整萬的『蝗蟲』。這般東西，從『破落戶』的窗戶間成群成群的飛出，普遍散佈於各個社會的角落，各個適應它底需要而佔據著一塊小地位：從『白相人』到『職業革命家』；從測字算命的『術士』到『革命文學家』，……用著各種不同的臉貌，操著各種不同的語言，做著各種各樣的『職業』。假借各種卑怯和英雄，清高和無恥，墮落和前進的手段，來攝取他私人的『利潤』：或竊財害命，或出賣人頭，或『掙』革命的歷史地位做敲門磚，墊腳石；或欺恐詐嚇，在弱小者的身上營生。翻來覆去，『理論』有。而且多著。『策略』有。而且多著。……他們是『做戲的虛無黨』，是『跟隨著獅子的狼』。……他們無所謂『節操』，更無所謂有什麼『真理』和『人民大眾』。他們可以東蕩蕩，西流流，今天一個樣子，明天又一副神氣！但當他們正在做著每副臉孔時，是認真的。他們可以做『民族英雄』，也可以做『漢奸』，可以做神氣十足的『革命領袖』，也可做最徹底的革命叛徒。[35]」雪葦的這種意見明顯是以魯迅生前關於流氓氣的認識為內核而相一致的。

---

[33] 魯迅，〈上海文藝之一瞥〉，《魯迅全集》，卷 4，309。
[34] 魯迅，〈「民族主義文學」的任務和命運〉，《魯迅全集》，卷 4，319。
[35] 雪葦，〈導師的喪失〉，《1913-1983 魯迅研究學術論著資料彙編》，卷 2（北京：

3.30 年代上海租界「流氓氣」盛行的具體語境

理解 30 年代魯迅警惕流氓氣滲透至上海社會各個層面、警惕上海文人的流氓化，不應該剝離 30 年代上海幫會流氓勢力達到「極盛」這一歷史語境來進行，也不應該脫離魯迅與周圍帶有流氓氣的人物的接觸情況。

20 世紀 30 年代，以青幫為主的幫會流氓勢力在上海空前膨脹。上海「三界四方」的獨特政治生態和城市管制格局，政令的不統一，使幫會流氓勢力在近代上海空前活躍，「更主要的是不僅租界的一套『洋』制度，極大地助長著幫會流氓從事的煙、賭、娼、盜行當，而且租界當局的官員與幫會流氓首領勾結，相互利用[36]」。上海租界成為幫會流氓活動的根據地。幫會原是傳統的怪胎，下層社會的秘密組織，但卻牢牢寄生於近代化、城市化、工業化程度最高的上海社會。新舊並存、多元化、異質化程度高的上海城市社會為幫會提供了滋生蔓延的最佳土壤。30 年代，城市化的上海處於戰亂災荒頻仍、日見凋敝的農村的汪洋大海包圍之中，導致龐大的失業者階層，為幫會提供了人員基礎。租界與幫會互相依賴相互利用，租界是幫會活動的舞臺。上海幫會在 30 年代得到了空前的發展，這一時期幫會已滲入社會各界，組織龐雜，人數極多，力量之大、能量之強、影響之廣達全國之冠。幫會流氓充分利用租界「三界」當局均擁有武裝力量卻不能越界行駛權力的條件，在界區縫隙活動，成為在租界和華界政府之外的另外一種勢力。原本屬於封建殘餘的幫會竟在近代上海城市社會中得到惡性膨脹，不能不說是暴露了上海文化的畸形一面。

上海幫會流氓能夠呈現亦官亦匪、亦黑亦白的面目，迎來「極盛」局面，很大程度上來自於它對流氓氣的「變化多端」的成功發揮。從 20 世紀 20 年代起，上海幫會流氓勢力就努力適時變化，成為玩弄權術、善於鑽營的政治投機商。1927 年上海幫會勢力與蔣介石（1887-1975）合作，發動「四‧一二」屠殺，奠定了其在國民黨流氓和專制政治秩序保護下橫行恣肆的基礎。30 年代國民黨對上海幫會基本持縱容、倚靠與扶植利用態

中國文聯出版公司，1985），349-50。

[36] 郭緒印，《舊上海黑社會》（上海：上海人民出版社，1997）36。

度，以杜月笙（杜月生，1888-1951）、黃金榮（1868-1953）等為代表的上海幫會流氓「大亨」「曲膳修成龍」、「強盜扮書生」，發跡後靠攏上流社會。上海幫會的內部結構、組織形式在 30 年代也發生變化，幫會流氓勢力開始積極向工商界乃至藝術、新聞、出版、文化教育界滲透。另一方面，上述社會行業領域內的一些人，其中包括一些作家文人，也把加入幫會、「投帖子」、「拜老頭」看作一種不失為有效的保護自己的安全、擴充自己的利益的手段。例如，拜如黃金榮門下的有《新聞報》記者杭石君，《新聞報》的方菊影、蔣劍侯、蔣宗義、徐恥痕、沈菊隱等，《申報》的許承緒，《民國日報》的江紅蕉（江鑄，約-1899？），《時事新報》的胡憨珠、《金鋼鑽》的施濟群、《晶報》的余大雄等眾多新聞界人士。杜月笙則擔任了《申報》、《商報》、《新聞報》、《中央日報》等 11 家報館的董事長、常務董事[37]。杜月笙還涉足出版界，擔任了世界書局、大同書局、中華書局等六家書局的董事長或董事，並掌握了三家印刷廠。著名戲劇界人士如譚富英（1906-77）、馬連良（1901-66）、趙培鑫、汪其駿、裘劍飛等，都參加了上海幫會[38]。周信芳（1895-1975）也曾托人拜黃金榮為「老頭子」，梅蘭芳（梅瀾，1894-1961）與上海幫會也有瓜葛，更是眾所周知的了。

　　魯迅對流氓氣的揭露與批判，正是在這種上海幫會流氓勢力甚囂塵上、侵入新聞出版界、文化藝術界等領域的現實語境中作出的，有著鮮明的現實針對性。自然，以魯迅的壞塹戰的鬥爭思想，他雖然對幫會流氓報以最強烈的鄙視，但正如面對日本僑民時避免與其國體發生關聯一樣，他在批評流氓氣時，也不無「小心翼翼」地避免與具體上海幫會、流氓勢力的具體對象發生正面的任何關聯，他不會在筆下指名道姓地攻擊幫會人物，但在一些場合，他仍然鮮明而具體地表達了他對上海幫會的鄙視態度。如前引 1932 年魯迅在北京的演講中言青紅幫就是上海的統治階級便是。

---

[37] 中國人民政治協商會議上海市委員會文史資料工作委員會，《上海文史資料選輯》54（1986）：186。

[38] 郭緒印，《舊上海黑社會》（上海：上海人民出版社，1997），127－128。

四、上海租界「流氓氣」對魯迅的襲擾與魯迅的警惕

30 年代流氓氣在上海幾乎無孔不入。魯迅的租界生存與上海生活，同樣也無法完全排除周圍流氓氣的侵襲。上海的流氓氣給了魯迅很多教訓，直接影響了他的上海印象和心情。

1.上海租界「流氓氣」對魯迅的襲擾

早在魯迅青年時期，就見識過了上海流氓的嘴臉。據周建人（1888-1984）回憶，魯迅在南京求學期間，一次從上海乘長江輪船回南京，因不滿上海流氓強佔統艙位置而被流氓恐嚇，但當時這個上海流氓的氣焰還是在魯迅的剛強不屈的態度面前被澆滅了[39]。1929 年 10 月，魯迅還曾與上海流氓有過一次正面對峙和交涉，當時魯迅家中雇有女傭王阿花，乃是不堪丈夫的虐待毒打而從浙江上虞老家來到上海謀生的，有一段時間阿花「看到對面後門廚房裡人影綽綽」而驚恐萬狀，原來其丈夫竟然尋到上海，夥同他人在同樣雇有上虞傭工的魯迅對面住戶家中窺伺，欲尋機劫回王阿花，「喊喊喳喳下鬧了一大半天，後來還是魯迅向他們說：有事大家商談，不要動手動腳的[40]」。使對方不敢輕舉妄動。魯迅對友人談到此事時說，當時「果有許多流氓，前來生擒，而俱為不佞所禦退，於是女傭在內而不敢出，流氓在外而不敢入者四五天，上虞同鄉會本為無賴所把持，出面索人，又為不佞所禦退」。並表示堅決要為王阿花事出頭「準備吃官司」[41]。後來魯迅請來律師馮步青從中交涉，而上虞同鄉會也由魏福綿出面調停，魏福綿恰巧過去得過魯迅幫助，十分尊敬魯迅，於是雙方於 1930 年 1 月按議定辦法，由魯迅代王阿花墊付贖身錢 150 元，王阿花獲得人身自由。這段魯迅從容「禦退」「許多流氓」的小插曲，很能說明魯迅對一般流氓行為所持的堅決抗爭的態度。許欽文（1897-1984）的一個回憶還有助於我們瞭解魯迅平時十分注意對上海流氓行為的觀察和瞭解。一次許欽文從上海回杭州，在往上海火車站的路上經過冷僻街道時，被路邊頑童搶

---

[39] 周建人，〈回憶魯迅片斷〉，《魯迅研究年刊・1979》（西安：陝西人民出版社，1979）48。

[40] 許廣平，《魯迅回憶錄》（北京：作家出版社，1961）90。

[41] 魯迅，〈291108 致章廷謙〉，《魯迅全集》，卷 12，211。

去了帽子。他後來在給魯迅的信中提到這件事情，魯迅的回信則表示詫異：「怎麼你，連上海小流氓搶帽子的事情都還不知道呢！」其後許欽文到上海看望魯迅，魯迅又提起這件事，「告訴我這種搶帽子的小流氓，大概是有兩個人動手的，第一個先在暗中跟著車子跑，乘機用手指頭把帽子掀起，好像是被風吹掉的。這樣弄下帽子以後就顧自逃掉，掉下的帽子由跟在後面的第二個孩子去拾起。即使給人抓住了，第一個孩子固然可以說是並沒有拿帽子，第二個孩子也可以說只是偶然的拾得；他們並不承認是同幫。方法可謂巧妙，計畫也很周到。」這正是對上海小流氓惡劣行徑之一人稱「拋頂宮」的詳細解釋。許欽文認為「魯迅先生未必早知道這種勾當，也許是看了我的信才乘便向到他那裡去談談的人探問出來的。但他以為我常在上海來往，應該早早明白，……」「並不是為著好奇心，也不只是為著討厭小流氓，魯迅先生注意這種事情，可以說是為著探索社會的根源。站在自然主義的立場，應該研究這種社會病態，所以他於責罵之餘，還要把這事情弄個清楚。[42]」魯迅對上海社會現象、流氓現象的觀察與探究態度，遇事的認真不苟且，時刻保持的對社會病態現象的考察意識，通過這件事可見一斑。

　　魯迅到上海前後，受到一系列充滿流氓氣的攻擊。他在來滬前就受到上海的「狂飆」一派高長虹（1898-1954）等人的人身攻擊，已經被用「老」、「病」、「世故」、「偶像」、「假冠」等作文章。1928 年初又受到創造社、太陽社的青年文人的攻擊，一時間年齡、籍貫、牙齒顏色等都成為魯迅的罪孽，使魯迅不能不切實感到這些驕橫而空虛的理論的「由外來的左傾思潮同本土的流氓根性結合而成[43]」的一面。魯迅投身左翼文化運動後，更是承受著來自上海文壇「左」與右的兩方面的不少明槍暗箭，對方往往流氓氣十足，攻擊手法也往往十分卑劣。魯迅後來抨擊的「拉大旗作為虎皮，包著自己，去嚇唬別人；小不如意，就倚勢（！）定人罪名，而且重得可怕的橫暴者[44]」，就帶有這種倚靠詭辯和威脅、變化多端、行私利己的流氓氣。魯迅晚年曾這樣感慨：「這裡的有一種文學家，其實就是天津

[42]　許欽文，〈在給魯迅先生責罵的時候〉，《1913-1983 魯迅研究學術論著資料彙編》，卷 3（北京：中國文聯出版公司，1985）714。

[43]　林賢治（1948- ），《人間魯迅》（合肥：安徽教育出版社，2004）619。

[44]　魯迅，〈答徐懋庸並關於抗日統一戰線問題〉，《魯迅全集》，卷 6，557。

之所謂青皮，他們就專用造謠，恫嚇，播弄手段張網，以羅致不知底細的
文學青年，給自己造地位；作品呢，卻並沒有。真是惟以嗡嗡營營為能
事。……他們自有一夥，狼狽為奸，把持著文學界，弄得烏煙瘴氣。[45]」
至於上海小報、無聊文人對魯迅極盡造謠侮蔑、落井下石等流氓能事，更
是勿庸贅言了。

　　魯迅的日常生活也常常被流氓氣所襲擾。例如某些書店，大耍上海租
界流氓氣，或克扣大量版稅如北新書局，或虧空魯迅投資如朝花社王方
仁，或中途撕毀合同如光華書局，或得魯迅借款後離滬不通音問之春潮書
局張友松（1903-95），種種表現，不一而足。魯迅接觸的青年中，有住在
魯迅家中、在魯迅將要「倒掉」時方才離去的不請自來的「滿以為來享福」
的「義子」廖立峨（？-1962）；有以「魯迅派」獲得地位，而後見風使舵、
變化成為第三種人之流、「飛黃騰達起來」的韓侍桁（1908-87）；有稍不
如意「絕跡不來」的「忘交誼於生日，灑清淚於死後」的楊騷（1900-57）；
有托魯迅介紹稿件而又苛刻「要求每篇換一個抄寫者」，「能作短文，頗
似尼采」而又常以佛理「諷勸」魯迅「參禪悟道」、「少爭閒氣」的徐詩
荃（1909-2000）；有原來商借 500 元卻把魯迅再向別人轉借的千餘元席捲
走，反過頭來聲稱魯迅「收來」的「盧布」人人得而用之的「在鄉下做他
體面的紳士」的日本留學時好友陳子英（1883-1950）；有魯迅嘔心瀝血為
其修改著述、知曉完成後卻說「讓他去罷，我不打算印了」的王志之
（1905-93）……[46]。無論有意也罷，無意也罷，一時的意氣或失誤也罷，
說他們的一些行為多少帶有流氓氣而利用和傷害了魯迅，應該說是並不過
分的。

2.《譯文》停刊事件與魯迅對「流氓氣」的警惕

　　正因為魯迅曾深受其害，所以在痛心之餘，也養成了他對周圍人、事
的流氓氣的高度敏感和警惕。1935 年 9 月因生活書店邀魯迅在酒席上商談
撤換《譯文》編輯黃源（1905-2003），被魯迅解讀為流氓氣的「吃講茶」，
就典型地反映了魯迅的這種超乎尋常的敏感和警惕心理。

---

[45] 魯迅，〈360915 致王冶秋〉，《魯迅全集》，卷 14，148-49。

[46] 許廣平，〈魯迅和青年們〉，《1913-1983 魯迅研究學術論著資料彙編》卷 2（北京：
　　中國文聯出版公司，1985）93550。

　　《譯文》雜誌本由生活書店出版，編輯之一黃源同時兼任生活書店《文學》雜誌的編輯。1935 年初，以魯迅為首的的譯文社有了出版「譯文叢書」的想法，得到了生活書店方面的口頭出版承諾，隨後因生活書店原主事人員離職休養，而後來者則主要出於對另外出版的叢書《世界文庫》市場的考慮，拒絕出版「譯文叢書」，譯文社則具體由黃源接洽而與巴金（（李堯棠，1904-2005）、吳朗西（1904-92）主持的文化生活出版社商定由其出版「譯文叢書」，並於 9 月 15 日在南京飯店的晚宴上雙方正式敲定合作出版事宜，同席有魯迅及許廣平（1898-1968）、周海嬰（1929-2011）、茅盾（沈德鴻，1896-1981）、黎烈文（1904-72）、黃源、巴金、吳朗西。此事迅速被生活書店方面得知，於是僅隔一天，9 月 17 日，生活書店方面在新亞公司設下晚宴，並通過茅盾、鄭振鐸（1898-1958）邀請魯迅到場，同席者有魯迅、鄒韜奮（鄒恩潤，1895-1944）、畢雲程（1891-1971）、傅東華（1893-1971）、鄭振鐸、胡愈之（胡學愚，1896-1986）、茅盾 7 人。席間生活書店方面提出將黃源的《譯文》編輯撤換，謀求得到魯迅的首肯。顯然生活書店此舉是對於黃源接洽文化生活出版社商談出版叢書的報復。但是，中途撤換編輯已經直接違反了由魯迅和生活書店雙方簽字的《譯文》出版合同，而生活書店自己不願出版「譯文叢書」但又要阻止別人出版，這是種霸道的「生意經」。更重要的是，魯迅完全不能接受這種暗箱操作、背後合謀、「缺席審判」黃源的做法，認為這是一種倚勢欺壓弱者、搞陰謀詭計的惡劣作風，而生活書店把魯迅找去「商談」，要魯迅承認生活書店的決定，這在魯迅看來，與善於詭辯和武力威脅交替為用的上海流氓的「吃講茶」路數又有什麼區別呢？以魯迅的疾惡如仇和不屈服於強力的性格，終至不待宴會結束即拂袖而去，雙方不歡而散。隨後生活書店不願放棄前議，終於造成《譯文》停刊的結果。

　　魯迅拒絕「吃講茶」，既反映了魯迅一向的愛護青年、保護無辜、聲援弱小的立場，也反映出魯迅對於流氓氣的極度敏感和警惕。「吃講茶」是上海流氓處理矛盾的一種軟處理方式。即在武力威脅之外通過談判講理、消除矛盾、達到和解，具體做法是選定一家茶館，當事雙方各坐一邊，「講」的內容無非是一方要求另一方低頭服輸、賠禮道歉、賠償損失等。「吃講茶者，下等社會之人每有事，輒就茶肆以判曲直也。凡肆中所有之茶，皆由負者代償其資，不僅兩造之茶錢也。然上海地棍之吃講茶，未必

直者果勝，曲者果負也。而兩方面之勝負，又各視其人之多寡以為衡，甚且有以一言不合而決裂用武者，官中皆深嫉之，懸為厲禁。[47]」「當上海的中國大律師尚未十分發達的時代，民間發生了糾紛而需要中間人調解時，除對簿公庭外之唯一途徑，只有上茶館去『吃講茶』。茶而曰講，當然要請能言善辯之士出場幫忙，上海的白相人便應時而興，以代人排難解紛為專業，他們所得的酬報，就是在賠償損失費中，抽幾成厘頭，謂之『脫帽子』。[48]」「吃講茶」的風氣盛行上海，成為上海社會獨特的一種鄙陋民俗。上海的幫會流氓勢力把到茶館飯店「吃講茶」、「講斤斗」視為家常便飯，乃至許多流氓癟三以此為生。其實，流氓終究是流氓，所謂「吃講茶」者，只是在流氓的武力的威壓一手之外採用言辭上的詭辯的一手而已，他們可以憑三寸不爛之舌，狡言強辯，以勢壓人，能將大事化小，小事化無，有時也許反其道而行之，無事化有，小事化大，總之是要達到行私利己的結果。因此絕不能奢望從與流氓的「吃講茶」中獲得公道。

　　魯迅對上海的流氓氣的強烈感受，是他的租界生存實感的重要內容，而從 20 年代女師大風潮以來，魯迅已經看慣了「教育家在杯酒間謀害學生」、「殺人者於微笑後屠戮百姓」[49]的險惡，血的教訓使他對「杯酒」間和「微笑」後所包藏的真正用心，常常能夠洞若觀火。對當晚在新亞公司的晚宴，魯迅曾在給蕭軍（劉鴻霖，1907-88）、蕭紅（張廼瑩，1911-42）的信中談到：「那天晚上，他們開了一個會，也來找我，是對付黃先生的，這時我才看出了資本家及其幫閒們的原形，那專橫，卑劣和小氣，竟大出於我的意料之外，我自己想，雖然許多人鬥說我多疑，冷酷，然而我的推測人，實在太傾於好的方面了，他們自己表現出來時，還要壞得遠。[50]」不管怎麼說，生活書店在《譯文》停刊事件中對黃源搞暗箱操作、背後合謀、「缺席審判」，在杯酒談笑中以《譯文》雜誌為要脅對魯迅施加壓力，要把黃源趕出《譯文》和《文學》編輯隊伍，這些動作確乎不夠敞亮，顯出專橫、卑劣和小氣來，生活書店這種「生意經」念得實在有些流氓氣。

---

[47]　徐珂，〈上海地棍之吃講茶〉，《清稗類鈔‧棍騙類》（北京：中華書局，1984）。

[48]　汪仲賢　356。

[49]　魯迅，〈「碰壁」之後〉，《魯迅全集》，卷 3，77。

[50]　魯迅，〈351004 致蕭軍〉，《魯迅全集》，卷 13，559。

而生活書店定在新亞公司的飯局不僅有「對付」黃源的決心，還有「對付」魯迅的真意。赴宴 7 人中，魯迅雖勉強算為《文學》同人，但是其中和生活書店關係最淺的一個，其他鄒韜奮、畢雲程、傅東華、鄭振鐸、胡愈之、茅盾等 6 人，或為生活書店的實權人物，或為生活書店的編輯中堅，或為關係密切的多年寫作台柱，他們在「對付」魯迅和黃源方面均可謂有備而來、人同此心、心同此意。這種 6 人對 1 人的格局，不能不讓魯迅懷疑生活書店在靠「視其人之多寡以為衡」來向他施加壓力，懷疑他進入的是一種類似於上海幫會流氓勢力「吃講茶」般的充滿流氓氣的情境。在這個意義上說，魯迅與生活書店的這次「鬧翻」，其實就是魯迅對租界文化人格的流氓氣的一次反抗。

五、結論

魯迅的上海生活感受往往是十分沉重的，盛行於上海租界、擴散至整個上海城市社會乃至文壇的「流氓氣」乃是這種沉重感的重要來源。愛憎分明的魯迅素來對「流氓」二字報以最憎惡的眼光。他對流氓氣的觀察是從他一貫的改造中國國民性中奴性心理的思路中得出的。魯迅眼中的流氓，乃是以奴性的「無特操」為本質精神特徵，以利己為根本原則的善變者，代表著遊民性格最陰暗的一面。30 年代魯迅對流氓氣的揭示與批判，不僅是在廣闊的歷史背景中作出的，而且有著鮮明的現實針對性。他也表現出對流氓氣已經滲透到租界社會各個層面的某種焦慮。魯迅的租界生存與上海生活，無法完全排除周圍流氓氣的侵襲，他對此高度敏感和警惕，並進行了堅決反抗。事實上，「流氓氣」是魯迅的上海租界生存實感的重要載體和對象，對「流氓氣」的深刻揭示和剖析，乃是他的租界文化思考的重要結晶，至今仍能給我們以重要啟示。

很大程度上，上海租界的「流氓氣」使魯迅對上海十分嫌惡，也使他在上海倍感寂寞。對城市的寂寞感受，本質上是對這個城市的文化的寂寞感受，對城市的嫌惡，本質上也是對這個城市的文化的嫌惡。一個基本事實是：魯迅選擇了居留上海，但僅就他當時所感知的內容而言，他卻基本沒有認同這座中國第一大都市的文化精神。這往往讓後來人多少感覺有點遺憾。

參考文獻

BAI

白吉爾（Bergère, Marie-Claire）.《上海史：走向現代之路》（*Histoire de Shanghai*），王菊、趙念國譯。上海：上海社會科學院出版社，2005。

CAO

曹聚仁.《魯迅評傳》。上海：東方出版中心，1999。

GAO

高秀清等.《流氓的歷史·流氓的概念界定》。北京：中國文史出版社，2005。

GUO

郭緒印.《舊上海黑社會》。上海：上海人民出版社，1997。

LIN

林賢治.《人間魯迅》。合肥：安徽教育出版社，2004。

LU

魯迅.《魯迅全集》。北京：人民文學出版社，2005。

——博物館、魯迅研究室、《魯迅研究月刊》，《魯迅回憶錄（散篇）》。北京：北京出版社，1999。

——.《魯迅回憶錄（專著）》。北京：北京出版社，1999。

——.《魯迅年譜（增訂本）》。北京：人民文學出版社，1981。

WANG

王學泰.《遊民文化與中國社會》。北京：學苑出版社，1999。

汪仲賢.《上海俗語圖說》。上海：上海大學出版社，2004。

XI

西北大學魯迅研究室. 《魯迅研究年刊·1979》。西安：陝西人民出版社，
　　1979。

XU

許廣平.《魯迅回憶錄》。北京：作家出版社，1961。
徐珂.《清稗類鈔》。北京：中華書局，1984。

YUE

穆勒，約翰（Mill，John Stuart）.《政治經濟學原理》（Principles of Political
　　Economy with Some of Their Applications to Social Philosophy），趙榮
　　潛等譯。北京：商務印書館，1991。

ZHONG

中國社會科學院文學研究所魯迅研究室.《1913-1983 魯迅研究學術論著資
　　料彙編》。北京：中國文聯出版公司，1985~1989。

"Colonial Policy Protect and Foster Scoundrels" ——A Discussion of Lu Xun's Scrutiny on the Blackguardism of the Shanghai International Settlement

Wei-feng LIANG

Associate Professor, School of Chinese Studies, Jiangsu Normal University

Abstract

The revelation and dissection of "blackguardism," a crucial carrier and object of survival sense of the Shanghai International Settlement, are the significant elements of Lu Xun's thought on concession culture. The observation of blackguardism by Lu Xun stems from a train of thought of the manipulation of servile psychology of the Chinese national character. In the eyes of Lu Xun, scoundrels represent the darkest side of vagrants. In 1930s, the reveal and critique of blackguardism by Lu Xun are not merely originated from the broad historical background, but also carry a distinct practical relevance. He also demonstrates that blackguardism has penetrated into certain anxiety from all walks of life in the settlement of Shanghai. Lu Xun's survival and life in Shanghai cannot completely get rid of the invasion of blackguardism, to which he is highly sensitive, vigilant, and resolutely opposing.

Keywords: Lu Xun, blackguardism, Shanghai, concession, vagrants

評審意見選刊之一

1). 論文梳理了流氓的源流及魯迅對租界流氓的相關評論，資料較為扎實。
2). 論文從魯迅對上海租界流氓氣的剖析切入，從中突出魯迅社會批評和文明批評的歷史價值和現實意義，具有一定的新意。
3). 論文引述了魯迅在上海期間所遭遇的一些帶有流氓氣的人和事，但是這些人和事是否都能以流氓氣來概而論之？其中的一些人和事可能不能用流氓氣來界定（如北平學生王志之撤銷出版書稿的原因並非流氓氣，而是有其他原因），特別是要注意所引材料要扣緊副標題中的「上海租界流氓氣」。建議作者對魯迅所遭遇到的這些人和事不僅僅從流氓氣的角度來理解，而要注意到其中複雜的因素。

評審意見選刊之二

1). 論文以「流氓氣」為分析和歸納的點，是個好題目。
2). 運用社會學的方法去觀照魯迅對於「流氓氣」的書寫，方法和角度也是不錯的。
3). 但二、三、四等三個部分的內容所分的層次並不清晰。內容上相互交叉。
4). 尤其是第四部分敘述太多，成了故事的堆積。這部分所說的行動只是人事糾葛。
5). 顯然整體上矮化了魯迅批判流氓氣的文化價值。

評審意見選刊之三

1). 對魯迅關於「流氓氣」有關論述的剖析較為全面、深入而準確，深入追溯探究的「流氓氣」形成的多維原因以及魯迅對之的複雜主體態度，觀點令人信服。
2). 論述洋洋灑灑而並不顯邏輯混亂，中心明確、條理分明，思路清晰，邏輯嚴密，對魯迅的作品廣征博引，反映了作者對魯迅文本的熟稔程度。

3). 不足之處在於缺少當下追問，即魯迅所批判的「流氓氣」在當下還有
沒有存在？魯迅的這種批判還有沒有當下意義？由此反思魯迅的國民
性批判的生命力和現實意義。可惜論文對此點語焉不詳。

4). 增加一小部分的篇幅，思考魯迅此種文化批判行為的現實當下意義。

《國際魯迅研究》輯一（2013 年 10 月）141-164。

魯迅的當代價值及其意義
——對世紀之交兩次「魯迅風波」的思考

■魏巍

作者簡介：

　　魏巍（Wei WEI），1982 年生，男（土家族），重慶酉陽人，文學博士，西南大學中國新詩研究所、中國文學研究所講師，近五年在《中國現代文學研究叢刊》、《當代文壇》、《社會科學輯刊》、《文藝評論》、《海南師範大學學報》等發表論文十餘篇，參與《中國現當代文學（第二版）》（高等教育出版社 2011 年 7 月版）編撰工作，國家社會科學基金重大專案「延安文藝與中國二十世紀文學研究」課題組成員，主要從事中國現當代文學研究。

論文題要：

　　作為中國「現代文學」的主將，魯迅不僅引領了其時社會思潮，也影響了其後眾多了中國民眾，在世紀之交，魯迅再次成為社會輿論的焦點，攻擊者與保衛者兼而有之，只要有一點反對魯迅的言論，瞬間就可以全國性保衛魯迅的反彈。可以說，在中國現當代文學家中，再沒有任何一個作家能夠像魯迅一樣牽動人們的神經。然而，不管持何種觀點來對待魯迅，事實上都是以魯迅的方式來提出與思考問題的，在「倒魯」一派來講，他們正是以魯迅的思考方法，以反對對手的方式，確立了對手存在的意義及其必要性。從這方面來說，就體現出魯迅不證自明的當代價值及其意義。

關鍵詞：魯迅、魯迅風波、當代價值

一、引言

在中國「現代文學」作家中，很難找到一個像魯迅（周樟壽，1881-1936）一樣備受人們尊敬，同時又備受人們質疑的作家了。這種現象本身就說明了魯迅及其文學作品體現出來的豐富內涵。在世紀之交，魯迅再次被推到論爭的漩渦中，只是這一次，魯迅不再是當事人，因此，從某種意義上來說，每次關於魯迅的論爭就遠遠超出了魯迅本身所呈現出來的意義，轉而符號化為一種意識形態與另一種意識形態，民間文化與體制化之間的對抗。在這裡，重新審視世紀之交的「魯迅風波」，不僅有利於我們理性地看待魯迅及其研究，也有利於我們在新的時代背景下，重新認識魯迅，理解魯迅。

二、問題的提出

在現代文學三十年裡，甚至在整個二十世紀中國文學中，魯迅都是我們必須認真面對的文學家，這並不僅僅只是因為「魯迅是中國文化革命的主將，他不但是偉大的文學家，而且是偉大的思想家和偉大的革命家。魯迅的骨頭是最硬的，他沒有絲毫的奴顏和媚骨，這是殖民地半殖民地人民最可寶貴的性格。魯迅是在文化戰線上，代表全民族的大多數，向著敵人衝鋒陷陣的最正確、最勇敢、最堅決、最忠實、最熱忱的空前的民族英雄。魯迅的方向，就是中華民族新文化的方向。[1]」這樣一個來自政治方面的定性，更重要的是，「中國現代小說在魯迅手中開始，又在魯迅手中成熟。[2]」從官方執政者到民間學者，魯迅得到了廟堂與民間的雙重肯定。從官方到民間，雙方都能在魯迅身上尋找到可以被自己言說的精神資源。

正因為我們必須面對他，所以出現對魯迅認識上的爭議也就無可厚非了。單單在李富根和劉洪主編的《恩怨錄·魯迅和他的論敵文選》中，編者就選出了三十八個與魯迅相關的論爭，這裡面不僅有與守舊復古派的論

---

[1] 毛澤東，〈新民主主義論〉，《毛澤東選集》，卷 2（北京：人民出版社，1991）698。

[2] 嚴家炎，《嚴家炎論小說》，（南昌：江西高校出版社，2002）：56。

爭，也有對「女師大風潮」與「三・一八慘案」的仗義執言，更有與後來成為時代主潮的「左翼」作家們的筆戰。解放之後，由於得到了現行體制的認定與保護，魯迅當仁不讓地成為唯一正確的「方向」，然而，這個方向畢竟是靠政權以「政治閱讀」為先導的強力推介才得以確立，因此，建國後的三十多年裡，魯迅也就被歪曲成為為現行體制服務的「螺絲釘」。而一旦這種「政治閱讀」行為被廣泛接受和認同，留給學界的也就只是在「政治閱讀」的指引下去「閱讀政治」，這也就不可避免的會讓受眾產生逆反心理。於是，在政治稍顯鬆動的情勢下，反對魯迅，或者說攻擊魯迅就成為向現行（文學）體制宣戰的最好突破口。

1.朱文〈斷裂：一份問卷和五十六份答卷〉

1998 年，朱文（1967-）發起整理了〈斷裂：一份問卷和五十六份答卷〉，這成為新時期以來文學界首次公開質疑魯迅的先聲，在這份問卷中，韓東（1961-）公開認為：「魯迅是一塊老石頭、他的權威在思想文藝界是頂級的，不證自明的；即使是耶和華人們也能說三道四，但對魯迅卻不能夠。因此他的反動性也不證自明。對於今天的寫作而言魯迅也確無教育意義。[3]」

很顯然，韓東在這裡針對的並不是作為個體人的魯迅，而是被「體制化」，「符號化」的魯迅，就正如韓東後來所言，「斷裂，不僅是時間延續上的，更重要的在於空間，我們必須從現有的文學秩序之上斷裂開。」「我們的行為針對現有文學秩序的各個方面及其象徵性符號。[4]從這個方面說，魯迅實際上成為了現行（文學）體制與（文學）秩序的替罪羔羊。

2.葛紅兵〈為二十世紀中國文學寫一份悼詞〉

事隔一年，葛紅兵（1968-）的在《芙蓉》雜誌上發表了〈為二十世紀中國文學寫一份悼詞〉，這份悼詞把現當代作家一網打盡，除了王朔（1958-）等極少數作家接受了葛紅兵的嚴峻考驗後勉強「活」了下來之外，其他的無一例外的被葛紅兵掃進了歷史垃圾堆，而這當中，魯迅又是首當其衝成為接受審判的對象。

3　朱文，〈斷裂：一份問卷和五十六份答卷〉，《北京文學》10（1998）：29。
4　韓東，〈備忘：有關「斷裂」行為的問題回答〉，《北京文學》10（1998）：42。

　　葛紅兵開篇就問：「二十世紀中國文學給我們留下了一份什麼樣的遺產？在這個叫二十世紀的時間段裡，我們能找到一個無懈可擊的作家嗎？能找到一種偉岸的人格嗎？誰能讓我們從內心感到欽佩？誰能成為我們精神上的導師？」作者的回答是：「很遺憾，我找不到。」接下來，在通過國事家事的質疑之後，葛紅兵進一步指責道：「仔細想一想難道魯迅的人格真的就那麼完美嗎？他為什麼在文革期間成了唯一的文學神靈？他的人格和作品中有多少東西是和專制制度殊途同歸的呢？[5]」與韓東一樣，葛紅兵壓根就沒有分清楚歷史的魯迅與被歷史所書寫的魯迅之間的區別。歷史的魯迅只有一個，就是從五四新文化運動中走出來，到死於 1936 年的魯迅。因為正是這一段時間，通過他的小說雜文等的創作，留下了後來人所認識的魯迅；而被歷史所書寫的魯迅則明顯不是唯一的，一千個讀者就有一千個哈姆雷特，同樣，幾乎一千個讀者就有一千個魯迅。只要是用個體心靈去感悟魯迅的，就或多或少有屬於他／她的魯迅。正是基於此，讚揚或者貶斥魯迅都成為個人的自由。而在文革期間被利用的魯迅，正是意識形態對魯迅的「合目的」的歷史書寫。正是這樣，秦弓（張中良 1955-）才會反問道：「『文革』期間，魯迅確實被斷章取義地利用過，但這種歷史的荒謬，難道要被歪曲者本人來承擔過失嗎？[6]」

　　事實上，秦弓在〈魯迅：「華蓋運」何時休？〉一文幾乎逐條駁斥了葛紅兵的觀點。在葛紅兵所指責的那麼多作家中，為什麼學界會獨獨「保衛魯迅」？這或許並不僅僅只是出於「吃魯迅飯」的考慮，在更深層意識上，我們需要保衛的並不是作為個體人的魯迅，而是要保衛那份來之不易的啟蒙批判立場與公共話語空間。

　　如果說前面這次只是揭開了新時期以來對魯迅不同認識的序幕的話，那麼，《收穫》雜誌在 2000 年第 2 期上以「走近魯迅」為題發表的馮驥才（1942-）、王朔、林語堂（1895-1976）的三篇文章則成為一個集體性的文化事件，這三篇文章也被稱為「集束炸彈」，而《收穫》雜誌也因此收穫了「屠場」[7]的「美名」。

---

[5] 葛紅兵，〈為二十世紀中國文學寫份悼詞〉，《芙蓉》6（1999）：134。

[6] 秦弓，〈魯迅：「華蓋運」何時休？〉，《魯迅研究月刊》6（2000）：82。

[7] 朱振國，〈貶損魯迅，意欲何為──致中國作家協會一封公開信〉，《魯迅風波》，陳漱渝編（北京：大眾文藝出版社，2001）146。

　　說這是一個集體性的文化事件，是就這次參與論爭的人數之多，範圍之廣而言的。這次論爭直接催生了三本書的誕生，即：高旭東（1960-）主編的《世紀末的魯迅論爭》（東方出版社，2001），陳漱渝（1941-）主編的《魯迅風波》（大眾文藝出版社，2001）以及《誰挑戰魯迅——新時期關於魯迅的論爭》（四川文藝出版社，2002）。如此高密度的關注，在整個中國現當代作家中，都應該是史無前例的。

3.關於魯迅的「東方主義」

　　對於馮驥才的〈魯迅的功與「過」〉爭論最多的是關於魯迅的「東方主義」說法。馮驥才認為：「魯迅的國民性批判來源於西方人的東方觀。他的民族自省得益於西方人的旁觀。」馮驥才的文章引發了學界關於魯迅國民性批判的思考，例如張全之（1966-）的〈魯迅與「東方主義」〉，余杰（1973-）的〈魯迅中了傳教士的計？〉等等，事實上，作為一種看問題的角度來說，馮驥才的文章並沒有任何「點穴」效果，他認為「魯迅在他那個時代，並沒有看到西方人的國民性裡所埋伏著的西方霸權的話語。傳教士們在世界所有貧窮的異域裡傳教，都免不了居高臨下，傲視一切；在宣傳救世主耶穌之時，他們自己也進入救世主的角色。……他們的國民性分析，不僅是片面的，還是貶意或非難的。」「長久以來，竟沒有人去看一看國民性後邊那些傳教士們陳舊又高傲的面孔。[8]」馮文借助於薩義德的「東方主義」理論，在把傳教士都想像為推行他們的「文化帝國主義」的同時，也把魯迅與西方傳教士等量齊觀。於是，馮文建構起了這樣一種奇怪的邏輯：因為魯迅中了傳教士的毒，而這些傳教士對中國人的批判都具有「東方主義」特徵，所以不論他們批判得對不對，我們都應該反對。矛盾的是，馮驥才也清楚的看到了魯迅與西方傳教士的本質區別：「魯迅的目的是警醒自我，激人奮發；而傳教士卻用以證實西方征服東方的合理性。魯迅把國民的劣根性看做是一種文化痼疾，應該割除；西方傳教士卻把它看做是一種人種問題，不可救藥。[9]」

---

[8]　馮驥才，〈魯迅的功與「過」〉，《收穫》2（2000）：125。

[9]　馮驥才　126。

4.王朔的〈我看魯迅〉

真正具有「顛覆」效應的是被稱為「人前瘋」的王朔的〈我看魯迅〉，在否定了魯迅的〈阿 Q 正傳〉之類一直被認為是經典的文學作品之後，王朔認為：「光靠一堆雜文和幾個短篇是立不住的，沒聽說有世界文豪只寫過這點東西的。[10]」這就從根本上否定了魯迅在中國文學史中的地位。事實上，最讓學界難堪的或許更在於其後的對「魯研」者們的攻擊，「有一點也許可以肯定，倘若魯迅此刻從地下坐起來，第一個耳光自然要扇到那些吃魯迅飯的人臉上，第二個耳光就要扇給那些『活魯迅』、『二魯迅』們。[11]」這就不僅否定了魯迅的創作，也否定了魯迅研究者們所作出的努力，自然會遭到「魯研」者們的反擊。

魯迅在評論《紅樓夢》時說：「經學家看見《易》，道學家看見淫，才子看見纏綿，革命家看見排滿，流言家看見宮闈秘事[12]」在對魯迅的解讀中，我們也完全沒有必要強求一律，這不僅是一種強權的表現，同時，一個唯一的魯迅只能昭示著魯迅研究的終結。

5.提出保衛魯迅的口號大可不必

不過，就算如此，我還是想引用魯迅的兩段話來對葛紅兵以及王朔等人的言論作出回答：

> 然而批評家的批評家會引出張獻忠（1606-47）考秀才的古典來：先在兩柱之間橫繫一條繩子，叫應考的走過去，太高的殺，太矮的也殺，於是殺光了蜀中的英才。這麼一比，有定見的批評家即等於張獻忠，真可以使讀者發生滿心的憎恨。但是，評文的圈，就是量人的繩嗎？論文的合不合，就是量人的長短嗎？引出這個例子來的，是誣陷，更不是什麼批評[13]。

---

10 王朔，〈我看魯迅〉，《收穫》2（2000）：129。
11 王朔　132。
12 魯迅，〈《絳洞花主》小引〉，《魯迅全集》，卷 8（北京：人民文學出版社，2005）：179。本文引《魯迅全集》，均據此版本，後同。
13 魯迅，〈批評家的批評家〉，《魯迅全集》，卷 5，450。

　　我對於文藝批評家的希望卻還要小。我不敢望他們於解剖裁判別人的作品之前，先將自己的精神來裁判解剖一回，看本身有無淺薄卑劣荒謬之處，因為這事情是頗不容易的。我所希望的不過願其有一點常識，例如知道裸體畫和春畫的區別，接吻和性交的區別，出洋留學和「放諸四夷」的區別，筍和竹的區別，貓和老虎的區別，老虎和番菜館的區別……更進一步，則批評以英美的老先生學說為主，自然是悉聽尊便的，但尤希望知道世界上不止英美兩國；看不起托爾斯泰，自然也是自由的，但尤希望先調查一點他的行實，真看過幾本他所做的書[14]。

我們面對的是既有的魯迅，撇開政治因素來說，他並不是人為塑造起來的，雖然，他在某些闡釋者那裡被符號化象徵化了，可我們面對的客體依然是不變的歷史個體，他本身並不會因為我們的闡釋而變得崇高抑或卑賤。任何一種以先在預設的標準來衡量作家及其作品的做法都無異於古希臘神話中的「普羅克拉斯提斯鐵床」，這就正如葛紅兵和王朔一樣，不從文本出發，而簡單地以某個預設的標準來對魯迅等人作出簡單的評判。

　　在我看來，提出保衛魯迅的口號是大可不必的，因為，這麼多年來人們對魯迅的接受並不是某些人皮相的幾句話就能夠改變得了的。所以我們完全沒有激憤的必要，但是，我們有必要注意這樣的言論：「半個世紀之後，我們的人民不再是魯迅那個時代完全處於被忽略被遺忘的境地很需要被同情的那伙人了。[15]」這話不僅僅只是認為魯迅作品的過時，也從根本上否定了魯迅的現實意義。我們完全有必要分清王朔所謂的「人民」這個概念的內涵和外延，因為這是我們現在繼承魯迅，發揚魯迅精神的內核與意義所在。

　　從某種政治意識形態來看的話，「人民」完全是一個想像的共同體，它是一個可以籠罩服膺於這個意識形態的所有個體，然而，我們必須清楚的知道，這些個體的思維並非是一個模子裡雕刻出來的複製品，他們有著自己的成長模式，並不是所有的人都猶如王朔所言的那樣不需要同情，任何社會如果缺少了同情與悲憫，剩下的或許就僅僅只是一幫暴徒而已。阿

---

[14]　魯迅，〈對於批評家的希望〉，《魯迅全集》，卷 1，423-24。
[15]　王朔　128。

Q 式的人物儘管只是一個文學的典型，但正是這個典型，讓我們可以不斷地回到自身，通過文學去思考未來。置言之，在「人民」這個概念之下，還有不同的階層，甚至可能還包含著不同的思維方式，一種多元的，各是其所是，各非其所非的具有差異性的個體，以及相應生發的個體性體驗。王朔把他的個體性體驗生發至整個社會，並非是對一種普遍性的確認，相反，是對「人民」的普遍性綁架。

　　如果說前面幾次對魯迅的攻擊是公然打開的潘朵拉魔盒的話，那麼，「教材」事件則似乎意味著一場靜悄悄的「革命」。

6.各地教材大換血、魯迅大撤退之論

　　2010 年 9 月 6 日，編劇劉毅在微博上發帖稱「開學了，各地教材大換血」，他列舉了 20 餘篇「被踢出去」的課文，而這其中涉及魯迅的文章多篇，因此也被稱為「魯迅大撤退」。這條微博立刻引發了人們的熱議。細查人教版高中語文課改必修教材，我們發現魯迅的作品〈藥〉、〈為了忘卻的紀念〉、〈《吶喊》自序〉、〈燈下漫筆〉和〈阿 Q 正傳〉未被選入，保留在教材中的魯迅作品為〈紀念劉和珍君〉、〈祝福〉和〈拿來主義〉三篇。

　　雖然這則消息在民間引發了轟動效應，然而，學界對此卻毫無動靜。儘管網上爭論得熱火朝天，可是學術界卻鴉雀無聲。學術界與大眾文化的分流，這是否意味著魯迅在當代的地位已經讓人無可奈何呢？

　　事實上，這次教材上的「魯迅大撤退」並非第一次，90 年代中期江蘇省公佈的《百種愛國主義推薦書目》中，魯迅等現代作家就已經下架了。因此，從「愛國主義」這個大方向來說，魯迅撤退換貨也就是情理之中的事情了。

三、社會轉型與知識份子立場的分化

　　長期以來，知識界總是想當然地把反思「文化大革命」與「五四新文化運動」聯繫起來，我們總是把「文革」歸咎於封建傳統文化殘餘的影響，在這個層面上，「五四新文化運動」中激烈的反傳統便成為反思「文革」成因的重要思想資源。於是，反思「文革」就與回歸「五四」具有了天然

的近親甚至同構關係，回歸五四就是回到了社會發展所應有的正常狀態。從來沒有人考慮過這樣一個問題，即，文革中人很多也是接受五四的乳液成長起來的，其時的全民癲狂狀態或許並非僅僅從「五四新文化運動」的分析中就能夠找到解藥。如果把所有問題都推給歷史，讓已經成為過去的人事成為後來問題的替罪羊，那麼，所有今天出現的問題都將不再是問題，一切都會如黑格爾所說的，存在的就是合理的了。他們把「五四」新文化傳統作為中國現代性的正途，偏離了五四也就等於偏離了現代性。

1.知識份子這樣一種現代性的焦慮

　　魯迅成為現代作家中被關注的焦點，主要在於知識份子這樣一種現代性的焦慮，即：我們把自康德（Immanuel Kant, 1724-1804）以來的「Sapere aude（敢於知道）！要有勇氣運用你自己的理智」這樣一種「人類脫離自我招致的不成熟[16]」狀態，以及阿多諾（Theodor Wiesengrund Adorno, 1903-69）等人的「使人們擺脫恐懼，成為主人[17]」的啟蒙精神，到福柯（Michel Foucault, 1926-84）的「對理性的普遍使用、自由使用和公共使用相互重迭」[18]，這樣一種「批判的態度」[19]作為知識份子安身立命的關鍵所在。它們之間的邏輯關係在於：鑒於魯迅的獨立意識、啟蒙精神與批判傳統，盲目的批評或者撤退魯迅就可能意味著間接性壓抑了知識份子的獨立自主空間以及言論自由。在很大程度上，魯迅已經成為知識份子們言說自己的一個載體。所以，在這一點上，魯迅成為我們想像現代性的一個視窗。維護魯迅即意味著維護自己的獨立精神空間。正因為如此，回歸「五四」的「民主」、「自由」的知識份子批判立場，對社會的「再啟蒙」就顯得理

---

[16] 伊曼紐爾‧康德（Immanuel Kant, 1724-1804），〈對這個問題的回答：什麼是啟蒙？〉（"An Answer to the Question: What is Enlightenment?"），徐向東、盧華萍譯，《啟蒙運動與現代性──18 世紀與 20 世紀的對話》（*What is Enlightenment?: Eighteenth-century Answers and Twentieth-century Questions*），詹姆斯‧施密特（James Schmidt）編，徐向東、盧華萍譯（上海：上海人民出版社，2005）61。

[17] 馬克斯‧霍克海默（Max Horkheimer）、特奧多‧威‧阿多爾諾（Theodor W. Adorno, 1903-69），《啟蒙辯證法（哲學片段）》（*Dialectic of Enlightenment: Philosophical Fragments*），洪佩郁、藺月峰譯（重慶：重慶出版社，1990）1。

[18] 福柯（Michel Foucault, 1926-84），〈何為啟蒙〉（"What is Enlightenment？"），見杜小真編選《福柯集》，（上海：上海遠東出版社，2003）532。

[19] 福柯，〈什麼是批判？〉（"What is Critique？"），施密特　392。

所當然，80 年代，以回歸五四新文化傳統為旨歸的「新啟蒙」就此登上了歷史舞臺。

2.日益走向保守主義甚至極端保守主義

20 世紀 80 年代末，形勢急轉直下，中國的啟蒙運動遭到了最為強勁的狙擊，這直接導致了國內學界的研究取向的轉向，即：由八十年代的啟蒙「文化熱」為特徵的激進主義轉向為以「國學熱」為特徵的保守主義。「90 年代中國思想的一個基本軌跡，大體上是從 80 年代末開始的批判激進主義思潮出發，日益走向保守主義甚至極端保守主義。這種保守主義的基本形態則往往表現為以自由主義之名貶低或否定民主，並以此出發而形成了一套頗為完整、對幾乎所有問題都有某種現成答案的新的意識形態。[20]」同時，由於市場經濟的日益深化，人們的視線普遍由之前的政治視角轉向經濟視角，由「過度政治化」轉向到「過度私人化」上來，可以說，再也沒有比 90 年代以來的人們更深刻的理解「一切以經濟建設為中心」這句話的當下意義了。當啟蒙意識在強化了的意識形態面前瀕臨瓦解，所有的人都從政治人過渡到經濟人，當所有人的視線都集中在經濟上的時候，一切崇高的理想都煙消雲散了。於是，生活變得庸常化，平面化，一切都成為消費時代犧牲品。

九十年代末二十一世紀初的幾次魯迅事件，是來自民間知識份子的討論，這不僅意味著我們已經公開走出了只能神化與聖化魯迅的誤區，更意味著知識份子立場的分化。2000 年，與《90 年代思想文選》同年出版的還有李世濤主編，時代文藝出版社出版的三卷本《知識份子立場》，其中一卷就以「自由主義之爭與中國思想界的分化」命名。

這種知識份子立場的分化在 90 年代初就已經初露端倪。正如王曉明（1955-）所言：

> 在當代知識份子的精神歷程上，1989 年的『六四』事件無疑是劃出一道觸目的分界線。在這之前，整個 80 年代，絕大多數知識份子相信有一個歷史不斷進步的『規律』，它在當代中國的主要體現就

---

[20] 甘陽，〈反民主的自由主義還是民主的自由主義──90 年代中國思想批判〉，《90 年代思想文選》，見羅崗、倪文尖編，卷 2（南寧：廣西人民出版社，2000）441。

是『現代化』。從 70 年代末投身『思想解放運動』，到 1987 年電視系列片《河殤》鼓吹『藍色文明』，知識份子一直為『現代化』搖旗吶喊，他們認定這是不可阻擋的歷史潮流。但是，1989 年春夏之交的一連串社會事變，卻將知識份子推入巨大的震驚之中。他們發現自己原先對社會、歷史、政府、公眾、知識份子乃至整個國際形勢的基本認識，都不過是一些幻覺；在很大程度上，他們是既不瞭解社會，也不瞭解自己[21]。

正是在這樣一個背景之下，知識份子立場紛紛轉向，90 年代中期的「人文精神」討論只是一個遲到的追悼會而已。

可以說，正是這次「人文精神」大討論，加劇了人文知識界的分化，很多人在「躲避崇高」的旗號下，公開以「痞子」自居，「無知者無畏」成為標新立異的資本，「我是流氓我怕誰」更是成為「破舊立新」的代名詞。然而，遺憾的是，90 年代末 21 世紀初的那幾場關於魯迅的風波，在反對魯迅的時候並沒有從學理上入手，而無一例外的都把魯迅當作一種概念上的符號。韓東在把魯迅想當然地與現行（文學）體制同構的同時，也就順理成章地完成了把批評魯迅即等於批評現行（文學）體制的構想；葛紅兵認為他的人格和作品中是和專制制度殊途同歸的，於是理所當然應該受到審判；而王朔則直言不諱地說：「在我小時候，魯迅這個名字是神聖的，受到政治保護的，『攻擊魯迅』是嚴重的犯罪，要遭當場拿下。直到今天，我寫這篇東西，仍有捅婁子冒天下之大不韙的感覺。[22]」

3.通過討論魯迅來討論社會的目的

客觀地說，不管是反擊魯迅還是在「保衛魯迅」的對壘中，雙方都毫不懷疑自己正堅守著「人文精神」的知識份子立場。在反擊者的話語裡，他們預設了這樣一個前提，並理所當然地把這個前提作為一個正確的命題，即：現在的魯迅是被利用，被人為建構了的魯迅，並且，這個魯迅是心甘情願被利用的。他們更多的從社會現象出發而非從文本出發來評論魯

---

[21]　王曉明，〈「人文精神」論爭與知識份子的認同困境〉，見羅崗、倪文尖編，卷 1，443。

[22]　王朔　130。

迅。因此，批判魯迅也就當仁不讓地成為知識份子表達自己立場的事情。
然而，在更多的人看來，魯迅之所以值得我們關注，更多的則在於他的啟
蒙知識份子立場，正如李新宇（1955-）所說：「他頑強地堅守著知識份子
獨立的話語立場，捍衛著知識份子獨立的話語空間，無論有什麼樣的壓
迫，也決不放棄知識份子對現實社會和文化傳統的獨立批判權。在對權威
話語的反抗中，魯迅以自己的話語實踐確立了中國現代知識份子話語的獨
立性。[23]」

在這二者之間，儘管他們都帶有通過討論魯迅來討論社會的目的，但
是，由於各自的立論基礎並不一致，因此，一開始就是一個錯位的對話：
在韓東王朔等人，與其說他們是要反對魯迅，倒不如說借魯迅來伸張他們
自由言說的權利。

如果說韓東和王朔等掀起的第一次「魯迅風波」是一次來自民間的
相互論爭的話，那麼，教材上的「魯迅大撤退」則是一場來自主流話語
對魯迅的重新認定。從教材的審訂與發行來說，雖然現在實行的是「一
綱多本」制，但是，不管如何課改，學生到最後還是得通過考試才能升
學，因此，在很大程度上，憑藉其壟斷性與權威性，教材就決定了學生
讀什麼的問題，學生並沒有選擇的自由。選擇讓人民讀什麼，看什麼，
聽什麼，這些都是不折不扣的意識形態問題，「對於大眾來說，不斷讀
到的和聽到的就是真理。[24]」在今天，「誰掌握了出版，出版就為誰服務。
出版並不傳播『自由』輿論——它只是製造『自由』輿論。[25]」我們今天
的教材出版，就正像斯賓格勒（Oswald Spengler, 1880-1936）討論新聞出
版一樣：

> 在今天，新聞出版是一支軍隊，擁有驚心組織的武裝和兵種，新聞
> 記者就是它的軍官，讀者就是它的士兵。但是，跟任何隊伍一樣，
> 在這裡，士兵也要盲目的遵從，而且戰爭的目的和作戰計畫的改變

---

[23] 李新宇，〈魯迅：中國現代知識份子話語的基石（二）〉，《魯迅研究月刊》6
（1998）：4。

[24] 奧斯維德‧斯賓格勒（Oswald Spengler, 1880-1936），《西方的沒落》（The Decline
of the West），卷 2（上海：上海三聯書店，2006）432。

[25] 斯賓格勒 377。

是不讓士兵知道的。讀者既不知道、也不容許知道他是為了什麼目的而被利用的，甚至也不知道他要扮演什麼樣的角色[26]。

當我們以「魯迅大撤退」這樣的字眼來形容教材的「去魯迅化」的時候，它給我們預設了這樣一個前提：魯迅在今天知識界的地位是毋庸置疑的，是任何人都無法取代的。這當然是一種以朱利安・班達（Julien Benda,1867-1956）的《知識份子的背叛》（*The Treason of the Intellectuals*）與薩義德（Edward W. Said, 1935-2003）《知識份子論》（*Representations of the Intellectual*）為基點的價值立場焦慮。然而，這種焦慮現在卻變得與知識份子自己無關，而成為虛擬的網路大眾們的一個話題。或許，這也再次證明了魯迅的存在與他的「保衛者」們無關，網路上到處流傳的對「魯迅大撤退」的質疑也再次證明了這個時代仍然不可能讓魯迅「撤退」。

這是一個被「消費社會」吞蝕了的時代，魯迅從教材中的撤退當然可以理解為是適應時代的現實需要，但是，增加一點歌功頌德的文章就適應了現實需要嗎？

當所有的教材都只為某種意識形態而生產，當所有的言論都統一到某個唯一的「真理」上來的時候，我們失掉的就不僅僅只是「自由」，也將失去思考與創造的能力。

四、回望五四與魯迅的當代意義

今天，我們討論魯迅，如果不回到歷史原場，而僅僅只是以現在的價值觀來看待其時的人和事，就難免會出現偏頗。正如周作人（周遐壽，1885-1967）所說：「我們對於主義相反的文學。並非如胡致堂（胡宣，1098-1156）或乾隆（愛新覺羅弘曆，1711-99，1735-95 在位）做史論，單依自己的成見，將古今人物排頭罵倒。我們立論，應抱定『時代』這一個觀念，又將批評與主張，分作兩事。批評古人的著作，便認定他們的時代，給他一個正直的評價，相應的位置。至於宣傳我們的主張，也認定我們的時代，不能與相反的意見通融讓步，唯有排斥的一條方法。[27]」

---

[26] 斯賓格勒　433。
[27] 周作人，〈人的文學〉，《〈周作人文類編・3　本色　文學　文章　文化》，鐘叔河

1.謝麗旋與教材去魯迅化

　　然而，也正是因為「『時代』這一個觀念」，讓很多人片面地認為，既然「時代」已經過去，它對我們今天就毫無意義，就如王朔所認為的那樣，「半個世紀之後，我們的人民不再是魯迅那個時代完全處於被忽略被遺忘的境地很需要被同情的那夥人了。」這同樣也是今天很多人為教材「去魯迅化」的最佳辯護理由，謝麗旋在〈對中學語文教材編選魯迅作品之淺見〉一文大概是當前所見到的傑出代表，他非常矛盾地把把魯迅作品分為兩類，把「堅韌的戰鬥精神」，「愛國主義精神」，「博採眾長，勇於創新的精神」認為是「魯迅作品中體現的積極精神」；而同時，又以「存在極端、偏激之弊」，「缺少時代感」，「晦澀難懂，可感性不強」，「能憎，卻缺少愛」為由認為是「魯迅過於尖銳的作品對中學生的消極影響」[28]。

　　我們奇怪的是：既然「魯迅過於尖銳的作品」「缺少時代感」，那麼，為何還把「堅韌的戰鬥精神」，「愛國主義精神」，「博採眾長，勇於創新的精神」作為「魯迅作品中體現的積極精神」加以論述？況且，難道魯迅的「掊物質而張靈明，任個人而排眾數[29]」的「立人」思想及其在小說中表露出的「哀其不幸，怒其不爭」不正體現出魯迅的愛嗎？在這個問題上，我完全同意李新宇的看法：「魯迅對大眾的態度是值得注意的，總的說，他的態度可用『哀其不幸，怒其不爭』概括。這種拜倫（George Gordon Byron, 1788-1824）式的態度顯示的正是現代知識份子的立場。而且，這種態度是衡量一個知識份子是否獲得了現代知識份子話語立場的標誌。只有『怒其不爭』而無『哀其不幸』是非人道的立場。只有『哀其不幸』而無『怒其不爭』則是民間大眾自己的立場。只有這兩者的結合顯示了中國現代知識份子話語的立場。現代精英知識份子不可能像隱士那樣超脫，他們關心和同情大眾，為大眾的疾苦而痛苦，但是，他們絕不是站在大眾同一地平線上的代言人，決不是大眾意識的『留聲機器』，也不是利用大眾之力而滿足私欲者。[30]」如果說魯迅的作品「缺少時代感」，那麼，還有比

編（長沙：湖南文藝出版社，1998）38-39。
[28]　謝麗旋，〈對中學語文教材編選魯迅作品之淺見〉，《教學與管理》16（2010）：45-46。
[29]　魯迅，〈文化偏至論〉，《魯迅全集》，卷 1，47。
[30]　李新宇，〈魯迅：中國現代知識份子話語的基石（三）〉，《魯迅研究月刊》7

《詩經》、《離騷》這樣的所謂封建時代的作品更缺乏時代感，更「晦澀難懂，可感性不強」的嗎？難道我們現在不照樣把《詩經》、《論語》之類選進教材嗎？

我們當然毫不懷疑論者為「和諧」社會所做的努力——這種努力也正是當前教材的編委們所共同致力於此的王道事業。但是，我們不能借此去割斷歷史的脈絡。論者在這裡把歷史（文化）作為可以隨便斬斷的臍帶，臍帶可長可短，但是，作為歷史文化的傳承，你不能說昨天的事情就與今天無關。歷史就像一面鏡子，它既反映著過去，也照射著今天，甚至未來。所謂「以史為鏡，可以知興衰」而已。

今天，當我們指責別人「極端、偏激」的時候，我們或許首先應該問的是：他／她因何而「極端」？又因何而「偏激」？在此，我不由得想起魯迅先生討論叭兒狗的話來：「狗和貓不是仇敵麼？它卻雖然是狗，又很像貓，折中，公允，調和，平正之狀可掬，悠悠然擺出別個無不偏激，惟獨自己得了『中庸之道』似的臉來。[31]」

王蒙（1934-）早在 1980 年就認為「費厄潑賴」應該實行了，他認為：

> 「費厄潑賴」意味著和對手的平等的競賽，意味著一種文明精神，一種道德節制，一種倫理的、政策的和法制上的分寸感，一種民主的態度，一種公正、合理、留有餘地、寬宏大度的氣概，意味著『三不』主義和『雙百』方針[32]。

如魯迅當年一樣，王蒙也是有感而發的，作為從「文革」中僥倖走過來的人，提倡「費厄」當然具有現實意義，然而，三十年過去了，不知道王蒙提倡的「費厄潑賴」到底實行到了什麼程度？估計他自己也不敢用現實來回答這個問題。

我們當然可以說魯迅的作品太「偏激」，阿Q已經過時，痛打落水狗的論斷也已陳舊，這當然是從所謂的「純文學」上的考慮，可是，在一個隨處可見阿Q，毒大米、硫磺薑等等危及人民生活，到處充斥著「強拆」等等霸道行為的國度裡，魯迅毫無疑問應該具有他的現實意義。

（1998）：4。

[31] 魯迅，〈論「費厄潑賴」應該緩行〉，《魯迅全集》，卷1，287。

[32] 王蒙，〈論「費厄潑賴」應該實行〉，《讀書》1（1980）：13。

　　事實上，當我們今天否定魯迅的時候，很大程度上也可以說是在否定，至少可以說是在質疑五四新文化運動的成果。其背後，隱藏的則是他們妄圖「去個性化」、「去歷史化」、「去革命化」的所謂「怯魅」的意識形態心理：拒絕認同與接受五四新文化運動中的啟蒙、個性解放等價值立場。

　　作為五四新文化旗手之一的魯迅，在面對保守主義者們所謂的「反思」的時候，自然是首當其衝受到質疑的。在討論甘陽（1952-）的文章〈用中國的方式研究中國，用西方的方式研究西方〉的時候，我曾經說過，「『五四』在很大程度上就是希望以西方的理念來改造中國，最具影響力的就是『德先生』跟『賽先生』的輸入，陳獨秀（陳乾生，1879-1942）等人當年輸入這些西方理念並非是為了『以西方的方式研究西方』，而恰恰相反，他們是為了以西方的方式來研究中國，從而達到精神獨立、思想自由、個性解放，進而重塑大國形象的目的。我們現在可以批評他們當年的功利主義式的激進，但是，無可懷疑，我們現在也正受惠於他們的這份遺產，才得以保留住我們那本來就不多的個人精神空間。[33]」在今天，闡釋魯迅或者闡釋五四，都是爭奪思想資源的一種方式。民間學者對他們的捍衛，重在其自由思想與反抗專制的不屈不撓，而官方則更注重其「愛國」（「反帝國主義的運動」）與「革命」（「反封建的運動」）的一面。這種民間與廟堂雙重肯定背後凸顯的是雙方間價值立場的焦慮。

2.「當下之所以有『說不完的魯迅』之說」（張福貴言說）

　　正如張福貴（1955-）所言：「魯迅一生中提出了無數個社會思想文化的命題，而這些命題無論是對於歷史中國還是對於現實中國來說，都具有經典性的價值：改造國民性、致人性於全、世界人、幼者本位、拿來主義、反抗絕望、習慣與改革、無物之陣、瞞與騙、精神勝利法、一切都是中間物、不滿是向上的車輪、過客、看客、大時代、人各有己、解剖自己、面子問題、黑色染缸、中庸與卑怯、儒術與儒效等等。每一個命題的背後，都經歷了一個深刻而痛苦的思想過程，通過這些命題，魯迅為社會的現代化轉型和民族人格、個體人格的重鑄確立了基本框架。這些命題以及魯迅

---

[33] 魏巍，〈消費時代文學批評的資源及走向〉，《文藝評論》1（2011）：35。

關於這些命題的闡釋，已經成為中國文化和民族精神的寶貴思想資源。其所確立的道德境界，是需要幾代人的努力才可能完成的歷史任務。當下之所以有『說不完的魯迅』之說，其思想淵源就在這裡。[34]」

　　魯迅所留給知識份子的遺產，除了對「國民性」的批判，還有知識份子的社會責任感與擔當意識：他給予了知識份子敢於質疑別人和自我批判的強大後盾，在批判他人的同時，也解剖著自己。今天，我們很多人學會了批判他人，甚至以此來作為反攻魯迅的武器，可是，他們卻沒有學到魯迅的解剖自己。魯迅當年的批判指向的是社會，其指歸在「立人」；而我們現在的批判，更多的則是為著自己，撈取名利獲取進身之階。

3.兩次「魯迅風波」的梳理

　　細細梳理這兩次「魯迅風波」，我們就會發現，所有對魯迅的非議都是建立在毫無學理性的直觀判斷之上的，這種判斷充其量只能說是個體化行為，就像坊間的流言蜚語一樣，並不能真正構成對魯迅的顛覆。魯迅並不是別人罵就能夠罵倒的，如果能夠被罵倒，那就不是魯迅了。因此我們也大可不必以保衛魯迅者自居，魯迅同樣無需人們保衛。如果他真的是一塊又老又臭的石頭，如果他真的是「文藝戰上的封建餘孽」，「是二重的反革命的人物」，「是一位不得志的 Fascist（法西斯諦）[35]」，那麼，再怎麼保衛，他也仍然只是那塊又臭又老的石頭，他也都是封建餘孽、二重反革命或者法西斯諦。對於韓東等人的言論，我們大可以用魯迅的原話來作答：「我以為當先求內容的充實和技巧的上達，不必忙於掛招牌。[36]」事實上，韓東等人掛的也並非招牌，而僅僅只是為了給別人貼標籤，並借此以推行自己所認定的意識形態而已。在這個理論爆炸但卻毫無思想的時代裡，很多人都習慣性地閉緊自己的耳朵而張大其嘴巴，用貼標籤的方式來表達自己所謂的思想。「文革」前，我們不敢有自己的思想，而現在，

---

[34] 張福貴，《「活著」的魯迅：魯迅文化選擇的當代意義》（北京：社會科學文獻出版社，2010）244-45。

[35] 郭沫若，〈文藝戰上的封建餘孽——批評魯迅的《我的態度氣量和年紀》〉，《恩怨錄‧魯迅和他的論敵文選》，見李富根、劉洪主編，下卷（北京：今日中國出版社，1996）521。

[36] 魯迅，〈文藝與革命〉，《魯迅全集》，卷4，84-85。

當我們有了自己的思想，也敢於思考的時候，卻突然又落入到了不能思考的怪圈裡。

在當政者看來，這是一個不需要魯迅的時代，毛澤東（1893-1976）〈在延安文藝座談會上的講話〉就明確指出：「魯迅處在黑暗勢力統治下面，沒有言論自由，所以用冷嘲熱諷的雜文形式作戰，魯迅是完全正確的。[37]」但是，「『雜文時代』的魯迅，也不曾嘲笑和攻擊革命人民和革命政黨，雜文的寫法也和對於敵人的完全兩樣。[38]」這就明確為「講話」中的態度問題，亦即「歌頌」與「暴露」問題提供了寫作範例。「要是魯迅今天還活著，」「要麼被關在牢裡繼續寫他的，要麼一句話也不說。[39]」解放後毛澤東的話再次證明了魯迅時代的結束。

4.「沒有任何東西為我們保證文學是不朽的」（薩特如是說）

然而，遺憾的或許是：一次又一次的魯迅論爭，只能一次又一次證明著魯迅的作用與魯迅精神的力量。或許，正如薩特（Jean Paul Sartre, 1905-80）所言，「沒有任何東西為我們保證文學是不朽的[40]」同樣，除了魯迅本人以及他的著述，也沒有任何東西為我們保證魯迅及其作品是不朽的，特別是在這樣一個多元文化交雜的時代，我們沒有任何理由說服所有人都去喜歡魯迅，以及他的文章。但是，社會並沒有達到「天地聖眾歆享了牲醴和香煙，都醉醺醺的在空中蹣跚，豫備給魯鎮的人們以無限的幸福[41]」的程度，因此，繼承魯迅的批判傳統，堅持知識份子自由批判的立場就顯得更為必要。套用薩特（Jean Paul Sartre, 1905-80）的話說：

> 歸根結底，寫作藝術不受不變的天意的保護；寫作藝術就是人們把它造成的那個東西，人們在選擇自身的同時選擇了它。如果寫作藝術註定要變成純粹的宣傳或純粹的娛樂，社會就會再次墜入直接性

---

[37] 毛澤東，〈在延安文藝座談會上的講話〉，《毛澤東選集》，卷 3（北京：人民出版社，1991）872。

[38] 毛澤東，〈在延安文藝座談會上的講話〉 872。

[39] 黃宗英，〈上了年紀的禪思〉（北京：中國文聯出版公司，2004）222。

[40] 薩特，〈什麼是文學？〉（"What is Literature?"），《薩特文學論文集》，李瑜青等主編，施康強等譯（合肥：安徽文藝出版社，1998）278。

[41] 魯迅，〈祝福〉，《魯迅全集》，卷 2，21。

的泥潭，即膜翅目與腹足綱動物的沒有記憶的生活之中。當然，這一切並不重要：沒有文學，世界照樣存在。但是，沒有了人世界可以存在得更好。[42]」

同樣，沒有了魯迅，我們或許也會生活得更好，就像魯鎮那些等待著眾神給予祝福的民眾一樣。

五、結論

一次次的「魯迅風波」，從側面證明了魯迅存在的必要性，事實上，王朔等人正是以魯迅的方式來提出與思考問題的，他們以反對對手的方式，確立了對手存在的意義及其必要性。從這方面來說，民間關於魯迅的論爭，並非是簡單的「反魯」與「保魯」這樣一種非此即彼的關係，我們必須看到，王朔等人對魯迅的反對，並非針對魯迅本身，而是符號化，儀式化魯迅背後的當代體制，他們所使用的，正是魯迅當年「挖祖墳」的方式，他們以反對魯迅本人的方式來證明了魯迅式批判的合理性。這再一次證明了，繼承魯迅並非單純的「保衛魯迅」，它還可以以魯迅的方式，對當前時代問題作出自己的評判。魯迅也是人而不是神，不管出於何種目的，我們都必須接受不同觀點的存在，這不僅是一種客觀的事實，同時，更是魯迅研究走向深化的必由之路。

---

[42] 薩特，《什麼是文學？》　278。

參考文獻目錄

FENG

馮驥才.〈魯迅的功與「過」，《收穫》，2（2000）：123-26。

FU

福柯（Foucault, Michel）·《福柯集》，杜小真編。上海：上海遠東出版社，
　　2003。

GE

葛紅兵.〈為二十世紀中國文學寫份悼詞〉，《芙蓉》，6（1999）：134-39。

HAN

韓東.〈備忘：有關「斷裂」行為的問題回答〉，《北京文學》，10（1998）：
　　41-48。

LI

李富根、劉洪編·《恩怨錄·魯迅和他的論敵文選》，上、下。北京：今日
　　中國出版社，1996。

李新宇.〈魯迅：中國現代知識份子話語的基石（二），《魯迅研究月刊》，
　　6（1998）：4-10。

——·〈魯迅：中國現代知識份子話語的基石（三）〉，《魯迅研究月刊》，
　　7（1998）：4-11。

LU

魯迅.《魯迅全集》，18 卷。北京：人民文學出版社，2005。

LUO

羅崗、倪文尖.《90 年代思想文選》，3 卷。南寧：廣西人民出版社，2000。

MA

馬克斯・霍克海默（Horkheimer, Max）、特奧多・威・阿多爾諾（Theodor Wiesengrund Adorno）.《啟蒙辯證法（哲學斷片）》（*Dialectic of Enlightenment: Philosophical Fragments*），洪佩郁、藺月峰譯。重慶：重慶出版社，1990。

MAO

毛澤東.《毛澤東選集》，5卷。北京：人民出版社，1991。

QIN

秦弓.〈魯迅：「華蓋運」何時休？〉，《魯迅研究月刊》6（2000）：79-87。

WANG

王朔.〈我看魯迅〉，《收穫》2（2000）：127-132。
王蒙.〈論「費厄潑賴」應該實行〉，《讀書》1（1980）：12-16。

SA

薩特（Sartre, Jean Paul）.《薩特文學論文集》，施康強等譯。合肥：安徽文藝出版社，1998。

SHI

施密特，詹姆斯（Schmidt, J.）主編.《啟蒙運動與現代性——18世紀與20世紀的對話》，徐向東，盧華萍譯。上海：上海人民出版社，2005。

SI

斯賓格勒，奧斯維德（Spengler, Oswald）.《西方的沒落》（*The Decling of The West*），吳瓊譯。上海：上海三聯書店，2006。

YAN

嚴家炎.《嚴家炎論小說》。南昌：江西高校出版社，2002。

ZHANG

張福貴.《「活著」的魯迅：魯迅文化選擇的當代意義》。北京：社會科學
　　文獻出版社，2010。

ZHU

朱文.〈斷裂：一份問卷和五十六份答卷〉,《北京文學》10（1998）：19-41。

ZHOU

周作人.《周作人文類編・本色》,鐘叔河編。長沙：湖南文藝出版社,1998。

The Contemporary Value of Lu Xun and its Significance

Wei WEI

Lecturer, Modern Chinese Poetry Research Institute and Institute of Chinese Literature, Southwest University

Abstract

As a chief commander of "modern literature," Lu Xun not only leads the path of Chinese ideological trend, but he also influences a large number of Chinese folks. At the turn of the century, Lu Xun becomes the focus of social consensus again. There are opponents and advocates of Lu Xun who come up with questions about Lu Xun, regardless of any perspective. There are, as it were, no other authors like Lu Xun who can take a bit of nerve on people's part in Chinese modern and contemporary literature. From the opposing points of view, they indeed establish the significance and essentiality of their opponents through the means of Lu Xun's thinking process. In this regard, it embodies Lu Xun's axiomatic contemporary values and its significance.

Keywords: Lu Xun, Lu Xun's disturbance, contemporary value

評審意見選登之一

1.) 要看到王朔反魯其實是對抗體制，他所使用的恰恰是魯迅的方式。

2.) 兩次反魯並非完全沒有學理，且也並非全無意義。

評審意見選登之二

1.) 理論性不甚強，五四資源分析稍顯不足，深度不夠，結論稍嫌膚淺。

2.) 材料引證分析不夠，尤對教材撤換魯迅教材事引證分析少。

評審意見選登之三

1). 論題具有現實意義與學術意義，且論述得較為充分，資料的收羅不僅較為充分，而且大多比較具有代表性，這就在很大程度上保證了論述的可靠性和觀點的合理性。

2). 作者觀點鮮明，言之成理，持之有據，成一家之言。

3). 論文結構清晰合理，表述流暢嚴謹，形式符合規範。

4). 1.論文關於魯迅的當代意義的複雜性還沒有給予相應的注意；2.魯迅內在的「自我解剖」的精神和人格，以及外在的質疑精神和方法，也應該得到充分的關注。論文在這方面論述不夠。魯迅留給我們這些遺產，無論在什麼時代都是需要的。

5). 論文第三部分，以謝麗旋的〈對中學語文教材編選魯迅作品之淺見〉一文作例子來論述關於魯迅作品從中學語文課本中「撤退」的問題，不很合適。建議將其內容一起刪除。

《國際魯迅研究》輯一（2013 年 10 月）165-190。

延安文藝座談會上的「魯迅」

■田剛

作者簡介：

　　田剛（Gang TIAN），1962 年 9 月生於河南偃師縣。2003 年畢業於山東大學文學院，獲文學博士學位。現任中國魯迅研究會理事，陝西師範大學延安文藝研究中心副主任、陝西師範大學文學院教授、博士研究生導師。主要研究專業為二十世紀中國文學，專長於魯迅研究、延安文藝研究及二十世紀文學思潮等。著有《魯迅與中國士人傳統》、《解讀魯迅》、《魯迅與延安文藝思潮》等著作，在《中國現代文學研究叢刊》、《魯迅研究月刊》、《文史哲》等雜誌發表論文 30 餘篇。

論文題要：

　　1942 年 5 月在延安召開的文藝座談會，在某種程度上可以說是因「魯迅」而召開的。在這次具有里程碑意義的座談會上，秉承了魯迅衣缽的魯迅弟子如丁玲、蕭軍、吳奚如等人，明顯地與會議的基本精神處於某種衝突或不和諧的狀態。尤其是魯迅弟子蕭軍與毛澤東的秘書胡喬木之間關於魯迅思想的「轉變」或「發展」的激烈論爭，突顯出的乃是以個性為旨歸的「五四」啟蒙主義文學價值觀與集體的革命意識形態之間的根本性衝突。而魯迅在毛澤東「講話」中被重寫和改造的命運，雖然從表面看來消弭了「蕭胡之辨」在邏輯上的衝突或不和諧，但在實質上卻預示了魯迅所代表的「五四」啟蒙主義文學精神在新的時代驟然沉落的命運。

關鍵字：毛澤東、魯迅、「五四」啓蒙主義、「工農兵文藝」

一、引言

　　1942 年春天，借著整風運動的風勢，在陝甘寧邊區的首府延安，出現了一股以揭露並批評現實社會弊端為鵠的的文藝新潮。這股文藝新潮，因「魯迅」（周樟壽，1881-1936）而發動，又以「魯迅」為名目，並逐漸越出了文學的範圍，從而演化為一場聲勢浩大的社會文化思潮[1]。但隨著這場社會文學思潮的進一步氾濫，它立刻引起了以毛澤東為首的中共中央領導層的高度警覺。他們隨即調整整風運動的大方向，決定召開文藝座談會，開展對延安文藝界的整風。自從 1940 年毛澤東（1893-1976）在《新民主主義論》中確定「魯迅的方向，就是中華民族新文化的方向」之後，魯迅在延安無疑具有了「革命導師」和「新文化旗手」的地位和價值，其人其言的真理性也是不言自明的。延安文藝整風如何處理與「魯迅」的關係，也就是如何闡發「魯迅」與延安文藝整風的關係，成了這次文藝座談會必須予以解決的主要理論問題。

二、延安文藝座談會的籌備與召開

　　為什麼要召開延安文藝座談會？這是我們要探究「魯迅」與延安文藝思潮關係的首要問題。

　　我們知道，發生在 1942 年春天的這股以「魯迅」為名目的文藝新潮，是借著整風運動的風勢而蔚成大觀的。本來，毛澤東發動「整風運動」的目的，主要是為了統一思想，整頓幹部隊伍。對此，當時主管黨的幹部教育工作的中宣部副部長李維漢（1896-1984）有這樣的說法：

> 　　整風的對象，主要是老幹部（當時是中年幹部）。但整風剛開始時中央研究院的一部分青年知識份子出來刮了一陣小資產階級歪風，影響很廣，如果不首先加以端正，就不可能把整風運動納入正

---

[1] 詳細描述見拙作：〈魯迅精神傳統與延安文藝新潮的發生〉，《陝西師大學報（哲學社會科學）》41.3（2012）：14-24。

路。因此，在一段時間內，整風矛頭首先對準了青年知識份子中的
這股歪風。但過後不久，毛澤東還是把整風矛頭撥回到領導幹部的
思想路線方面……[2]。

李維漢這段話，實際上道出了毛澤東在 1942 年進行延安文藝整風及召開
文藝座談會的內在玄機：1942 年的延安文藝整風只是整個整風運動的一個
小插曲，而延安文藝座談會正是為著發生在延安的這場文藝新潮而召開
的。這也就是說，延安整風的物件是老幹部，但延安一部分文人和知識份
子對此卻進行了「誤讀」，他們以為毛澤東批判教條主義和黨八股的目的
意在衝破藩籬，解放思想，因此便試圖利用雜文這一「社會批評」和「文
明批評」的利器對社會弊端進行揭露和批判。在他們看來，這是在幫助黨
進行整風。在整風初期，當延安文藝新潮的批評之風剛剛刮起時，毛澤東
還是默認甚至還是讚賞的。這是因為毛澤東一貫主張「相信群眾，依靠群
眾」，他相信，通過群眾「大鳴大放」的方式來監督各級幹部，暴露問題，
是控制幹部的最有效手段。因此，當部分知識份子和文人通過《輕騎隊》
和《諷刺畫展》等方式來揭露延安社會中存在的教條主義和官僚主義弊端
時，毛澤東是願意樂觀其行。他希望這把火能燒到這次整風的對象——中
共那些還不馴服的各級幹部那裡去。

　　但整風運動開始後不久，毛澤東就發現，「整風」並沒有按照他的既
定目標發展，而是偏離了他所預設的既定軌道。這也就是說，隨著這場延
安文藝新潮的進一步擴大和彌漫，特別是〈「三八」節有感〉和〈野百合
花〉等雜文的發表，其中的某些傾向已經觸及到了延安政治的敏感區域，
甚至妨害到了黨的核心利益，這對於戰時狀態下的凝聚人心，無疑具有某
種敗壞的作用。因為戰爭所依靠的主要對象無疑是以工農兵為主體的人民
大眾，或者說就是農民。而上述文藝作品中，農民出身的幹部或戰士卻成
了批評或諷刺的對象，這無論如何卻是他們無法接受的。有一位新婚的八
路軍將領抱怨說：「我們打天下，找個老婆你們也有意見[3]」；另一個老幹
部也有這樣的訓詞：「他媽的，瞧不起我們老幹部，說是土包子，要不是

2　李維漢，《回憶與研究》（下），（北京：中共黨史資料出版社，1986）478。
3　艾青（蔣正涵，1910-96），〈延安文藝座談會前後〉，《艾青全集》，卷5（石家
　　莊：花山文藝出版社，1991）607。

我們土包子，你想來延安吃小米！[4]」；一個農民出身的幹部，看了「諷刺畫展」後更是憤憤不平：「扯蛋！簡直是誇大的諷刺，……亂彈琴，不過和我們開開心罷了，再說，政治影響……[5]」。諷刺了個別幹部還不要緊，但像〈「三八」節有感〉和〈野百合花〉那樣觸及到了高級將領乃至最高政治領袖的根本利益，那牽扯可就大了。更要命的是其中對延安的社會制度──戰時「供給制」所帶來「衣分三色，食分五等」現代等級制度的揭露和批判，就頗有一種觸動「神器」的冒犯和不敬。正是在如此的歷史背景下，毛澤東才決定調整運動方向，展開延安文藝界的整風，治理文藝界的諸多亂象。

關於延安文藝座談會召開的背景及目的，據中央檔案館保存的一份延安時期的電報抄件──〈關於延安對文化人的工作的經驗介紹〉（1943年 4 月 22 日），有如下的說明：

> 在邊區文協大會上，毛主席提出了新民主主義的文化，作為團結進步文化人的總目標。但是毛主席提出的這個方針，當時許多文化工作同志，並未深刻理解，文委亦未充分研究，使其變為實際。且強調了文化人的特點，對他們採取自由主義態度。加以當時大後方形勢逆轉，去前方困難，於是在延安集中了一大批文化人，脫離工作脫離實際。加以國內政治環境的沉悶，物質條件困難的增長，某些文化人對革命認識的模糊觀念，內奸破壞分子的暗中作祟，於是延安文化人中暴露出許多嚴重問題，如對政治與藝術的關係問題，有人想把藝術放在政治上，或者脫離政治。如對作家的立場觀點問題，有人以為作家可以不要馬列主義立場觀點，或者以為有了馬列主義的立場，觀點就會妨礙寫作。如對寫光明寫黑暗問題，有人主張對抗戰與革命應「暴露黑暗」，寫光明就是公式主義（所謂歌功頌德），還是「雜文時代」（即主張用魯迅對敵人的雜文來諷刺革命）一類口號也出來了。這種【由】非無產階級的思想出發，如文化與黨的關係問題，黨員作家與黨的關係問題，作家與實際生活問題，

---

[4]　丁玲（蔣偉，1904-86），〈「三八」節有感〉，《解放日報》（延安）1942 年 3 月 9 日，4。

[5]　海燕，《鏡子──記諷刺畫展》，《解放日報》（延安）1942 年 2 月 21 日，4。

作家與工農兵結合問題，提高與普及問題，都發生嚴重的爭論；作家內部的糾紛，作家與其他的方面糾紛也是層出無窮。為了清算這些偏向，中央特召開文藝座談會，毛主席作了報告與結論，上述的這些問題都在毛主席的結論中得到瞭解決[6]。

這一抄件雖沒有標明為中央文件，但從其行文和語氣看當是中共中央所發的一份非正式的文件，可以視作當時中央高層對召開這次文藝座談會初衷的總結性的看法。值得注意的是，該抄件對 1942 年早春在延安出現的以「五四」啟蒙主義為旨歸的文藝新潮，進行了整體性的否定，認定其中「暴露出許多嚴重問題」，是「非無產階級的思想」的。這其中「某些文化人」，指的就是這次延安文藝新潮的主要宣導者如丁玲、蕭軍（劉鴻霖，1907-88）、艾青等人，而「內奸破壞分子」顯然指的就是王實味。

1.《解放日報》文藝欄、《輕騎隊》壁報等

召開延安文藝座談會，是毛澤東進行文藝界整風的最核心的工作。在召開文藝座談會之前，他首先做的就是叫停傳播這一新潮的傳媒，如《解放日報》「文藝欄」、《輕騎隊》和《矢與的》壁報等，遏制這場在延安及各解放區正在迅速擴大和漫延的文藝新潮。他除了在許多場合發表講話，解釋整風的原則外，同時還積極在文藝、文化管理體制上作了整改，接連發佈〈中共中央辦公廳關於黨務廣播問題的通知〉（2 月 17 日）、〈中共中央宣傳部為改造黨報的通知〉（3 月 16 日）、〈中央書記處關於統一延安出版工作的通知〉（4 月 15 日）[7]等檔，其中，對《解放日報》的改版工作尤為重視。

2.1942 年 3 月 31 日在楊家嶺的 70 多人開座談會

1942 年 3 月 31 日，毛澤東在楊家嶺中共中央辦公廳召集延安各部門負責人和作家共 70 多人開座談會，討論《解放日報》改版問題。對於近

---

[6] 西北五省區編纂領導小組、中央檔案館編，《陝甘寧邊區抗日民主根據地・文獻卷》，下冊（北京：中共黨史資料出版社，1990）449-50。。

[7] 中央檔案館編，《中共中央檔選集》，冊 13（北京：中共中央黨校出版社，1991）358-59、360-62、370。

來延安文壇出現的一些雜文的思想傾向，他提出尖銳的批評：「近來頗有些人要求絕對平均，但這是一種幻想，不能實現的」。「小資產階級的空想社會主義思想，我們應該拒絕」。他還說：

> 批評應該是嚴正的、尖銳的，但又應該是誠懇的、坦白的、與人為善的。只有這種態度，才對團結有利。冷嘲暗箭，則是一種銷蝕劑，是對團結不利的[8]。

據時任毛澤東的秘書的胡喬木（胡鼎新，1912-92），後來回憶，也就在這次《解放日報》的改版會上，賀龍（賀文常，1896-1969）、王震（1908-93）把矛頭都對準了〈三八節有感〉。賀龍說：「丁玲，你是我的老鄉呵，你怎麼寫出這樣的文章？跳舞有什麼妨礙？值得這樣挖苦？」話說得比較重。胡喬木聽了感到問題提得太重了，便跟毛主席說：「關於文藝上的問題，是不是另外找機會討論？」第二天，毛主席批評他：「你昨天講的話很不對，賀龍、王震他們是政治家，他們一眼就看出問題，你就看不出來」![9]1942年 4 月 1 日，《解放日報》改版，由兩個版面改為四個版面，而且頭版由改版前的國際新聞改為國內外重大新聞，國內新聞以我黨、我軍和陝甘寧邊區其他根據地的重要新聞為主，真正成了「真正的戰鬥的黨的機關報」。從這一天開始，第 4 版取消「文藝欄」，而成為綜合副刊。丁玲離開《解放日報》「文藝欄」，由舒群（李書堂，1913-89）接任，任副刊部主任。

3.4 月 2 日中央政治局會議對王實味和丁玲作了批評

　　4 月 2 日，中央召開政治局會議。在這個會議上，康生（張宗可，1898-1975）提出，《輕騎隊》以及王實味（王詩微，1906-47）、丁玲兩人的文章風氣不正，並且有極端民主化傾向，主張對青年要注意引導，提倡積極的批評，不符合黨的政策的文章最好不登。對康生的意見，領導人之間看法不一，一些人認為暴露有好處，只有亂起來，才有利於有目標地開展鬥爭和教育新幹部；另一些人則認為放得太過，搞不好會出現莫斯科

---

[8]　中共中央文獻研究室編，《毛澤東年譜（1893-1949）》，中卷（長沙：中央文獻出版社，2003）419。

[9]　胡喬木，《胡喬木回憶毛澤東》（北京：人民出版社，1994）55-56。

當年清黨鬥爭的情況，為托派所利用，鬧成分裂，難於收場[10]。毛澤東的態度明顯趨中。他發言指出：討論整頓三風報告與檢查工作，開展自我批評，要有計劃有領導地進行，不應放任。思想鬥爭的火力，不是只對著老幹部，而應對著新老幹部雙方的毛病，使新老幹部相互批評之後，更進一步地相互瞭解與團結。態度一定要好，態度不好，就會引起人家不滿意。不要暗箭，不要冷嘲，熱罵還好，冷嘲就不好，因為它會搞得疑神疑鬼。這種空氣不要在共產黨裡面增長，它不利於大家，它使黨不團結，使黨分裂。不要暗箭，應該是採取積極的態度上下夾攻。我們的目的，是懲前毖後，治病救人。會議決定：在《解放日報》上設批評與建議欄，用嚴正態度開展正確的批評，糾正無的放矢與無原則的攻擊誣謗的態度[11]。會後，中宣部發佈了《關於在延安討論中央決定及毛澤東整頓三風報告的決定》，即「四三決定」，反映了毛澤東的意見。

4.1942 年 4 月 17 日中共中央政治局提出進行整風運動

1942 年 4 月 17 日，中共中央政治局討論整風學習與檢查工作時，毛澤東提到文藝界的情況，說：現在必須糾正平均主義和極端民主等問題，文藝界對整風是抵抗的，如晉東南文藝界及蕭軍等。現在我們進行全黨的整風運動，文藝界的黨員也應如此。《解放日報》要考試，乘此機會討論黨的文藝政策。接著，與會者發言指出的問題似乎比上一次會議進了一步，也具體了一些。康生說：許多文化人說中共無人性，延安不顧青年人的人性，說延安青年是政治青年。國民黨特務稱讚《輕騎隊》為延安專制下的唯一呼聲，說延安言必稱魯迅，許多新知識份子把魯迅作為教條。這是一股歪風。博古（秦邦憲，1907-46）說：許多青年感情衝動大，現在困難問題還是文藝界，對文藝界的人，要儘量不傷害，對輕騎隊的七、八個編者，要找他們談話。陳雲也提出：對「文協」的丁玲、蕭軍等，採用個別談話最好[12]。

1942 年 3 月下旬，王震在在副院長范文瀾（1893-1969）的陪同下，到中央研究院看了《矢與的》壁報，讀了上面王實味的文章後說：「前方

---

[10] 楊奎松，《毛澤東與莫斯科的恩恩怨怨》（南昌：江西人民出版社，1999）139。

[11] 中共中央文獻研究室，《毛澤東年譜（1893-1949）》　420。

[12] 陳晉，《文人毛澤東》（上海：上海人民出版社。1997）226。

的同志為黨為全國人民流血犧牲，你們在後方吃飽飯罵黨！」毛澤東也曾經讓胡喬木向王實味轉達他對〈野百合花〉的意見：「首先是批評的立場問題」。胡喬木還對王實味說：「毛主席希望你改正的，首先是這種錯誤立場。那篇文章充滿了對領導者的敵意，並有挑起一般同志鳴鼓而攻之的情緒。只要是黨員，這是絕對不容許的」。范文瀾和院黨委也先後同王實味談過十次話，對他進行了耐心的幫助，希望他正視自己的錯誤。但所有這一切，王實味都無動於衷，始終堅持錯誤立場，聲言要走「自己所要走的路」[13]。4 月初，毛澤東到中央研究院用馬燈和火把照明，看了《矢與的》壁報。從 3 月 23 日起，《矢與的》的最初三期連續發表了王實味的三篇文章。毛澤東看後說：思想鬥爭有了目標了，這也是有的放矢嘛[14]！

對「諷刺畫展」的畫家，毛澤東也親自過問。就在 1942 年的大年初三，毛澤東參觀畫展時，對正在那裡值班的華君武說過「漫畫要發展」的話，但華君武並沒有真正聽懂毛澤東話裡的意思[15]。不久，毛澤東就約三位畫家到自己的住處談話，他特別提出華君武的一幅名為〈1939 年所植的樹〉漫畫[16]，問道：這時延安的植樹嗎？我看是清涼山的植樹，延安植的樹許多地方是長得好的，也有長得不好的。這幅畫把延安的植樹都說成是不好的，這就把局部的東西畫成全域的東西，個別的東西畫成全體的東西了。漫畫是不是也可以畫對比畫呢？比方植樹，一幅畫畫長得好的，欣欣向榮的，叫人學的；另一幅畫畫長得不好的，枝葉都被啃光的，或者甚至枯死了，叫人不要學的。把兩幅畫畫在一起，或者是左右，或者是上下。毛澤東大概也覺得他的這種意見的確新奇，就接著問：這樣畫是不是使你們為難呢？華君武回答：兩幅畫對比是可以畫的，但是，不是每幅畫都那樣畫，都那樣畫，諷刺就不突出了。接著，華君武又請教道：有一次橋兒溝發大水，「魯藝」有些人下河撈西瓜，但是，他們撈上來不是交給瓜農，而是自己吃了。中央的題材可不可以畫呢？毛澤東說：這樣的漫畫如果發

---

[13] 李言，〈對中央研究院整風運動的幾點體會〉，《延安中央研究院回憶錄》，溫濟澤（1914-99）等編（北京：中國社會科學，1984）108-09。

[14] 中共中央文獻研究室編，《毛澤東年譜（1893-1949）》421。

[15] 華君武，《1942 年毛主席和我們的談話》，《我與毛澤東的交往》（太原：山西人民出版社，1993）274。

[16] 華君武，〈1939 年所植的樹〉，《解放日報》1941 年 8 月 19 日，4。

表在全邊區性的報紙上，那就要慎重，因為從整個邊區來看，幹部和群眾的關係是好的。如果要發表在全國性的報紙更要慎重，因為影響更大。毛澤東最後告誡說：「對人民的缺點不要老是諷刺。對人民要鼓勵」[17]。

5.《輕騎隊》終於停刊

　　《輕騎隊》的日子也越發艱難。1942 年 4 月 13 日《解放日報》第 2 版又登出了如下消息：〈《輕騎隊》將改變編輯方針〉。消息說：《輕騎隊》編委會最近曾檢討一年來工作，認為編輯方針錯誤，並決定加以徹底改變。同時，對 4 月 10 日在《解放日報》上刊登的關於〈《輕騎隊》出刊一年〉的消息作了如下的說明：「本月 10 日《解放日報》發表〈《騎隊》出刊一年〉的消息，係童大林同志發出，未經編委會全體知悉。日前本刊編委會曾詳細檢討一年來工作得失，認為過去編輯方針有錯誤，已決定加以徹底轉變；至接到朱總司令及各界同志的意見，多系嚴正批評指責，而該消息只說鼓勵亦與事實不符，特此聲明更正。」此後，一個星期天，在青年俱樂部擠滿了人，一些關注和愛護《輕騎隊》的同志和朋友，聽取了已調到楊家嶺中央政治研究室的許立群，以《輕騎隊》第二任主編的身份，作了長篇的檢查。許立群檢查以後，胡喬木讓童大林將原文壓縮，準備登報。隨後，胡喬木把童大林壓縮以後的稿子拿給毛澤東過目。毛澤東親手為這篇檢查加上個標題：「我們的自我批評」。在這份「檢查」中，《輕騎隊》的「編委會」（其實《輕騎隊》並沒有所謂的「編委會」）「坦白承認過去的編輯方針是錯誤」。1942 年 4 月 23 日，延安《解放日報》作為「來件」發表了這份「檢查」。此後，在延安社會活躍了一年多的《輕騎隊》終於停刊。

　　在對文藝界的諸多亂象，尤其是其中的自由化傾向進行一系列治理整頓之後，接下來的問題就是召開會議，制定文藝政策，統一文藝界的思想了。1942 年 4 月 10 日，中共中央書記處召開工作會議。會議同意毛澤東的提議，準備以毛澤東、秦邦憲、何凱豐（何克全，1906-55）的名義召集延安文藝座談會，擬就作家立場、文藝政策、文體與作風、文藝政策、文

---

[17] 艾克恩，《延安文藝運動紀盛（1937.1-1948.3）》，（北京：文化藝術出版社，1987）316-18。

藝題材等問題交換意見[18]。從此，具有里程碑意義的延安文藝座談會開始正式提上了日程。

6.延安文藝座談會終於召開

為了召開這次座談會，毛澤東以前所未有的加速度，緊鑼密鼓地進行了大量的前期準備。大約從 1942 年 4 月初開始，他就有意識地與文藝界的作家藝術家往來，約請他們到楊家嶺駐地談話，與他們談對文藝的看法，同時還請他們代為收集文藝界各方面包括反面的意見和材料。與此同時，中央組織部部長陳雲、宣傳部代部長凱豐等也分別找作家談話。根據一些當事者的回憶，毛主席約去談話的文藝家有丁玲、艾青、蕭軍、舒群、劉白羽（1916-2005）、歐陽山（楊鳳岐，1908-2000）、草明（吳絢文，1913-2002）、何其芳（何永芳，1912-77）、嚴文井（嚴文錦，1915-2005）、周立波（周紹儀，1908-79）、曹葆華（1906-78）、姚時曉（1909-2002）等多人[19]。

在經過了廣泛深入的調研和準備之後，4 月 27 日，毛澤東與凱豐聯名向延安文藝界百餘人發出參加座談會的請柬：

> ×××同志：
>
> 　　為著交換對於目前文藝運動各方面的意見起見，特定於五月二日下午一時半在楊家嶺辦公廳樓下會議室內開座談會，敬希屆時出席為盼。此致
>
> 　　　　　　　　　　　　毛澤東　凱豐　四月二十七日

---

[18] 中共中央文獻研究室編，《毛澤東年譜（1893-1949）》　422。

[19] 具體情請請參考如下文獻：艾青，〈延安文藝座談會前後〉　605；曉風、蕭耘輯注，〈蕭軍胡風通信選〉（1942 年 10 月 20 日），《新文學史料》2（2004）：149；金玉良，《落英無聲——憶父親、母親羅烽、白朗》（北京：文化藝術出版社，2009）204；王德芬：《我與蕭軍風雨五十年》，第 102-111 頁；《蕭軍全集》，18 卷（北京：華夏出版社，2008）595-640；劉白羽：〈毛主席為何要召開延安文藝座談會〉，《世紀》（上海）3（2003）：8-9；中共中央文獻研究室編，《毛澤東年譜（1893-1949）》426-28；何其芳，《毛澤東之歌》，《何其芳全集》，卷 7（石家莊：河北人民出版社，2000）406-14。

請柬用粉紅色有光紙油印而成，16 開大小。這樣，匆忙準備不到一個月的延安文藝座談會，終於即將開幕。

三、魯迅弟子與會議「主旋律」的衝突

1942 年 5 月 2 日，延安文藝座談會在楊家嶺中央辦公廳召開，在延安的中央政治局委員及各部門負責人也參加了會議。毛澤東首先作了個開場白，說：我們有兩支軍隊，一支是朱總司令（朱德，1886-1976），一支是魯總司令[20]。接著他提出了文藝工作者的「立場」、「態度」、「工作物件」及「學習問題」，算是「引子」，要大家發表意見。接下來是大家的討論，氣氛熱烈。毛澤東這一天的講話，後來發表時就成了「講話」的「引言」部分。

據何其芳回憶：「全體會議開了三天，不是連續舉行，而是隔了若干天又開。第一次開了一整天。中午，大家在楊家嶺中央機關的食堂吃了午飯。下午又繼續討論。第二次會議是在五月十六日開的，也是一整天。⋯⋯五月二十三日開第三次會議，參加的人數擴大了一些。會場裡擠得滿滿的。下午最後一個發言的是朱總司令。他發言後，討論就結束了。朱總司令發言後，負責攝影的同志邀請大家到廣場上去，利用還未消逝的西斜的陽光，同毛主席和其他中央領導同志照像。毛主席的《結論》是吃晚飯以後，在由三根木桿架成三角形的木架上懸著一盞煤氣燈的廣場上作的」[21]。這裡何其芳的描述大致不差，但也有一點小失誤：這就是 5 月 2 日的第一次座談會並不是「一整天」，而是「半天」。因為「請柬」上明明寫著「特定於五月二日下午一時半在楊家嶺辦公廳樓下會議室內開座談會」，而且《蕭軍日記》也記著：「下午一時半去楊家嶺辦公廳參加由毛澤東、凱豐等召集的文藝座談會」[22]。何其芳可能把第二次一整天的座談會誤記成第一次座談會了。

---

[20] 後來正式發表時，這句話就改成了「手裡拿槍的軍隊」和「文化的軍隊」。
[21] 何其芳　416-17。
[22] 蕭軍，《蕭軍全集》，卷 18，540。

1.過去忽略或根本沒有看見其中鮮明的「魯迅」元素

歷來的延安文藝研究者在研究延安文藝座談會及毛澤東「講話」時，大都忽略或根本沒有看見其中鮮明的「魯迅」元素。這一元素的顯明表現就是在座談會上作為魯迅弟子的丁玲、蕭軍、吳奚如（吳席儒，1906-85）等被批評或自我批評的重要事實。這也就是說，堅持乃師啟蒙主義文學價值觀的魯迅弟子們，在延安文藝座談會上明顯處於被動和不利的位置。他們的觀點，遭到了座談會人員的非議和嚴厲的批駁。

在座談會自由發言中，作為這場延安文藝新潮的最重要的發起人，同時也因為寫了〈「三八」節有感〉而備受非議的丁玲的表現最耐人尋味。據于學偉回憶：5 月 2 日的座談會，毛澤東講了「引言」之後，大家開始座談，「第一個發言的，我記得是丁玲。丁玲發言主要是檢討，因為她那個時候主辦《解放日報》的文藝副刊，在那兒她發了一篇文章叫〈「三八」節有感〉。感慨在延安有的人對婦女不夠尊重，丁玲在檢討裡講道：我雖然參加革命時間也不短了，但是從世界觀上來講，我還應該脫胎換骨，這四個字絕對不會錯，所以第一個發是丁玲，怎麼有人說蕭軍是頭一個發言呢？奇怪」[23]。這裡于學偉可能記錯了。據蕭軍回憶：「毛主席致開幕詞後，要我第一個發言。丁玲也說：『蕭軍，你是學炮兵的，你第一個開炮吧！』我就第一個發言了。我講的題目是《對於當前文藝諸問題的我見》，後來登在《解放日報》上」[24]。蕭軍的回憶可以證之於他的日記。他在當天的日記上記道：「由毛澤東報告了邊區現在危險的政治環境，國際的環境，接著他提出了六個文藝問題，我第一個起立發言，約四十分鐘」[25]。丁玲雖然不是第一個發言的，但那天她發言的大致內容于學偉大概記得沒有多大問題。根據于學偉所介紹的丁玲的發言，其內容首先是檢討自己的錯誤，接著講到了作家的立場問題。這一發言後來被整理成〈關於立場問題我見〉一文，初刊於 1942 年 6 月 15 日出版的《穀雨》第 1 卷第 5 期上。

---

[23] 于學偉，〈我們從感情上起了變化〉，《回想延安・1942》，王海平，張軍鋒主編（南京：江蘇文藝出版社，2002）197-98。

[24] 蕭軍，〈難忘的延安歲月〉，《延安文藝回憶錄》，艾克恩編（北京：中國社會科學出版社，1992）113。

[25] 蕭軍，《蕭軍全集》，卷 18，614。

問題在於，丁玲為什麼在 5 月 2 日的座談會上一上來就做「檢討」呢？還是劉白羽的回憶錄道破了個中的三昧，劉白羽說：「會前，陳雲（1905-95）專門把丁玲和我找到中央組織部去，他是組織部長，要我們站穩立場。會議開始前，毛主席坐在正面桌後木椅上，我和丁玲坐在靠毛主席座位較遠的牆角邊」[26]。由此可見，丁玲作檢討，事先是做了工作的。陳雲找丁玲談話，很可能是毛澤東的安排。毛澤東似乎是有意在保護丁玲，使她免於王實味一樣的命運[27]。

2.朱德對吳奚如的嚴厲批評

「皖南事變」（1941.1.4-1.14）後回到延安的新四軍的文化人吳奚如，也是魯迅晚年的弟子之一。吳奚如，原名吳席儒，筆名奚如，湖北京山人。1933 年加入「左聯」，任「左聯」大眾工作委員會主席，同時並結識了魯迅、胡風（張光人，1902-85）、聶紺弩（1903-86）等人。三十年代，吳奚如以文學創作為掩護，主要從事政治，是周恩來（1898-1976）領導下的中央特科成員，負責魯迅與黨中央之間的聯繫工作。在 1936 年的「兩個口號」論爭中，吳奚如主張「民族革命戰爭的大眾文學」，是堅定的「魯迅派」[28]。抗戰爆發後，吳奚如先後任擔任八路軍西北戰地服務團副主任（主任為丁玲）、中共長江局書記周恩來的秘書、八路軍桂林辦事處主任、新四軍第三支隊及江北縱隊政治部主任等職。「皖南事變」後，吳奚如經過千辛萬苦回到延安。1942 年 5 月 16 日，在延安文藝座談會的第二次會議上，吳奚如在周揚（周運宜，1908-89）之後發言，談了兩點意見：第一，在表示贊同毛澤東所提出的文藝家要「站穩無產階級立場」的同時，他強調團結面要寬廣，說這次會議精神，毛的講話應該面向全國，重慶那邊有大批小資產階級知識份子作家，只提無產階級立場，會把他們嚇跑的，所以建議加上「人民大眾」，用「站穩無產階級和人民大眾的立場」。據吳

---

[26] 劉白羽　8-9。

[27] 據丁玲回憶：在四月初的一次高級幹部學習會上，〈「三八」節有感〉和〈野百合花〉受到大家的指責和批判，「最後，毛主席作總結，毛主席說『〈「三八」節有感〉雖然有批評，但還有建議。丁玲同王實味也不同，丁玲是同志，王實味是託派。』毛主席的話保了我，我心裡一直感謝他老人家」。見丁玲，〈延安文藝座談會的前前後後〉，《丁玲全集》，卷 10（石家莊：河北人民出版社，2001）280。

[28] 吳奚如，〈回憶偉大導師魯迅〉，《魯迅研究資料》5（1980）：406-14。

奚如後來回憶說，當時陳雲、朱德都點頭表示同意。後來毛的講話發表時，也用的這一提法。可是，下面他的第二層意思就遭到了朱德的嚴厲批評。他接著上面的話題往下說，轉而批評左傾教條主義，說現在是抗戰時期，要執行統一戰線政策，不要把「無產階級」、「共產黨員」的標記刻在腦門上，像魯迅說的「唯我是無產階級」，「左得可怕」。文藝運動也應該有利於抗日，有助於抗日民族統一戰線，而不能違背這一原則，造成磨擦以致同室操戈，使得親者痛，仇者快。──他這些話本來就是有所指的，卻遭到一些人的反駁，特別是朱德，指責他忘記了自己的革命軍人身份，喪失立場，忘記了皖南事變中的戰友的鮮血和生命。吳奚如說，他談的是文藝運動，卻遭到了這樣的誤解；他更沒有想到，後來這也成了他是國民黨特務的罪證[29]。據說朱德當時態度極為嚴厲，點著吳奚如的名字說：「吳奚如，你是人民軍隊的一名戰士，居然講出這種話來，你完全喪失了無產階級的立場！[30]」這可能是因為吳奚如曾是新四軍幹部的關係，朱德才會如此嚴厲地批評他。

3.蕭軍在延安文藝座談會上表現相當張揚

與丁玲、吳奚如的悔過檢討或沉默內斂相反，蕭軍在延安文藝座談會上則表現得相當張揚甚至狂妄。5 月 2 日第一次座談會，毛澤東致開幕詞後，蕭軍第一個發言，說：

> 紅蓮、白藕、綠葉是一家；儒家、道家、釋家也是一家；黨內人士、非黨人士、進步人士是一家；政治、軍事、文藝也是一家。雖說是一家，但它們的輩分是平等的，誰也不能領導誰。……我們革命，就要像魯迅先生一樣，將舊世界砸得粉碎，絕不寫歌功頌德的文章。像今天這樣的會，我就可寫出十萬字來。我非常欣賞羅曼‧羅蘭的新英雄主義。我要做中國第一作家，也要做世界第一作家[31]。

[29] 姜弘，〈吳奚如和他的落花夢〉，《江南》3（2009）：182。
[30] 朱鴻召（1965-），〈延安文藝座談會上的激烈爭論〉，《延安日常生活中的歷史1937-1947》（桂林：廣西師範大學出版社，2007）115-16。
[31] 高傑，〈流動的火焰──回顧延安文藝座談會始末〉，《傳記文學》（北京）5（1997）：78。

快言快語，一如蕭軍其人。蕭軍的發言很長，「他身旁有個人提一壺水時時給蕭軍添水；一壺水全喝完了他的話還沒有講完，那個提水壺的人又去後面打水去了[32]」。蕭軍的發言被整理成〈對於當前文藝運動諸問題的我見〉一文，後來登在 1942 年 5 月 4 日的《解放日報》上。5 月 16 日的座談會，蕭軍表現得更為激昂。他和羅烽先是因「作家立場」問題與吳亮平（1908-86）發生衝突，後來又因為艾思奇（李生萱，1910-66）在發言中不同意自己提出的「在光明裡看不到光明事」的看法，遂發生激烈爭執。據溫濟澤回憶：「在馬列學院講馬列主義課的吳亮平在發言中說，革命作家一定要學習馬列主義，這是一切革命者都應該學習的科學。他從理論上講得比較多，沒等他講完，有個作家就站起來大聲說：「我們是來開會的，不是來聽你講課！同時嚷嚷的還有兩三個人」。這裡說的那個「作家」就是羅烽（傅乃琦，1909-91），而同時嚷嚷的兩三個人中，其中就有蕭軍。據 5 月 16 日的《蕭軍日記》云：「開座談會時，因為幾個人冗長的卑醜的發言，我激怒了，用大的聲音向主席提出 1.發言人要尊重規定時間，聽者的精力。2.不要到這裡來講起碼的文學課，背書，引證名人警句。3.要抓住題目做文章。我真佩服這人們的面厚和無恥性」。在這一天的日記裡，蕭軍還寫道：「為真理而戰，應不顧親仇和任何敵視與障礙、損失[33]」，其表現之活躍，給人們留下了深刻的印象。

但到了 5 月 23 日的文藝座談會上，蕭軍的發言卻遭到了更多與會人員的有力阻擊。這其中，他和胡喬木的衝突最為激烈。據溫濟澤回憶：

> （第三次座談會）爭論得更為劇烈的是在蕭軍發言之後。蕭軍發言講到整風運動，大意說，你們現在整風，就怕有些人不能認真改正，如果光說不改，那不成了「露淫（陰）狂」了嗎？如果三風改不了，將來有一天怕會要整六風哩。他的話尖刻刺耳，引起同志們的氣憤，幾個同志爭著要求發言反駁，不過所有發言都還是說理的。記得發言最和風細雨、最有說服力的是胡喬木，他著重講中國共產黨

---

[32] 蔡若虹，《關於延安文藝座談會的回憶及觀感》，《光明日報》1999 年 6 月 3 日，11。

[33] 蕭軍，《蕭軍全集》，卷 18，552。

人是能夠認真作自我批評並認真改正的，因為這些人是以中國人民
的最大利益為出發點的[34]。

查《蕭軍日記》，上述的這段有點「不雅」的發言，出現在他對何其芳所
提的「懺悔解釋」的駁斥上。何其芳在 5 月 2 日第一次座談會上曾發言說：
「聽了主席剛才的教誨，我很受啟發。小資產階級的靈魂是不乾淨的，他
們自私自利、怯懦、脆弱、動搖。我感覺到自己迫切地需要改造」。他的
發言，贏得了毛澤東會心的一笑。但與會者當時的反應並不一致稱讚，在
回到各單位組織的小組討論會上，有人開玩笑地說；「你這是帶頭懺悔
啊！」[35]蕭軍自然對何其芳的「懺悔說」極為反感，他在發言中說：「A、
我過去沒有，將來沒有，現在也沒有懺悔，因為我沒有意識墮落過。要有
一種有內容的懺悔，不然就是抒情的遊戲，或者騙子的謊言。B、懺悔本
身並無多大價值。C、在沒提出整頓三風以前，一些懺悔的人是否思考過
這些問題，假使將來在整頓六風時，或在這中間有人指出是否肯承認。人
是思考動物，黨員要有自發性」[36]。上述那段有點「不雅」的話，可能就
是從這段發言中帶出的。

四、「講話」對魯迅的成功「改造」

蕭軍和胡喬木的另一個爭執則是由魯迅引發的。蕭軍在前此的發言中
強烈反對作家講所謂的「黨性」，他認為：「A、作家應以作品，黨員應
以身份兩況要個別看。B、一切言語應以行為來證明。C、要團結必須真誠
坦白。工作時講朋友，攻擊時講黨性是不中的。沒有半斤換不來八兩。[37]」

1.魯迅的發展與轉變的討論

接著他以魯迅為例，來闡發自己的觀點。據胡喬木回憶：

---

[34] 溫濟澤，《第一個平反的「右派」：溫濟澤自述》（北京：中國青年出版社，1999）
138。
[35] 朱鴻召　110。
[36] 蕭軍，《蕭軍全集》，卷 18，556。
[37]. 蕭軍，《蕭軍全集》，卷 18，556。

文藝座談會召開時，蕭軍第一個講話，意思是說作家要有「自由」，作家是「獨立」的，魯迅在廣州就不受哪一個黨哪一個組織的「指揮」。對這樣的意見，我忍不住了，起來反駁他，說文藝界需要有組織，魯迅當年沒受到組織的領導是不足，不是他的光榮。歸根到底，是黨要不要文藝，能不能領導文藝的問題。蕭軍就坐在我旁邊，爭論很激烈。他發言內容很多，引起我反駁的，就是這個問題[38]。

這裡胡喬木的記憶可能有誤。據《蕭軍日記》記載，他與胡喬木就魯迅的「發展」與「轉變」問題發生爭執，是在 5 月 23 日，而不是文藝座談會召開的那一天（5 月 2 日）。延安文藝座談會召開的那一天，在毛澤東作「引言」之後，蕭軍是第一個發言，但發言的內容是後來他發表在《解放日報》上的《對於當前文藝諸問題底我見》，這篇文章基本上沒有牽涉魯迅[39]。當時蕭軍在發言中認為：魯迅的道路是「發展」，不能說是「轉變」。「轉」者方向不同也，原來向北走，又轉向南了或者轉向東、向西了，越走越遠了。「變」者是質的不同，由反革命的變成革命的，或由革命的變成反革命的，是質的變化，魯迅先生並不反動，所以只能說是「發展」而不能說是「轉變」。對此，胡喬木進行了批駁，認為是「轉變」[40]。這裡，兩人的爭論牽涉到的是對於後期魯迅的評價問題。後期魯迅參與了共產黨領導下的「左聯」的工作，他受黨的領導和指揮，還是保持自己的創作「自由」，這是魯迅是否「轉變」和「發展」的關鍵所在：魯迅晚年雖然參加了黨領導下的「左聯」的工作，但還保持著身份和創作的「自由」，這是與魯迅前期的思想一致的，所以說是「發展」；但如果說魯迅晚年受到黨的領導和指揮，就意味著他的思想發生了重大的「轉變」。蕭軍和胡喬木爭論的焦點說到底還是文學創作的「自由」問題，或者如胡喬木上面所說的：「歸根到底，是黨要不要文藝，能不能領導文藝的問題」。

---

[38] 胡喬木　54。

[39] 許多有關延安文藝座談會的描述，肯定是受了胡喬木回憶錄的影響，都把蕭軍與胡喬木的這場爭執放在 5 月 2 日，即第一天的文藝座談會上。但對照《蕭軍日記》的記載，蕭、胡之爭的日期應為 1942 年 5 月 23 日。見蕭軍，《蕭軍全集》，卷 18，555。

[40] 王德芬，〈蕭軍與胡喬木的交往〉，《回憶胡喬木》，劉中海、鄭惠、程中原編（北京：當代中國出版社，1994）240。又可參看《蕭軍全集·日記》18 卷冊 2，631、632 頁的有關記載。

2.毛澤東並沒如胡喬木批評魯迅

這裡最值得注意的是毛澤東對於蕭胡二人爭論的傾向和態度。據「蕭軍日記」記載，在延安文藝座談會閉幕的第二天，即 1942 年 5 月 24 日晚上，蕭軍即拜訪了毛澤東：「吃晚飯後想去毛澤東處談一談，關於我去綏德的事。他們正準備下去跳舞，我說了以一個作家身份來慰問他，並說明同意他那結論的意見。也告訴關於喬木說魯迅是『轉變』，我已經給了他信，請他說明一番。毛的臉色起始是很難看，他說『轉變』與『發展』沒有區別的，經我解說，他也承認應有區別」[41]。從毛澤東對蕭軍的不耐煩和敷衍態度可以看出，他對蕭的「發展」論，顯然是反感的。而與對蕭軍的態度形成鮮明對照的是，毛澤東對胡喬木卻是關愛有加：「對於我的發言，毛主席非常高興，開完會，讓我到他那裡吃飯，說是祝賀開展了鬥爭」[42]。而且，「會後，喬木還特別給蕭軍寫了一封信，經過思考又另外闡述了自己的見解，信上還有兩處毛主席用鉛筆修改的字跡，說明喬木這封信是和毛主席共同研究過的」[43]。可見，胡喬木代表的實際上就是毛澤東的觀點。

但毛澤東鼓勵胡喬木只是讚賞他的立場，而對於胡喬木在與蕭軍的爭論中表現出的對魯迅的批評，即「魯迅當年沒受到組織的領導是不足，不是他的光榮」的論點，他是不以為然的。因為在毛澤東看來，魯迅既然成了「旗手」，就不應該有「不足」，其人其言其行的真理性也是不容置疑的，否則，怎麼能代表「中國新文化的方向」呢？毛澤東顯然比胡喬木更有深謀遠慮。他既要高舉「魯迅」的旗幟，同時還要讓「魯迅」適合自己的思想節奏；既要讓「魯迅」繼續代表「中華民族新文化的方向」，同時還要適時的「轉變」。而他於 1942 年 5 月 23 日晚上在延安文藝座談會上的「講話」，則是在理論上調適這一思想矛盾的成功範例。

---

[41] 蕭軍，《蕭軍全集》，卷 18，冊 2，633。
[42] 胡喬木 54。
[43] 據蕭軍夫人王德芬回憶，蕭軍把這封信和朱德、林伯渠、王明、董必武……給他的信一同粘貼在一個信夾裡，一直珍藏了二十多年，可惜在「文革」初期被抄家的紅衛兵部抄走了。參見王德芬，〈蕭軍與胡喬木的交往〉 240。

3.毛澤東號召以魯迅為榜樣

　　縱觀毛澤東〈在延安文藝座談會上的講話〉（以下簡稱為「講話」），除過在「引言」的講話中口頭上講過「魯總司令」之外，有五處談到魯迅並引用他的著述。第一處見於「結論」的第一部分，談到文藝的超階級性時，毛澤東提到魯迅對梁實秋的批評，魯迅原文見於其《三閑集‧新月社批評家的任務》、《二心集‧「硬譯」與「文學的階級性」》[44]；第二處仍見於「結論」的第一部分，此外引用了魯迅對文藝界聯合戰線的論述，魯迅原文見於其《二心集‧對於左翼作家聯盟的意見》；第三處見於「結論」的第二部分，談到不作「空頭文學家」時，提到魯迅遺的《死》一文，魯迅原文見於《且介亭雜文末編‧附集》[45]；第四處見於「結論」的第四部分，闡述了對魯迅雜文的評價及運用原則；第五處，見於「結論」的第五部分，毛澤東用魯迅「橫眉冷對千夫指，俯首甘為孺子牛」的詩句，號召「一切共產黨員，一切革命家，一切革命的文藝工作者，都應該學魯迅的榜樣，做無產階級和人民大眾的『牛』，鞠躬盡瘁，死而後已」。這句詩來自魯迅舊體詩《自嘲》，收入《集外集》。這五處除第一處和第三處只是順便提及外，其餘三處都牽涉到了對於魯迅及其作品的評價、引用和闡發。下面讓我們看一下毛澤東在「講話」中是如何評價和闡發「魯迅」，或者說是如何讓「魯迅」適合自己的節奏和需要，來闡發自己的文藝觀點的。

　　在「講話」中的「結論」第一部分，毛澤東首先提出的問題就是：「我們的文藝是為什麼人的？」他的回答是：「文藝是為人民大眾服務的」。「那末，什麼是人民大眾呢？最廣大的人民，占全人口百分之九十以上的人民，是工人、農民、兵士和城市小資產階級。……這四種人，就是中華民族的最大部分，就是最廣大的人民大眾」。接著，毛澤東繼續闡發道：「我們要為這四種人服務，就必須站在無產階級的立場上，而不能站在小資產階級的立場上」，這也就是說，「為什麼人的問題，是一個根本的問題，原則的問題。過去有些同志間的爭論、分歧、對立和不團結，並不是

---

[44]　魯迅，《魯迅全集》，卷 4（北京：人民文學出版社，1981）159、195-212。本文引《魯迅全集》，用 1981 版，不一一注記。

[45]　魯迅，《魯迅全集》，卷 6，612。

在這個根本的原則的問題上，而是在一些比較次要的甚至是無原則的問題上。而對於這個原則問題，爭論的雙方倒是沒有什麼分歧，倒是幾乎一致的，都有某種程度的輕視工農兵、脫離群眾的傾向」[46]。毛澤東認為，必須去掉文藝界的這種宗派主義，到群眾中去，與廣大人民群眾相結合。這時，毛澤東引用了魯迅〈對於左翼作家聯盟的意見〉一文中的最後一段話，這段話是：「聯合戰線是以有共同目的的為必要條件的。……我們戰線不能統一，就證明我們的目的不能一致，或者只為了小團體，或者還其實只為了個人。如果目的都在工農大眾，那當然戰線也就統一了」[47]。毛澤東引用魯迅的這段話，只是為了強化他的「知識份子必須與工農相結合」的思想。其實魯迅在這段話裡雖然希望左翼作家能夠在「工農大眾」的共同目的下團結起來，組成聯合戰線，但讓作家到工農大眾中去，通過積極地親近工農兵來實現「脫胎換骨」的「改造」，則是魯迅怎麼也沒有想到，當然也不會想到的問題。這是毛澤東在「革命文學」問題上的獨特創造，也是他超越魯迅的地方所在。

文藝為人民大眾服務，必須到工農大眾中去，並與他們相結合，這是毛澤東在「講話」中提出的「革命文藝」工作的基本路徑。那麼問題又來了，作家到工農大眾中去，該如何對待他們呢？對他們身上的優良品質當然應該「歌頌」，那對他們身上的缺陷是不是應該「暴露」呢？這就牽涉到了「講話」中所主要闡述的作家「立場與態度」、「歌頌與暴露」等問題。魯迅的小說，主要表現的是老中國的兒女們身上「精神奴役的創傷」；魯迅的雜文，「是在對於有害的事物，立刻給以反響或抗爭，是感應的神經，是攻守的手足」。那麼，魯迅的作品在延安這個「美麗新世界」裡，是否還有合法性呢？「還是雜文時代，還要魯迅筆法」這一爭議命題，就是在這樣的背景下提出來的。對於這個爭議的命題，毛澤東在「講話」中給予了回應，他說：

> 還是雜文時代，還要魯迅筆法。魯迅處在黑暗勢力統治下面，沒有言論自由，所以用冷嘲熱諷的雜文形式作戰，魯迅是完全正確的。我們也需要尖銳地嘲笑法西斯主義、中國的反動派和一切危害人民

---

[46] 中共中央文獻研究室編，《毛澤東文藝論集》（北京：中央文獻出版社，2002）56-61。
[47] 魯迅，《魯迅全集》，卷 4，237-38。

的事物，但在給革命文藝家以充分民主自由、僅僅不給反革命分子
以民主自由的陝甘寧邊區和敵後的各抗日根據地，雜文形式就不應
該簡單地和魯迅的一樣。我們可以大聲疾呼，而不要隱晦曲折，使
人民大眾不易看懂。如果不是對於人民的敵人，而是對於人民自
己，那末，「雜文時代」的魯迅，也不曾嘲笑和攻擊革命人民和革
命政黨，雜文的寫法也和對於敵人的完全兩樣。對於人民的缺點是
需要批評的，我們在前面已經說過了，但必須是真正站在人民的立
場上，用保護人民、教育人民的滿腔熱情來說話。如果把同志當作
敵人來對待，就是使自己站在敵人的立場上去了[48]。

這裡，毛澤東運用辯證的分析方法，巧妙地解決了魯迅雜文在新時代遭遇
的理論尷尬：魯迅雜文在他那個時代是正確的運用，魯迅是永遠正確的；
但執著於魯迅的戰法，在新的社會繼續寫魯迅式的雜文則是不合時宜的。
這實際上就是否定了魯迅式雜文在新時代存在的合法性。「諷刺」本來是
無所謂階級性的，但在毛澤東這裡，卻被賦予了階級性的內涵。如何運用
「諷刺」，關鍵還是「立場問題」，屁股決定腦袋。要寫革命文，得先做革
命人。做革命人就得融入到革命集體中，與工農大眾「相結合」。

4.毛澤東對「孺子牛」的誤讀

那麼作家該如何與工農兵「相結合」呢？「結合」呢？這時候「魯迅」
又進入到毛澤東的話語中來了：

既然必須和新的群眾的時代相結合，就必須徹底解決個人和群眾的關
係問題。魯迅的兩句詩，「橫眉冷對千夫指，俯首甘為孺子牛」，應該成
為我們的座右銘。「千夫」在這裡就是說敵人，對於無論什麼兇惡的敵人
我們決不屈服。「孺子」在這裡就是說無產階級和人民大眾。一切共產黨
員，一切革命家，一切革命的文藝工作者，都應該學魯迅的榜樣，做無產
階級和人民大眾的「牛」，鞠躬盡瘁，死而後已[49]。

這裡引用的魯迅詩句，來自他的舊體詩《自嘲》。查魯迅原詩，其原
意並不是毛澤東上面解釋的意思。「千夫」並不一定就是「敵人」，「孺

[48] 中共中央文獻研究室編，《毛澤東文藝論集》 76-77。
[49] 中共中央文獻研究室編，《毛澤東文藝論集》 82。

子」更不是什麼「無產階級和人民大眾」。在這首詩中，魯迅究竟為什麼要用「千夫指」的典故呢？無非是借用《漢書・王嘉傳》中引用過的裡諺——即所謂「千人所指，無病而死[50]」——來嘲笑自己竟已無可奈何地陷入了眾口礫金的險境。魯迅又究竟為什麼用要「孺子牛」的典故呢？也無非是借用《左傳・哀公六年》的故事——即所謂「鮑子曰，『女忘君之為孺子牛而折其齒乎？而背之也！』」（杜預（222-85）注：孺子，荼也。景公嘗銜繩為牛，使荼牽之。荼頓地，故折其齒。[51]）——來嘲笑自己如今竟也甘心為子女當牛做馬了」。這就是說，「千夫指」和「孺子牛」，指的都是魯迅自己。魯迅晚年，陷入被敵人或戰友的流言和攻擊之中，成為「千夫所指」。在這些流言和攻擊裡，就有所謂的「英雄氣短，兒女情長」之類的話，對此，魯迅曾賦詩回答：

> 有情未必真豪傑，憐子如何不丈夫。
> 知否興風狂嘯者，回眸時看小於菟[52]。

而《自嘲》「這兩句詩的弦外之音，無非是一個『索性……偏不……』的句式罷了——我居然已經犯下眾怒了嗎？那麼我索性硬著頭皮被你們罵死，偏不跟你們達成和解！我居然算是溺愛孩子的嗎？那麼我索性俯首下心地任他跨騎，偏不聽從你們的勸誡！」。這首詩意在表明：「無論是所謂『千夫所指』，還是所謂『為孺子牛』，都無非是作者徒喚奈何的自我嘲諷」[53]。顯然，毛澤東在這裡對魯迅《自嘲》一詩進行了創造性的發揮和「誤讀」。

但問題並不在於《自嘲》一詩真正的意思到底是什麼，而值得注意的是毛澤東在這裡按照自己的思想邏輯，來闡釋和編排魯迅，成功地實現了對魯迅的「改造」！到這時，我們看到的，已經不是那個孤獨憤世的啟蒙主義者魯迅了，而是在黨的領導下「俯首甘為孺子牛」的魯迅了。啟蒙主義者的魯迅是「鐵屋子」中的先覺者，是以「化大眾」作為自己的使命的；

---

[50] 班固（32-92），《漢書・王嘉傳》（北京：中華書局，1962）3498。

[51] 楊伯峻（1909-92），《春秋左傳注》，修訂本（北京：中華書局，1990）1638。

[52] 魯迅，《集外集拾遺・答客誚》，《魯迅全集》，卷 7，439。

[53] 劉東，〈什麼才是「孺子牛」？——魯迅的《自嘲》詩與毛澤東的解讀〉，《開放時代》（廣州）3（2005）：142。

而經過毛澤東的「改造」，這個孤獨的「先覺者」卻已經通過「大眾化」的洗禮，成為「黨外的布爾什維克」了。

五、結論

綜上所述，延安文藝座談會在某種程度上可以說是因「魯迅」而召開的。在這次具有重要歷史意義的座談會上，秉承了魯迅衣缽的魯迅弟子如丁玲、蕭軍、吳奚如等人，明顯地與會議的基本精神處於某種衝突或不和諧的狀態。而魯迅在毛澤東「講話」中被重寫和改造的命運，雖然從表面看來消弭了上述的衝突或不和諧，而在實質上則預示了魯迅所代表的「五四」啟蒙主義精神在新的時代驟然沉落的命運。從此以後，魯迅的旗幟雖然仍在獵獵飄揚，但其色彩已被染成了毛澤東的顏色。而在毛澤東「講話」精神的主導下，一個被稱為「工農兵文藝」的新的文學時代開始了。

Forum on Literature and Art on Lu Xun in Yan'an

Gang TIAN

Professor, Faculty of Arts, Shaanxi Normal University

Abstract

Forum on Literature and Art, to a certain extent, was held in Yan'an in May 1942 because of "Lu Xun". This forum, which stands out as a notable landmark, adheres to disciples of Lu Xun such as Ding Ling, Xiao Jun and Wu Xiru, apparently contributing to a state of some kind of conflict or discord with the basic spirit of the conference. Particularly, the fierce controversy of "change" or "development" of Lu Xun's thought suggested by Xiao Jun, Lu Xun's disciple, and Hu Qiaomu, Mao Zedong's secretary, highlights the fundamental conflict between the individuality-orientated enlightenment-literary values of the May Fourth Movement and the collective revolutionary ideology. Although Mao Zedong's "speech" has rewritten and transformed the fate of Lu Xun which seems to eradicate the logical conflict or discord of "Xiao Hu ZhiBian" (the distinction between Xiao and Hu) on the surface, it in essence adumbrates the fate of sudden downfall of enlightenment-literary spirit of the May Fourth Movement represented by Lu Xun in the new era.

Keywords: Mao Zedong, Lu Xun, the "May Fourth" Enlightenment, "Worker-peasant-soldier" literature and art

評審意見選登之一

1) 此文的材料顯得豐贍，確能反映延安文藝座談會上的「魯迅」以及各派別的立場與角力，顯得精彩。

2) 作者時有不錯的的分析，如探索毛澤東如何闡釋與編排魯迅，乃是可取之處，成功凸顯「講話」對於「魯迅」的「改造」。

3) 文中所援引的諸多材料與觀點均已出現於王錫榮〈延安文藝座談會與魯迅影響〉一文，使得審查者對此文表達肯定之餘卻又有所保留。

4) 建議作者梳理〈延安文藝座談會與魯迅影響〉一文，恰可形成前後論文的對話關係，亦能再深化本論文的觀點。

評審意見選登之二

1). 此文討論的主要不是魯迅本人的思想，而是魯迅在中國共產革命中如何被理解與利用（此處使用「利用」這個詞，完全沒有貶義；評論人使用此詞，只是說明一個現象而已）。所以，與其說這是一篇研究魯迅的文字，不如說：這是一篇研究「延安文藝座談會」如何理解、解釋、掌握、利用魯迅的文字。

2). 文章的主旨是「以個性為旨歸的五四啟蒙主義文學價值觀與集體的革命意識型態之間的根本性衝突」（見中文摘要）。而在鋪陳這二者之間的「根本性衝突」時，作者花了不少篇幅，討論延安文藝座談會上的發展，但沒有在義理上、在觀念上，對此二者之間的衝突做出梳理。於是予人一種重「外功」而輕「內功」之感（這裏借用了武俠小說中的術語。我在這裏所謂「外功」，指的是對人類行動的分析；所謂「內功」，指的是對人類思想內容的分析）。

3). 從魯迅轉到延安文藝座談會，中間的一個關鍵點，就是「魯迅弟子與會議主旋律的衝突」（見第二節）。但從文中的引證來看，這些「魯迅弟子們」，對於魯迅的理解，大約是受限於會議氣氛的影響，他們並沒有清楚標舉出魯迅「以個性為旨歸的五四啟蒙主義文學價值觀」。

4). 我完全同意魯迅思想中具有「以個性為旨歸的五四啟蒙主義文學價值觀」。問題是：「以個性為旨歸的五四啟蒙主義文學價值觀」，也不是只有魯迅一人有這個成份。當時作為魯迅論敵的梁實秋、陳源、顧頡剛，乃至於胡適，也都有這個成份。而他們卻可以是論敵。所以，這個詞固然沒錯，但卻也掩蓋了許多複雜的面貌。魯迅本人的思想，是有一個「發展」或「轉變」的過程的（借用延安文藝座談會上爭辯時使用的詞彙）；而且，魯迅思想中「以個性為旨歸的五四啟蒙主義文學價值觀」，是有其獨特的面貌的；正是這種面貌，才使得魯迅思想，在延安文藝座談會中，變成了需要理解、解釋、掌握、利用的對象。而其他人（如上面提到的梁實秋、陳源、顧頡剛，乃至於胡適），儘管也表現出「以個性為旨歸的五四啟蒙主義文學價值觀」，但卻沒有這個「機會」與可能，在延安文藝座談會上被談到；他們反而可能變成需要「打倒」的對象。

5). 所以，為了使作者功不唐捐，似宜於此所謂「以個性為旨歸的五四啟蒙主義文學價值觀」，在魯迅身上，與在其他人身上的表現有何不同，亦略加著墨。否則的話，「以個性為旨歸的五四啟蒙主義文學價值觀」一詞，可能不但不能解決問題，反而掩蓋了不少問題。建議作者在這裏做些「內功」，才能使得此文更加出色。

6). 此文無論如何，是一篇不錯的論文。上面所說，勿寧是一種求全之毀。亦望作者不以為怪是幸。

《國際魯迅研究》輯一（2013 年 10 月）191-215。

延安傳媒及符號世界中的「魯迅」
——魯迅與延安文藝的結緣及其他[*]

■宋穎慧　李繼凱

作者簡介：

　　宋穎慧（Yinghui SONG），女，1982 年生，山東省棗莊市人，陝西師範大學碩士，碩士畢業後在陝西省商洛市商洛學院工作三年，2010 年獲講師專業技術職稱，現為陝西師範大學博士研究生。先後在《陝西師範大學學報》、《文藝報》等刊物上發表一定數量的論文。

　　李繼凱（Jikai LI），男，1957 年生，江蘇宿遷人。陝西師範大學教授，文學博士，享受國務院政府特殊津貼專家，全國優秀博士學位論文指導教師。兼中國魯迅研究會副會長，中國現代文學研究會理事，《中國現代文學研究叢刊》編委等。著有多部專著，發表學術論文 150 多篇，獲省部級科研獎勵多項。

論文摘要：

　　由於時運所繫，經過「人為媒」的努力和各種人為「媒介」作用的發揮，「延安」、延安文藝和「魯迅」、魯迅文化建立了複雜性的歷史關聯。「魯迅」在以延安文藝報刊為主要代表的媒介平臺和傳播環境中，經歷了意識形態化的集體話語與知識份子個人話語的矛盾抵牾，並在延安報刊傳媒規範化和文學體制化的進程中走向同質整一。從「延安」本體出發和從「魯迅」本體出發可能會給出不同的甚至是對立的價值判斷，而從艱難時世中魯迅與延安的「傳媒化」「符號化」遇合及變化，固然可以看出延安形態的「魯迅」及魯迅文化的「影因」力量及其重大意義，但也可謂有得

---

* 國家社科基金重大專案「延安文藝與二十世紀中國文學研究」（11&-ZD113）階段性成果。

有失，化用「魯迅」與刻意利用的界限已經模糊，需要我們給予恰如其分
的辯證分析。

關鍵詞：魯迅、延安、媒介、文藝報刊、傳播、影因

　　「媒介就是插入傳播過程之中，用以擴大並延伸信息傳送的工具。[1]」傳播媒介是傳播活動賴以實現的物質載體和必經之路，傳播活動中沒有媒介要素的參與、支援，信息便無法到達受眾，傳播過程就會中斷。依據傳播媒介所依賴的物質載體與技術手段的不同，可將其劃分為口頭媒介、紙媒介和電子媒介等。在延安時期，中國共產黨格外注重文學的宣傳、教育、組織、動員功能，而且一直非常重視報刊在政治革命中的影響和作用[2]，再加上延安聚集了大批文化人以及當地相對閉塞的空間環境和貧瘠的文化生活所激發的人們對於政治、軍事、文學等信息的渴求，報紙、雜誌、廣播、電影等大眾傳播媒介均得到較大程度的發展。但由於現實條件的制約，廣播、電影作為文學傳播媒介在整個延安時期尚處於初創階段，其大眾化程度非常低，而以各類報紙、雜誌、書籍為代表的紙媒介，在為規劃黨的文學藍圖和愛國抗戰搖旗吶喊的基礎上，構成了延安文學信息傳播媒介的主要景觀[3]。與此同時，它們也成為「魯迅」走進延安，與延安文藝結緣的重要甬道。

一、媒介化與符號化：「魯迅」在延安

　　雖然魯迅曾到西安卻不曾親赴延安，但是逝世後的魯迅仍能「魂遊天下」，即使在相對封閉、貧窮至極的延安，也有「魯迅」的進入。自然，這不是軀體肉身的進入，而是影因精神的進入，於是就有了「魯迅在延安」這樣綿延至今的話題。近些年來，潘磊（1978-）曾用心探討「魯迅」在延安，並出版了同名專著[4]；袁盛勇（1970-）[5]、田剛（1962-）[6]等學者也都

---

[1]　[美]威爾伯‧施拉姆（Wilbur Schramm，1907-87）、威廉‧波特（William E. Porter），《傳播學概論》（*Men, Women, Messages, and Media: Understanding Human Communication*），陳亮、周立方、李啟譯（北京：新華出版社，1984）144。

[2]　吳敏（1965-），《寶塔山下交響樂──20世紀40年代前後延安的文化組織與文學社團》（武漢：武漢出版社，2011）238。

[3]　參見朱秀清，〈延安文學傳播形態研究〉，博士論文，山東大學，2009，119-20。

[4]　潘磊的研究專著《「魯迅」在延安》（桂林：廣西師範大學出版社，2008）立足於大量的文獻史料，梳理了19世紀30、40年代延安解讀魯迅的獨特方式及衍變過程，揭示了當時延安精神文化的特點以及延安思想文化與特定的政治文化的複雜糾葛。

[5]　袁盛勇2004年發表於《魯迅研究月刊》的〈延安時期「魯迅傳統」的形成〉（上、下，2月和3月號，21-31，28-41）一文，上篇闡述了魯迅的小說、雜文在延安的

很關注這個論題，寫出了一系列很有分量的文章。筆者在此僅僅強調魯迅的「影因」在延安，其具體體現的方式主要是媒介化、符號化的魯迅。我們知道，茅盾（沈德鴻，1896-1981）、郭沫若（郭開貞，1892-1978）等人當年都與延安有現實層面的實際聯繫（如茅到延安、毛郭通信等），比較而言，魯迅生前則與延安並無被確證（包括著名的祝賀紅軍長征勝利到達陝北的賀電或賀信事件）的實際聯繫，「魯迅」在延安，主要是通過媒介符號的傳播顯示其巨大「影因」力量的。

「影因」的概念來自英國學者理查德・道金斯（Richard Dawkins, 1941-）的名著《自私的基因》（*The Selfish Gene*），道金斯用 "meme"（諧音譯為謎米、米姆等）這個自創的詞描述人類頭腦中的觀念及其傳播，並認為可以用達爾文（C.R. Darwin，1809-82）的進化論加以探討。「meme」這個詞已被牛津英語字典收錄並產生了廣泛的影響，英國心理學家蘇珊・布萊克摩爾（Susan Blackmore）所著的《謎米機器》（*The Meme Machine*），則深化了相關研究。中國近年來有學者將其譯為「文化基因」（陶在樸）或「影因」（馮英明）。在近現代社會，影因與媒介關係極為密切，就在延安的「魯迅」而言，電訊電報、文學書籍、座談演講、報紙雜誌、書法文字等媒介符號皆是其影因精神的關聯對象。比如：電訊符號與魯迅，如魯迅去世時中國共產黨中央委員會和中華蘇維埃人民共和國中央政府發出了〈追悼魯迅先生告全國同胞和全世界人士書〉、〈致許廣平女士的唁電〉、〈為追悼與紀念魯迅先生致中國國民黨中央委員會與南京國民黨政府電〉三通電文，1938 年魯迅逝世二周年時中共中央六中全會還給許廣平發了一封慰問電[7]，這在中共歷史上實屬罕見；文學符號與魯迅，魯迅的文學文本以著作、文章讀物的方式在延安傳播，如魯迅紀念委員會向延安贈送的《魯迅全集》[8]，張聞天（張應皋，曾化名洛甫，1900-76）

反響，下篇縱時地勾勒了整風以後魯迅在延安被弱化、被意識形態疏離冷淡的過程。

[6]　田剛近年來發表的〈毛澤東與魯迅：「文藝與政治的歧途」〉、〈魯迅精神傳統與延安文藝新潮的發生〉、〈魯迅與延安文藝思潮〉等多篇論文通過挖掘許多新鮮的史料，詳細闡釋了魯迅與毛澤東，以及延安以「魯迅」為標誌的啟蒙文學新潮與當時政治文化之間的複雜關聯。

[7]　參見中共中央，〈中共中央六屆六中全會致許廣平女士電〉，《解放》（週刊）1.55（1938）。

[8]　葛濤，〈抗戰期間解放區紀念魯迅的活動〉，《中共黨史資料》1（2007）：136。

指導劉雪葦（劉茂隆，1912-98）主編的《魯迅論文選集》、《魯迅小說選集》，十八集團軍總政治部宣傳部編輯出版的魯迅小說選集——《一件小事》以及徐懋庸（徐茂榮，1911-77）注釋的《阿Q正傳》、《理水》等，儘管書不多，但可以傳閱，可以翻印，可以抄寫……；口頭語言符號與魯迅，會議演講、座談對話等是人們集體紀念魯迅的重要方式，如毛澤東在陝北公學紀念魯迅逝世一周年大會上的演講，文藝月會、魯迅研究會、邊區「文協」、「文抗」等團體紀念魯迅或商討如何紀念魯迅的座談交流，還有 1938、1940、1941、1942 年延安舉行的四次魯迅周年紀念大會上領導和各單位代表的現場發言等；印刷符號與魯迅，《新中華報》、《解放日報》、《文藝突擊》、《大眾文藝》等報紙雜誌都闢過專版、專欄或特輯發表紀念魯迅的文章，《解放日報》、《中國文化》還專門刊發了紀念魯迅的社論，延安魯迅研究會負責編輯出版了《魯迅研究叢刊》和《魯迅研究特刊》（《阿Q論集》）；書寫符號與魯迅，從書寫行為書寫符號角度看，魯迅也被符號化了，借用化用抑或利用，「魯司令」確實威力不小，如毛澤東為魯迅藝術學院成立紀念刊題寫了封面，延安出版的刊物《草葉》即集魯迅字為刊名等。此外，魯迅藝術學院、魯迅小學、魯迅青年學校、魯迅師範學校、魯迅圖書館、魯迅研究基金會、魯迅劇社、魯迅研究會等學校、機關、團體皆以「魯迅」冠名，顯現出魯迅在以延安為中心的共產黨控制區內影響輻射面之廣。恰如毛澤東在延安陝北公學紀念魯迅逝世周年大會上的講話中所說的那樣：

> 我們今天紀念魯迅先生，首先要認識魯迅先生，要懂得他在中國革命史中所占的地位。我們紀念他，不僅因為他的文章寫得好，是一個偉大的文學家，而且因為他是一個民族解放的急先鋒，給革命以很大的助力……他是黨外的布爾什維克。尤其在他的晚年，表現了更年青的力量。……魯迅在中國的價值，據我看要算是中國的第一等聖人。孔夫子是封建社會的聖人，魯迅則是現代中國的聖人。我們為了永久紀念他，在延安成立了魯迅圖書館，在延長開辦了魯迅師範學校，使後來的人們可以想見他的偉大……[9]

9　該講演被整理後發表於胡風主編的《七月》，篇名為〈論魯迅〉，見《毛澤東文集》，

毛澤東的這番話將延安採用各種媒介、各種方式傳揚魯迅的革命化動機表
露無遺。

　　作為文化巨人的魯迅，其生前是用自己的生命和智慧來創造、建構著
「魯迅文化」的，其身後，「魯迅文化」則不斷被創造、被建構著，迄今
依然如此，將來也會如此[10]。而在延安時期，卻非常集中、非常典型地呈
現著延安形態的「魯迅文化」被創造、被建構的情形和過程。直觀上看，
「魯迅」在延安，可以說是電訊中的魯迅，印刷中的魯迅，會議中的魯迅，
言語中的魯迅以及學術中的魯迅、書信中的魯迅等。廣義的媒介將我們帶
到魯迅與延安的多方面聯繫之中，使我們看到了「魯迅文化」或「文化魯
迅」在延安的存活樣態，也使我們窺見其中各種複雜的情況，而紙質印刷
媒介尤其是文藝、文學報刊，不僅在建構、傳播「魯迅文化」的過程中起
到了不可磨滅的作用，而且內蘊著「魯迅」與中共黨人、與延安文人和延
安文藝的複雜關聯。

二、延安報刊傳媒中的「魯迅」因子

　　延安作為當時紅色文化重鎮的一個重要標誌，就是有著自己眾多
的報刊和出版物，據不完全統計，目前收藏在延安革命紀念館的延安
時期出版的報刊雜誌有 100 餘種[11]。報刊等大眾傳播媒介具有「議程設
置（agenda-setting）」功能[12]，簡言之，「就是指媒介的這樣一種能力：

　　中共中央文獻研究室編，卷 2（北京：人民出版社，2004）42-43。

[10] 魯迅是具有再生性和當代性的文學家或文化人，其文本和人生及其被接受而生成的
　　「魯迅文化」，在文化積累、文化再生及針砭時弊等方面，都具有特別重要的當代
　　價值與意義。參見李繼凱，《全人視境中的觀照——魯迅與茅盾比較論》（台中：
　　天空數位圖書出版有限公司，2012）283。

[11] 楊琳（1965-），〈容納與建構：1935-1948 延安報刊與文學傳播〉，《西安交通大
　　學學報（社會科學版）》27.5（2007）：86。

[12] 媒體的主要影響是議程設置，「議程設置」作為一種理論假說，最早見於美國傳播
　　學家麥斯威爾‧麥考姆斯（Maxwell McCombs）和唐納德‧肖（Donald Shaw）在
　　1972 年發表的論文〈大眾傳播的議程設置功能〉（"The Agenda-Setting Function of
　　Mass Media"）。議程設置理論的主要觀點是媒體的內容也許不一定能夠改變你對
　　某一事物的觀點，但是它可以改變你對某個問題重要性的看法。換句話說，就是媒
　　體對某個事情的關注程度，將影響公眾對那個問題的重視程度。參見[美]羅德曼
　　（George Rodman），《認識媒體（插圖第 2 版）》（*Mass Media in a Changing World*），

通過反復播出某類新聞報導，強化該話題在公眾心目中的重要程度」[13]。自文化界的領軍人物魯迅逝世以後，對於魯迅的紀念及宣傳很快成為延安報刊媒介的重要議程。主要由黨和政府培植起來的延安報刊，尤其是延安文學傳播的重要載體——報紙副刊和文學期刊，便圍繞魯迅紀念的特定主題，採取多種手段和方式，進行全程多維的集中連續宣傳，營造強大的輿論聲勢。大約每逢魯迅的忌辰或生辰，延安的重要報刊媒體往往會刊發紀念魯迅的社論、專論，組織紀念魯迅的特輯、特刊或專版、專欄，並以多種形式報導延安各界及其他地區的魯迅紀念活動，此外也零星登載有關魯迅的文章。《解放日報》、《中國文化》刊發了紀念魯迅的社論，《紅色中華》、《新中華報》、《解放日報》、《解放》、《文藝突擊》、《大眾文藝》等報刊都集中刊登過魯迅紀念文章，除上述刊物外，《穀雨》、《文藝月報》、《中國文藝》等也刊載過與魯迅相關的文章。據不完全統計，《紅色中華報》和《新中華報》共發表與魯迅有關的文章 53 篇[14]，《解放日報》從 1941 創刊至 1947 年中共中央暫時撤出延安，刊登以魯迅為題的文章，講話和消息報導，以及並非以魯迅為題而其內容有援引或論及魯迅之處的文字，為數共達六十多篇[15]。眾多魯迅紀念文章，大致可分為兩類：一類為詩歌、散文等文藝作品，一類為研究文章，前者或直接或間接地抒發對魯迅的崇敬、緬懷之情，後者對魯迅的思想、作品、生平、貢獻及影響等進行研究，尤其對魯迅思想、魯迅精神、魯迅方向及道路等議題的詮釋最為集中和頻繁。這些文章總的說來皆對魯迅充滿了肯定和讚譽，但對魯迅思想及精神的理解和闡發在整風前後不盡相同，從而對受眾產生了較為複雜的影響。

鄧建國譯（北京：世界圖書北京出版公司，2010）54。

[13] 沃納丁‧賽弗林（Werner J. Severn）、小詹姆‧坦卡特（James W.Tankard），《傳播理論：起源、方法與應用》（*Communication Theories: Origins, Methods and Uses in the Mass Media*），郭鎮之等譯（北京：華夏出版社，2000）246。

[14] 賀志強，《現代作家與延安》（西安：三秦出版社，1995）20。

[15] 燕嬰，〈延安《解放日報》上的魯迅〉，《魯迅研究文叢》1（1980）：193。

1、意識形態化：整風前中共「魯迅」話語的建構

在抗戰建國的過程中，中共中央明確要求：「應設法經過自己的同志與同情者，以很大的堅持性，爭取對於某種公開刊物與出版發行機關的影響。[16]」延安時期重要的傳播媒介，大都是中國共產黨的黨、政、軍機關報刊和文藝機構報刊，從創辦、發行、改造甚或停刊，都與中共中央的命令、指示和組織密切相關，因而延安報刊傳媒的議程設置深受黨和政府方針、政策的影響，而且黨報的議程內容直接影響到其他報刊的議程設置。早在 1936 年魯迅逝世後，陝北蘇區的黨報《紅色中華》便用第三版整版的篇幅悼念魯迅，除刊登悼念魯迅的兩則電文外，還有兩條悼念魯迅的消息：〈追悼魯迅先生之盛大籌備會〉和〈魯迅逝世後各方舉行追悼會〉，同時還在「魯迅先生的話」標題下刊登了魯迅的兩段話。此外，在這一版的左上角有一條醒目的大字口號：「魯迅先生精神不死！」，中上偏右刻了一幅「魯迅先生畫像」[17]。尤其繼 1937 年黨的領導人毛澤東發表〈論魯迅〉的演講後，1938、1939 年延安的黨報黨刊《新中華報》、《解放》及社團刊物《文藝突擊》紛紛發表了〈是魯迅主義之發展的魯迅藝術學院〉（柯仲平，1902-64）、〈學習魯迅主義〉（艾思奇，（1910-66）、〈紀念魯迅〉〔成仿吾（成灝，1897-1984）〕、〈魯迅逝世二周年紀念〉〔陳伯達（陳建相，1904-89）〕、〈一個偉大的民主主義現實主義者的路——紀念魯迅逝世二周年〉〔周揚（周起應，1908-89）〕、〈魯迅逝世三周年紀念〉〔蕭三（蕭克森，1896-1983）〕等多篇黨內文人紀念魯迅，秉承中共對魯迅的基本態度並依據毛澤東對魯迅的評價，從革命政治的立場闡釋魯迅思想及精神的文章，極力推崇魯迅作為「黨外的布爾什維克」，為民族為大眾戰鬥、犧牲的精神。

1940 年以後，隨著毛澤東在延安影響力的擴大，他作為魯迅傳播過程中身份、地位特殊的「意見領袖」（opinion leader，又譯為輿論領袖）[18]，

---

[16] 中共中央，〈中共中央書記處關於宣傳教育工作的指示〉，《建黨以來重要文獻選編（1921-1949）》，中共中央文獻研究室中央檔案館編（北京：中央文獻出版社，2011）305。

[17] 參見《紅色中華》，1936 年 10 月 28 日，3。

[18] 意見領袖是一種關於受傳行為中個人所起作用的假說。拉紮斯菲爾德（Paul Felix

通過對相關信息的加工與闡釋，發揮著愈發鮮明的輿論導向作用。1940年 1 月 15 日，黨報《新中華報》對毛澤東在邊區文協第一次代表大會上的報告作了約 1900 字的摘要報導，題為〈毛澤東的演講——新民主主義的政治與新民主主義的文化〉；2 月 15 日中共理論刊物《中國文化》創刊號以〈新民主主義的政治與新民主主義的文化〉為題刊發了報告內容，20 日黨刊《解放》再次登載，並將題目改為〈新民主主義論〉。報告中毛澤東從「建立一個新中國」的政治角度出發，提出了魯迅是「五四」以後「文化新軍的最偉大和最英勇的旗手」以及「魯迅的方向就是中華民族新文化的方向」的論斷，進一步密切了魯迅與共產黨的聯繫，並以「三家五最」、「硬骨頭精神」等溢美之詞將其捧上史無前例的尊位[19]。毛澤東對於魯迅的闡發、評價，是從他正在創構的新民主主義意識形態的需求著眼的[20]，服從於他建設革命文化軍隊以贏得抗日戰爭的勝利並奪取全國政權的總思路[21]。隨後延安的重要報刊媒體先後發表了論證、豐富毛澤東關於魯迅的論斷以及沿著毛澤東評價魯迅的導向闡釋魯迅及其作品的文章。1940年 10 月 19 日，《新中華報》發表了唐喬的〈魯迅的方向就是新文化運動的方向——紀念魯迅先生逝世四周年〉[22]，文章通過細緻剖析魯迅的思想，闡釋論證了毛澤東「魯迅的方向就是中華民族新文化的方向」的論斷；25 日《中國文化》刊發了艾思奇撰寫的社論〈魯迅的方向就是中華民族新文

Lazarsfeld, 1901-76）等人在 1944 年出版的《人們的選擇》（*People's Choice*）一書中，首先提出這一假說。根據這種假說，在受傳者中，有一些人首先或較多地接觸到大眾傳播信息，他們把這些信息結合自己所見、所聞、所想傳給周圍的人。他們對周圍人的影響，往往超過大眾媒介。這些人即為意見領袖。見汝信主編，《社會科學新辭典》（重慶：重慶出版社，1988）1106。

[19] 毛澤東在〈新民主主義論〉中提到：「在『五四』以後，中國產生了完全嶄新的文化生力軍，……而魯迅，就是這個文化新軍的最偉大和最英勇的旗手。魯迅是中國文化革命的主將，他不但是偉大的文學家，而且是偉大的思想家和偉大的革命家。魯迅的骨頭是最硬的，他沒有絲毫的奴顏和媚骨，這是殖民地半殖民地人民最可寶貴的性格。魯迅是在文化戰線上，代表全民族的大多數，向著敵人衝鋒陷陣的最正確、最勇敢、最堅決、最忠實、最熱忱的空前的民族英雄。魯迅的方向，就是中華民族新文化的方向。」參見毛澤東，〈新民主主義論〉，《毛澤東選集》，卷 2（北京：人民出版社，1991）697-98。

[20] 袁盛勇，《魯迅：從復古走向啟蒙》（上海：上海三聯書店，2006）136。

[21] 黃萬華，〈魯迅傳統和戰時中國文學〉，《東嶽論叢》26.4（2005）：10。

[22] 唐喬，〈魯迅的方向就是新文化運動的方向——紀念魯迅先生逝世四周年〉，《新中華報》，1940 年 10 月 17 日，4。

化的方向──紀念魯迅逝世四周年〉，該社論引用了毛澤東關於魯迅精神
的斷語，並進一步指出：魯迅在不斷戰鬥和不斷進步中，「從急進的民主
主義者成了一個優秀的共產主義者」，他所走的道路是「知識份子所必然
要走的道路。[23]」這篇代表集體聲音的「社論」，強化、固化了毛澤東對
魯迅意識形態化的闡釋和定位，號召知識份子學習「魯迅道路」，擴大了
魯迅「旗手」形象在延安知識份子群體中的影響。1941 年《解放日報》、
《中國文藝》、《文藝月報》等刊物登載了周揚、周立波（1908-79）、劉
雪葦等人運用黨的文藝理論解讀魯迅思想和作品的文章，加強了中共對魯
迅的意識形態化宣傳。通過毛澤東等「意見領袖」的導引以及黨報黨刊等
報刊媒介反復、持續性的報導、播散，以「文學旗手」為標識的意識形態
化了的魯迅形象被延安的知識份子廣泛接受。

2、啟蒙精神傳承：知識份子個性化的「魯迅」話語

　　雖然整風前延安報刊媒介及其「魯迅」傳播有著鮮明的意識形態化傾
向，但是由於張聞天在 1938-1942 年之間負責中共在文化、宣教方面的工
作時，文藝政策較為寬鬆，對作家寫作的內容限制較少[24]，而且在延安文
藝座談會以前，中國共產黨沒有制定單獨的出版規範，文學出版規範被納
入了文化宣傳制度之中，形成了文學出版的自由化特點[25]。因而在整風前
相對寬鬆、自由的傳媒環境中，一些與魯迅有過或多或少的交往、葆有或
顯或隱的精神聯繫的延安文人，如丁玲（蔣偉，1904-86）、蕭軍（劉鴻霖，
1907-88）等，在很大程度上能以個人的認識和精神體驗為基礎言說魯迅，
更以切實的創作實踐承繼魯迅的創作思想和精神，他們作為魯迅傳播過程
中知識份子群體裡的「意見領袖」和影響某些報刊媒介的「把關人」，借
助於人際傳播和大眾傳媒的巨大力量，引領了貼近魯迅思想真髓的新的文
學風潮的到來。早在 1940 年，丁玲在《大眾文藝》第 1 卷第 5 期上發表

---

[23]　《中國文化》雜誌社論，〈魯迅的方向就是中華民族新文化的方向──紀念魯迅逝
　　世四周年〉，《中國文化》2.2（1940）：2-3。
[24]　參見趙衛東，〈一九四〇年代延安「文藝政策」演化考論〉，《中國現代文學研究
　　叢刊》2（2010）：26-28。
[25]　郭國昌，〈新華書店與解放區文學出版體制的形成〉，《中國現代文學研究叢刊》
　　2（2010）：43。

的〈「開會」之於魯迅〉一文，便從個人體驗出發，借由日常生活細節抒寫對魯迅的由衷讚佩，同時還綿裡藏針地表達了對部分延安領導官僚做派的不滿，批判之苗芽已然萌發。1941 年 10 月 21 日，黨報《解放日報》上所載的文藝新聞〈延安各界舉行大會，紀念魯迅逝世五周年〉，記錄了丁玲對文藝界人士以撰寫雜文的實際行動來紀念魯迅的期望：「今後希望拿筆桿子的同志要大膽的互相批評，展開自由論爭。學習繼續魯迅先生所使用過的武器『雜文』；來團結整齊大家的步驟，促進延安社會的進步。[26]」緊接著丁玲在自己主編的《解放日報》「文藝」欄中發表了呼籲延安作家以魯迅雜文為榜樣的創作雜文〈我們需要雜文〉，要大家學習魯迅「為真理而敢說，不怕一切」的精神[27]。除丁玲外，魯迅的學生蕭軍關乎自己先生的個性化言說也在刊物上公開發表。1941 年蕭軍在《中國文化》上發表了〈魯迅研究會成立經過〉一文，文中既表示了對自己先生的仰慕崇敬，同時也希望借助較為客觀深入的研究，能「使先生真正的人格、精神、以及他的事業，得到他應該得到的地位和評價。[28]」《解放日報》上刊登了蕭軍宣導「用真正的業績」紀念魯迅的雜文〈紀念魯迅：要用真正的業績〉。甚至於 1942 年整風過程中蕭軍還在參與編輯的刊物《穀雨》上發表了雜文〈雜文還廢不得說〉，文中他力推魯迅的雜文文體，認為在延安「不獨需要雜文，而且很迫切。[29]」

　　正是在丁玲、蕭軍等人的積極倡導及其創作實踐的影響下，1941 年至1942 年春天，延安公開發行的報刊媒體上出現了一批針砭時弊的雜文，如《解放日報》上的〈三八節有感〉（丁玲）、〈野百合花〉（王實味）、〈論同志的「愛」與「耐」〉（蕭軍）、〈瞭解作家，尊重作家〉（艾青）、〈還是雜文的時代〉（羅烽），《穀雨》上的〈政治家、藝術家〉（王實味），《文藝月報》上的〈幹部衣服〉（丁玲）、〈囂張錄〉（羅烽）等，內容涉及延安的婦女問題、幹群關係問題、物資分配問題及文藝創作的獨

---

[26] 記者，〈延安各界舉行大會，紀念魯迅逝世五周年〉，《解放日報》，1941 年 10 月 21 日，4。

[27] 丁玲，〈我們需要雜文〉，《解放日報》，1941 年 10 月 23 日，4。

[28] 蕭軍，〈魯迅研究會成立經過〉，《中國文化》2.6（1940）：54。

[29] 蕭軍，〈雜文還廢不得說〉，《延安文藝叢書》，《延安文藝叢書》編委會編，卷 4（長沙：湖南文藝出版社，1984）619。

立性問題等。同時，《解放日報》、《文藝月報》、《穀雨》等刊物上還
登載了許多觸及延安生活的「陰暗面」，反映官僚主義、事務主義以及知
識份子與老幹部、與現實環境矛盾衝突等問題的小說，如丁玲的〈在醫院
中時〉，鴻迅（朱寨，1923-2012）的〈廠長追豬去了〉、葉克（1912-67）
的〈科長病了〉、馬加（1910-2004）的〈間隔〉、雷加（劉滌，1915-2009）
的〈躺在睡椅裡的人〉及〈沙湄〉等。以上這些借助於報刊傳媒而張大了
影響力的作品，實際體現了「五四」時代魯迅啟蒙文學觀在新環境下的反
思精神。這股在一定程度上偏離黨的政策軌跡，承繼魯迅啟蒙精神的文藝
思潮，由於當時延安發行量最大的《解放日報》「文藝欄」的助力，開始
走出文藝圈子而在延安社會甚至各解放區產生影響[30]。

3、報刊傳媒的規範化與「魯迅」話語的整一化

從 1941 年開始，針對延安報刊傳媒中愈演愈烈的偏離黨的方針、政
策的自由之聲以及其他諸多問題，中共中央先後制定、下發了〈關於各抗
日根據地報紙雜誌的指示〉、〈為改造黨報的通知〉、〈關於統一延安出
版工作的通知〉、〈對各地出版報紙刊物的指示〉等政策文件，出臺了許
多報刊出版方面的規定和條例，進一步規範了對延安等根據地報紙雜誌編
輯、出版、發行工作的管理，加強了黨對報刊傳媒的控制和領導。在黨對
延安報紙雜誌的大力調整和整頓過程中，延安文學社團出版的文學刊物大
為縮減，到 1942 年初，僅剩下《文藝月報》、《穀雨》、《草葉》等為
數不多的幾種，至 1942 年底，僅存的《文藝月報》、《穀雨》、《草葉》
等文學期刊也停止了出版，只有《解放日報》等少數報刊繼續出版發行，
而新的報紙雜誌也極少再出現。但即便是繼續發行的《解放日報》，也從
1942 年開始面臨整頓和大幅改版。1942 年 3 月 31 日，毛澤東在《解放日
報》改版座談會上指出：「整頓三風，必須要好好利用報紙。[31]」同時對
《解放日報》副刊登載的〈野百合花〉等雜文所宣傳的思想進行了批評。
4 月 1 日《解放日報》刊發的改版社論〈致讀者〉中明確指出「要使解放

---

[30] 參見田剛，〈魯迅精神傳統與延安文藝新潮的發生〉，《陝西師範大學學報（哲學
社會科學版）》41.3（2012）：19。

[31] 毛澤東，〈毛澤東在《解放日報》改版座談會上的講話〉，《新聞工作文獻選編》，
新華社新聞研究所編（北京：新華出版社，1990）65。

日報能夠成為真正戰鬥的黨的機關報。[32]」《解放日報》全面改版後，第四版也變為以文藝為主的綜合性副刊。作為 1942 年以後延安報刊媒介的最強音，「改版後的《解放日報》從形式到內容都增強了報紙的黨性、群眾性及戰鬥性，真正成為體現黨的意志的機關報。[33]」也成為宣傳整風運動，向各抗日根據地傳播延安整風經驗的有力工具，同時也是各類群體言說魯迅的核心話語平臺。

　　整風過程中，面對「既要削弱以至閹割、否定魯迅的批判精神，又要利用魯迅旗幟的尷尬[34]」，毛澤東通過延安文藝座談會上的「講話」，很委婉、也很局部地否定了魯迅雜文的當下意義[35]，但繼續讓魯迅代表「中華民族新文化的方向」。為此，他以自己的獨特闡釋，巧妙化用，將魯迅確立為「工農化」、「群眾化」的形象，號召知識份子「學魯迅的榜樣，做無產階級和人民大眾的『牛』，鞠躬盡瘁，死而後已。[36]」之後，以《解放日報》為宣傳陣地的延安報刊上登載的一系列有關魯迅的文章都緊隨「輿論領袖」毛澤東的步伐，著力挖掘魯迅的無產階級立場和政黨意識。繼 1942 年 6 月《解放日報》刊發了周文（1907-52）的〈魯迅先生的黨性〉後，10 月 18 日和 10 月 19 日，《解放日報》接連兩日將魯迅紀念設置為重要議程，不僅開闢專版刊登紀念魯迅的文章，還在 19 日的頭版發表了社論〈紀念魯迅先生〉。社論依據「講話」精神對魯迅進行了政治性「整改」，提出學習魯迅的「現實主義態度」（將內涵轉化為對黨的革命政策和路線的堅持），「正確的政治立場」，「對托派匪徒的嫉惡和痛擊」[37]。此外 19 日第四版還特載了魯迅的〈答托洛斯基派的信〉和〈論「費厄潑賴」應該緩行〉，意在「確證」魯迅的「黨性」，用魯迅的文章配合當時批判王實味（1906-47）等人的政治鬥爭。1943 年 10 月 19 日，《解放日

---

[32] 《解放日報》社論，〈致讀者〉，1942 年 4 月 1 日，1。
[33] 彭紅燕主編，《中國新聞事業史》（武漢：武漢大學出版社，2011）247。
[34] 錢理群，〈獨自遠行──魯迅接受史的一種描述（1936-1949）〉，《現代中國》，陳平原主編，2 輯（武漢：湖北教育出版社，2002）80。
[35] 周維東，〈延安時期毛澤東評價魯迅的模糊性與策略性〉，《現代中國文化與文學》8（2010）：31。
[36] 毛澤東，〈在延安文藝座談會上的講話〉，《毛澤東選集》，卷 3（北京：人民出版社，1991）877。
[37] 潘磊　96。

報》以全文刊發毛澤東〈在延安文藝座談會上的講話〉的特殊方式來紀念
魯迅逝世 7 周年。1943 年以後，魯迅紀念及形象宣傳逐漸淡出延安媒介的
重要議程，延安報刊中的魯迅紀念文章顯著減少，而《解放日報》零星刊
出的與魯迅有關的文章，其內容也愈發意識形態化，大都旨在配合黨的思
想及方針、政策的宣傳。如周揚的長篇論文〈馬克思主義與文藝——《馬
克思主義與文藝》序言〉（《解放日報》1944 年 4 月 8 日第 4 版），呼應
並大力謳歌《講話》，首次把魯迅與馬克思、恩格斯、普列漢諾夫、高爾
基等人並舉，將魯迅的文藝思想納入了中國共產黨的文藝思想體系之內，
而周揚本人也借此成為了毛澤東文藝思想的權威闡釋者和言說魯迅的話
語權威；蕭三的〈學習七大路線——祭魯迅六十五歲冥壽〉指出，通過學
習黨的七大文件，進一步認識到魯迅的方向之所以代表中國文化的方向，
是「因為魯迅有明確的階級立場，無產階級和人民大眾的立場。[38]」此外，
1946 年《解放日報》刊登的胡蠻（1904-86）、戈壁舟（1915-86）等人紀
念魯迅的散文、詩歌等也都明顯受到毛澤東魯迅觀的影響。在毛澤東以及
《解放日報》等輿論權威的導引下，在文學生產、傳播體制化的進程中，
整風後的延安報刊傳媒「將不同階層和不同信仰的人，聯結在媒介系統中
並在多重傳播與接受過程中，強化執政者推行的意識形態，使受眾的觀念
與思維方式整合為較為統一的意識形態。[39]」

　　由此可見，延安報刊傳媒中的「魯迅」因子經歷了從「矛盾抵牾」到
「同質整一」的過程。在整風前延安相對寬鬆、自由的文藝傳媒平臺中，
言說魯迅的兩大話語精英群體——中共黨人和延安文人，他們之間有抵
牾，有彌合，延安文人群體內部也有不同的聲音，意識形態化的集體話語
與個性化的知識份子話語矛盾交織，多元並現。然而經過整風，延安報刊
傳媒發生根本性轉變，進入黨領導下的規範化、體制化的階段，政黨領導
人毛澤東也在「講話」中對魯迅成功「改造」[40]，整風後延安文人步調一
致、異口同聲地言說毛澤東重塑的「黨化」「工農化」的「魯迅」，帶有
個人化傾向和知識份子氣質的「魯迅」言說匿跡銷聲，魯迅啟蒙精神影響

---

[38] 蕭三，〈學習七大路線——祭魯迅六十五歲冥壽〉，《解放日報》，1945 年 8 月 6
　　日，4。

[39] 邵培仁等，《媒介理論前沿》（杭州：浙江大學出版社，2009）135。

[40] 田剛，〈魯迅與延安文藝思潮〉，《文史哲》2（2011）：122。

下的文學被抑制了，被化用了。而隨著毛澤東新的「文學旗手」地位的確立，「魯迅」的文化領軍地位被取代，延安文藝界迎來了工農兵文藝思潮。

三、「魯迅」在延安「傳播」中的得與失

　　媒介後面的主宰者其實是人。就「魯迅」在延安的「傳播」而言，毛澤東、張聞天（1900-76）、艾思奇、周揚、丁玲、蕭軍、王實味等「人為媒」是「魯迅」在延安的主要傳播主體，他們與「魯迅」在延安的影因及精神生命息息相關，而電訊符號、口頭語言符號、文字符號、印刷符號等則是「魯迅」在延安傳播的媒介形式體現，他們共同推動了延安的「魯迅」傳播，同時也給後人留下了諸多啟示和教訓。

1、三通電文與中共對魯迅的基本態度

　　魯迅被譽為知識青年和文化界的導師，他在知識份子中的影響力和對青年的號召力在當時鮮有人及。在他生前和死後，各種政治力量都注意到魯迅的價值，希望能獲得魯迅的文化資源[41]。中國共產黨於魯迅逝世三日後分別致電全國同胞、魯迅遺孀和國民黨政府，其行為和電文內容表現出中國共產黨對魯迅價值的重視以及對魯迅資源的公開爭取。〈為追悼魯迅先生告全國同胞和全世界人士書〉中標舉魯迅為「中國文學革命的導師、思想界的權威、文壇上最偉大的巨星[42]」，將魯迅塑造為中華民族的「忠實兒女」、為民族解放社會解放為世界和平而奮鬥的「文人模範」、追求光明的「導師」，從而將魯迅抬高到中國文學史、現代文化史上絕無僅有的位置，同時也表明了中國共產黨的政治和文化立場。〈致許廣平女士的唁電〉將魯迅定位為「共產主義蘇維埃運動之親愛的戰友」[43]，在稱揚魯迅的同時也展示了中國共產黨存在的合法性、正義性和先進性。〈為追悼

---

[41] 周維東，〈延安時期毛澤東評價魯迅的模糊性與策略性〉，《現代中國文化與文學》8（2010）：25。

[42] 中共中央等，〈為追悼魯迅先生告全國同胞和全世界人士書〉，《1913-1983 魯迅研究學術論著資料彙編》，中國社會科學院文學研究所魯迅研究室編，卷1（北京：中國文聯出版公司，1985）1500。

[43] 中共中央等，〈致許廣平女士的唁電〉，中國社會科學院文學研究所魯迅研究室編　1501。

與紀念魯迅先生致中國國民黨中央委員會與南京國民黨政府電〉提出了包括廢除對魯迅先生生前頒發的一切禁令等在內的八項建議，不僅表明了中共對魯迅的立場，更是對國民黨當局迫害魯迅的一種潛在抗議。這三通電文是中國共產黨首次對魯迅的高度評價，代表了中國一個革命政黨當時對魯迅的最高認識，也奠定了之後延安及各解放區肯定與褒揚魯迅的立場和態度，有助於弘揚魯迅的思想和精神，具有一定的正義性和歷史必然性。當然「中國共產黨對魯迅的推崇，包含政治戰略的功利考慮。而這一考慮是非常英明的，確實起到了樹立旗幟、爭取人心、凝聚靈魂的巨大作用，這已為成功的歷史實踐所證明了。[44]」

2、文藝報刊與魯迅精神的傳播

　　魯迅逝世後，在延安除了有組織的紀念大會外，黨報及其副刊，以及文化組織、文學社團主辦的文藝期刊等是話語精英們言說魯迅的主要媒介平臺。在《講話》正式發表前的很長時間內，對於魯迅的追悼、紀念可謂延安報刊傳媒的重要議程，其議程設置的作用機制主要表現為：依據政策議程——設置媒介議程——影響公眾議程。黨報黨刊等政治性的權威媒介依據黨的文件或政黨領導人的講話設置魯迅紀念議程，凸顯「魯迅精神」等議題，主要由黨內人士「把關」的機關刊物及其他報刊深受影響，多種報刊媒介對依據時政進行篩選加工過的「魯迅精神」聯合進行集中、反復、持續性的報導，再加上周揚、艾思奇、蕭三等文化名人以及黨報黨刊權威社論對毛澤東演講、報告、「講話」的唱和式輿論導向，形成了強大的輿論宣傳力量。他們著力於對魯迅為民族解放、為大眾解放甚至為黨的事業戰鬥、奉獻、犧牲精神的歌頌與傳播，極大地影響乃至重塑了延安時期受傳者尤其是知識份子的魯迅觀，也左右了之後很長時間內人們對魯迅的認識和評價。但他們帶有革命色彩和政治功利性特徵的闡釋、宣傳，過分抬高乃至「神化」魯迅，同時剔除了魯迅作為一位文學家的豐富性和複雜性。

　　雖然政治社會化或者說「孺子牛」般的「大眾化」魯迅精神最終成為整風後延安文壇的共聲，但丁玲、蕭軍、王實味等人立足於自我生命體驗和知識份子立場，在延安意識形態鬆動期借助於《解放日報》、《文藝月

---

[44] 張夢陽，《中國魯迅學通史》（廣州：廣東教育出版社，2001）235。

報》、《穀雨》等大眾傳媒，以報刊「把關人」或供稿人的身份對魯迅作為文學家批判現實的啟蒙精神的文化承繼和傳播，雖影響限於一時，但聲音難能可貴。除了丁玲等人借助公開出版的文藝報刊對魯迅啟蒙精神有過承續外，延安時期一種極具特色的傳播媒介——墻報，也曾是魯迅啟蒙精神的有力宣傳平臺。墻報是一種簡便的宣傳工具，它經濟儉省、靈活自由、帶有很強的可觀性，可以讓一些難以見諸出版物的文章得到露臉的機會。40 年代初，墻報已經成為延安文人手裡一個個有聲有色的言說論壇，其中《輕騎隊》墻報影響最大，它由李銳（1917-）等中央青委的一些青年利用業餘時間創辦[45]。有人曾說：「凡是 40 年代初在延安生活過的人，不論是高級領導還是普通幹部都不會忘記《輕騎隊》。[46]」小小的《輕騎隊》墻報之所以會有如此轟動的效應，是因為它的內容除了反映延安的「光明面」外，更諷刺了延安的「陰暗面」。如〈論離婚〉、〈想當年〉、〈丘比特之箭〉等揭示了延安老幹部的生活特權問題、工作作風問題以及延安女性的婚戀觀問題，影響了關注墻報的王實味等人之後的寫作。雖然這些文章在思想高度和藝術技巧方面遠遜於魯迅雜文，但是其「敢於直面慘澹的現實」的創作態度和批判社會黑暗的價值立場與魯迅的啟蒙精神一脈相承，「就延安的文學創作對魯迅精神的繼承這一點來講，其載體應是墻報。[47]」可惜由於墻報自身的特點這些文章並沒有完好地保存下來。

3、「選本」、「注本」與魯迅作品的傳播

　　張聞天主管黨的宣傳教育工作時充分認識到出版書籍對於宣傳工作的重要性[48]，他個人非常仰佩魯迅之作，認為魯迅的小說和雜文「是每個幹部所必須研究的讀物。[49]」基於這樣的認識，他指導批評家劉雪葦先後

---

[45] 宋金壽，〈延安整風前後的《輕騎隊》壁報〉，《大眾媒介與中國現當代文學》，程光煒主編（北京：人民文學出版社，2005）233。

[46] 宋曉夢，〈李銳——五味俱全的延安六年〉，《傳記文學》12（1995）：15。

[47] 任海峰，〈延安時期魯迅現象研究〉，碩士論文，延安大學，2010，34。

[48] 張聞天曾說：「報紙、刊物、書籍是黨的宣傳鼓動工作最銳利的武器。黨應當善於充分的利用這些武器。辦報、辦刊物、出書籍應當成為黨的宣傳鼓動工作中的最重要的任務。」見張聞天，〈黨的宣傳鼓動工作提綱〉，《張聞天選集》（北京：人民出版社，1985）309。

[49] 張聞天，〈提高幹部學習的質量〉，《張聞天選集》　297。

編輯出版了《魯迅論文選集》和《魯迅小說選集》兩個面向青年讀者的普及性魯迅作品選本，而且還為《魯迅論文選集》親自撰寫了〈關於編輯《魯迅論文選集》的幾點說明〉的序言。包括這兩個「選本」在內，據初步統計，「魯迅選集」大致有 10 種。從傳播效果來看，張聞天指導劉雪葦所編的兩個「選本」最為流行，曾彥修（1919-）接受訪談時曾說：「這兩本書在延安確實起了比較大的作用。[50]」可以說在解放區尚未普遍能夠看到魯迅的著作之時，這兩本書為革命青年和廣大群眾提供了重要的精神食糧，宣傳了魯迅的主要思想，使讀者受到很大的教育[51]。然而也正如魯迅所言，「選本」寄寓了「選家」的意見，讀者「得了選者之意，意見也就逐漸和選者接近」，結果「被選者縮小了眼界」[52]。劉雪葦編選的這兩個魯迅著作選本，主要從馬克思主義的階級觀念出發，旨在服務於革命鬥爭的戰略需要，存在著較為鮮明的實用傾向，對魯迅精神的弘揚存在一定的片面性，囿限了讀者對於魯迅的認識。同時也體現出政黨控制下的大眾傳媒，其傳播內容的功利性和有限性。另外，「講話」後徐懋庸注釋的魯迅小說〈阿 Q 正傳〉和〈理水〉，有將馬克思主義生搬硬套之嫌，遠離了小說的應有之義。但他隨時應景的政治化解讀方式，在當時的環境下，對於促進讀者理解魯迅作品和擴大魯迅作品在解放區的傳播卻畢竟起到了積極作用[53]。

四、結論

　　總而言之，由於時運所繫，經過「人為媒」的努力和各種人為「媒介」作用的發揮，「延安」、延安文藝和「魯迅」、魯迅文化建立了複雜性的歷史關聯。「魯迅」在以延安文藝報刊為主要代表的媒介平臺和傳播環境中，經歷了意識形態化的集體話語與知識份子個人話語的矛盾抵牾，並在

---

[50] 潘磊，〈曾彥修先生談「『魯迅』在延安」〉，潘磊　166。
[51] 唐天然，〈張聞天同志主持選編的《魯迅論文選集》和《魯迅小說選集》——訪兩書編輯者雪葦同志〉，《魯迅研究動態》10（1988）：69。
[52] 魯迅，〈選本〉，《魯迅全集》，卷 7（北京：人民文學出版社，1981）137。
[53] 何滿倉、任海峰，〈延安文藝建構時期的魯迅研究〉，《延安大學學報（社會科學版）》34.3（2012）：45。

延安報刊傳媒規範化和文學體制化的進程中走向同質整一。從「延安」本體出發和從「魯迅」本體出發可能會給出不同的甚至是對立的價值判斷，而從艱難時世中魯迅與延安的「傳媒化」「符號化」遇合及變化，固然可以看出延安形態的「魯迅」及魯迅文化的「影因」力量及其重大意義，但也可謂有得有失，化用「魯迅」與刻意利用的界限已經模糊，需要我們給予恰如其分的辯證分析。

參考文獻目錄

DAO

道金斯，理查德（Dawkins, Richard）.《自私的基因》（*The Selfish Gene*），
　　盧允中、張岱雲、陳複加等譯。長春：吉林人民出版社，1998。

GUO

郭鎮之.〈關於大眾傳播的議程設置功能〉，《國際新聞界》3（1997）：
　　18-25。

LI

李軍.《傳媒文化史：一部大眾話語表達的變奏曲》。北京：北京大學出版
　　社，2012。

李繼凱.《全人視境中的觀照——魯迅與茅盾比較論》。台中：天空數位圖
　　書出版有限公司，2012。

李普曼，沃爾特（Lippmann, Walter）.《輿論學》（*Public Opinion*），林
　　珊譯。北京：華夏出版社，1989。

LUO

羅德曼（Rodman, George）.《認識媒體》（*Mass Media in a Changing World*），
　　鄧建國譯。北京：世界圖書北京出版公司，2010。

PAN

潘磊.《「魯迅」在延安》。桂林：廣西師範大學出版社，2008。

REN

任海峰.〈延安時期魯迅現象研究〉，碩士論文，延安大學，2010。

SAI

賽弗林，沃納丁（Severn, Werner J.）、小詹姆・坦卡特（James W.Tankard）.
　　《傳播理論：起源、方法與應用》（*Communication Theories：Origins，*
　　Methods and Uses in the Mass Media），郭鎮之等譯。北京：華夏出版
　　社，2000。

SHAO

邵培仁等.《媒介理論前沿》。杭州：浙江大學出版社，2009。
——、海闊.《大眾傳媒通論》。浙江：浙江大學出版社，2005。

SHI

施拉姆，威爾伯（Schramm, Wilbur）、威廉・波特（William E. Porter）.
　　《傳播學概論》（*Men, Women, Messages, and Media：Understanding*
　　Human Communication），陳亮、周立方、李啟譯。北京：新華出版
　　社，1984。

SUN

孫國林，曹桂芳.《毛澤東文藝思想指引下的延安文藝》。石家莊：花山文
　　藝出版社，1992。

WU

吳敏.《寶塔山下交響樂——20世紀40年代前後延安的文化組織與文學社
　　團》。武漢：武漢出版社，2011。

XIE

西伯特，弗雷德里克. S.（Siebert, Fred S.）、希歐多爾・彼得森.（Theodore
　　Peterson）、威爾伯・施拉姆（Wilbur Schramm）.《傳媒的四種理論》
　　（*Four Theories of the Press*），戴鑫譯。北京：中國人民大學出版社，
　　2008。

XIONG

熊澄宇.《媒介史綱》。北京：清華大學出版社，2011。

YANG

楊琳.〈容納與建構：1935-1948 延安報刊與文學傳播〉，《西安交通大學學報（社會科學版）》27.5（2007）：86-90。

YUAN

袁盛勇.《魯迅：從復古走向啟蒙》。上海：上海三聯書店，2006。

ZHU

朱秀清.〈延安文學傳播形態研究〉，博士論文，山東大學，2009。

Lu Xun in the World of Yan'an Media and Symbols ——The Meeting of Lu Xun and Yan'an Literature and Arts

Yinghui SONG and Jikai LI.

Yinghui SONG, Ph. D Candidate, Faculty of Arts, Shaanxi Normal University

Jikai LI, Professor, Faculty of Arts, Shaanxi Normal University

Abstract

With the efforts of "man being the media" and the uses of "media" by different people, Yanan, Yan'an literature and arts, Lu Xun and his culture have established a complicated relation with the contemporary history. Lu Xun adopted the journal of literature and arts as the platform for propaganda and he experienced the contraction between the ideologization of the collective dialogue and literates' personal dialogue but the contradiction was mediated through the norms of media and systemization of literature. From the analysis both Yanan and Lu Xun's noumenon, there is a different, if not opposing, value judgment. At times of adversity, Lu Xun and Yan'an mediaization and symbolization integrated and evolved. From this, we can see the influence of Lu Xun's culture and its significance in Yan'an period. Since then, the abuse of the word 'Lu Xun' has been prevalent and it requires a deeper analysis to differentiate its validity.

Keywords: Lu Xun, Yan'an, media, arts newspapers, propagation, meme

評審意見選登之一

1). 論文從媒介文化的角度，較為系統深入地探討了魯迅在延安的傳播過程以及所呈現的複雜形態，論文的精彩之處在對「魯迅」與「延安」之間歷史關聯的「複雜性」進行了「還原式」的情境呈現和歷史回溯，並作出了獨特的價值評判，從而深化了「魯迅與延安」這一論題的研究，有一定的學術價值。

2). 論文既然提到潘磊、袁盛勇、田剛等人也關注這個問題，但對這些前人研究成果的具體觀點語焉不詳，從而不能清晰地甄別本論文在前人的研究基礎上會有哪些創新性超越。

3). 可簡要交代潘磊、袁盛勇、田剛等人研究成果的主要觀點，以凸現本論文的創新與超越之處。

評審意見選登之二

1). 方法新：傳播學視角，新概念運用，可謂是方法新。

2). 材料豐富，而且作者在材料的取捨和運用上非常好地做到了典型、新鮮、本質。

3). 論述語言簡潔，說服力強，論證嚴謹，結構合理。

4). 摘要應該是核心內容和觀點的提要，據此而論，該論文摘要部分體現並不充分

5). 第三部分「得失」之論稍顯勿疏，重點部分應該詳述。

評審意見選登之三

1). 論文選題較有理論意義和學術價值，且富有新銳色彩。

2). 論文觀點富有新意，材料豐富，闡述細密，形式也較規範。

3). 論文視野開闊，思考深入，顯示作者具備良好的思辨能力和理論水準。

4). 主標題「延安媒介與魯迅」似乎可以刪去，把副標題「『魯迅』與延安文藝的結緣及其他」作為標題即可。

5). 最後總結部分的一自然段可以擴充為單獨一個「結論」部分，以求結構的勻稱和完整。

6). 「摘要」部分文字表述似乎不夠清楚易讀，同時應該將主要觀點進一步突出。

《國際魯迅研究》輯一（2013 年 10 月）216-234。

《故事新編》和李光洙的歷史小說比較

■嚴英旭

作者簡介：

嚴英旭（Yong Uk UM），韓國國立全南大學東亞文化研究所所長。

論文題要：

李光洙和魯迅都寫過歷史小說，李光洙的作品以頌揚和啟蒙民主精神為座右銘。雖然強調了忠和義，但結果陷入了使自身的變節行為合理化的矛盾之中，而魯迅挖掘正史中排除的歷史人物和事件，發揚中國文化的肯定精神，從這一點可以看出與春園有著巨大的差異。

關鍵詞：魯迅、李光洙（LEE Kwang Soo）、歷史小說、《故事新編》、盧卡契、歷史意識

一、引言

　　春園（李光洙，LEE Kwang Soo, 1892-1950）和魯迅（周樟壽，1881-1936）是韓國和中國近代文學史初期的代表作家。在中韓兩國的現代文壇上留下巨大足跡的這兩位作家，有很多有趣的類似之處。例如，他們少年時期一樣體驗到家庭的沒落。為了刻服困難選擇了「新學問」，青年時期一樣去日本留學（魯迅比春園早 3 年）。回國以後，兩人都從事教育事業，都站在近代鼓吹個性解放和儒教批判的最前沿。他們為了向大眾啟蒙和建設理想的國家，在幾乎同一時期選擇了文學，也差不多在同一時期，通過小說進入文壇，引起世人的注意。

　　兩人各自在白話文運動和言文一致運動中起到作用，晚年同樣埋頭於歷史小說的創作。兩人從事小說、詩、散文、評論、雜文等多裁多樣式的創作，都在小說上取得的成就巨大的，所以從這一點來看是一致的。儘管這兩位作家有這樣的相類之處，但春園的民族改造思想和魯迅的國民性改造思想反映在歷史小說上卻有所不同的。之所以有這樣的差異是因為魯迅作為中國文學的巨匠，受到大眾的敬仰，相反春園卻只是作為韓國文學的研究對象。

　　事實上，對於春園和魯迅的比較研究，韓國的幾位研究者都是以小說為中心，而從歷史小說角度來分析的論文，到現在為止還不得而見。對於春園的評價，主要集中於初期作品《無情》，而對後期歷史小說的評價卻忽略，之所以會忽視，不僅是因為近代小說史以短篇記述為主，還有一個重要原因就對後期春園的親日行為感到困擾。本文考慮到以上情況，以兩位元作家的歷史小說為中心進行比較和考察。雖然春園拜讀過魯迅的〈阿Q正傳〉，但兩人並沒有直接交流過。本文以活躍於兩國的個案研究為基礎，以「沒有影響的類似點」為題進行研究，並根據 1920 年代到 30 年代發表了大量歷史小說的春園的歷史小說和魯迅的《故事新編》作為本文的研究物件，通過對作品的分析和比較，找出兩位作家歷史小說的差異。在韓國和中國的近代文學形成過程中，這樣的比較考察不但可以更近一步理解兩國的近代文學的特色，而且有拋磚引玉之意。

二、以歷史小說的定義

進入近代，中國的歷史小說的創作主要由日本留學出身，或在日本居往過一陣子的魯迅、郭沫若（郭開貞，1892-1978）、茅盾（沈德鴻，1896-1981）等主導，足以推斷出深受日本文學思想潮的影響。歷史小說經過 20 年代的接受和摸索的過程，到 30 年代開始繁榮起來，40 年代已經進入全新的局面。這樣歷史小說的隨著中國政治狀況的發展興盛起來。

1927 年發生 4.12 政變，國共合作失敗，在「國統區」活動的左翼知識人成為國民黨政府鎮壓的目標。國民黨和共產黨的對立非常尖銳，30 年代作家不能進行正常的文學活動。魯迅在逃避的生活中不得不通過地下刊物利用多個筆名發表文章，郭沫若逃亡到日本埋頭研究古代史，茅盾被逼踏上了日本的亡命之路，當時的作品強烈地表達了作家的愛憎。歷史小說是作家們為了逃避政治鎮壓而利用的一種文學形式，所以比任何題材的小說對現實更強烈地帶有批判意識。

魯迅創作初期深受西歐的文藝思潮和日本歷史題材小說的影響。創作歷史題材小說要追溯到在日本留學時期寫的〈斯巴達之魂〉。這一小說成為中國近代文學史上以歷史為題材的小說中的一篇。魯迅開始創作歷史小說是在翻譯了日本的森鷗外（MORI Ogai, 1862-1922）的小說《沉默的塔》、芥川龍之介（ATAGAWA Ryūnosuke, 1892-1927）的《鼻》、《羅生門》和菊池寬（KIKUCHI Kan, 1888-1948）的《三浦石衛門的最後》、《復仇的故事》等之後。森鷗外、芥川龍之介、菊池寬都是日本的新思潮派的代表作家，魯迅通過分析菊池寬的舊資料，反而捕捉對於現實的截面，並把它表現出來，賦予新的解釋，探究人類苦難的因由，對菊池寬頗生好感。

魯迅的第一篇歷史小說〈補天〉是於 1992 年 11 月，即翻譯日本歷史小說後一年所創作的，可以瞭解到魯迅在創作過程中，受到日本歷史小說的直接影響。韓國的歷史小說也與中國和日本的文學思潮、國內的時代狀況相呼應。從 20 年代初期萌芽，30 年代開始流行起來。這一時期，從文化層面來看屬於韓國近代思想的鼎立期，從社會的層面來看，因日帝侵略而喪失主權，民族存亡受到威脅的高潮期。1931 年「滿洲事變」發生，致使日本軍國主義抬頭，開始了前後長達 33 年的法西斯主義（fascism）統治，1937 年 7 月的中日軍事衝突等，使世界進入了不隱定和充滿危機的時期。

　　當時，韓國民族團體「新幹會」解散。在言論和文化遭到日本帝國主義野蠻地鎮壓，為了逃避現實，文化運動漸漸開始走向復古思想和古典復興的方向。在這樣的趨勢下，一部分民族文學作家們開始創作歷史小說。韓國的歷史小說與殖民地的地位、民族受難期緊密相連。因為要克服喪失國家主權的時代狀況，所以表現出強烈的民族主義的理念。

　　在這樣時代條件之下，文學界內部條件受愛國啟蒙期傳記文學的影響，使韓國的近代歷史小說出現。春園與這樣的時代思潮相呼應。《嘉實》（1923）和《先導者》（1923）可為 30 年代歷史小說的濫觴。這樣魯迅和春園的歷史小說在同一時代展開，在這裡需要說名一下歷史小說的概念。現定歷史小說的概念並不簡單，我們不妨先翻查辭典。辭典是這樣定義的：歷史小說就是採取比作品創作時期更前時代的實際背景和人物事件為素材的小說[1]，但是採用過去的人物和事件為素材的小說不能都叫歷史小說，所以郁達夫在〈歷史小說論〉中給歷史小說下了一個更有說服力的定義：

> 現在所說的歷史小說，是指由我們一般所承認的歷史中取出題材來，以歷史上著名的事件和人物為骨子，而配以歷史背景一類小說[2]。

即使是過去的事件和人物，也必須是被我們所承認的歷史事件和人物，象這樣以過去的歷史為素材的素材論的概念，韓國很多作家們發表了相似的見解。再進一步白鐵說：把過去的材料用現代小說的美學條件再組織起來，抓住事實與現代的生命使其再生復活[3]。歷史小說不能單純停留在素材概念上。

　　Avrom Fleishman 是研究歷史小說的美學機能的代表人物，他在 *The English Historical Novel*[4]等中提出歷史小說以過去的歷史時代為素材，使歷史人物事件再現（再創造）的小說。他認為歷史小說的主要條件具體來說有兩點，以 40 年到 60 年以前的時代為背景，實際人物最少也要兩名以上

---

[1]　李商燮（LEE Sangseop），《文學批評用語辭典》（首爾，民音社，1984）200。
[2]　郁達夫，〈歷史小說論〉，《郁達夫文集》，卷 5（廣州：花城出版社，1982）238。
[3]　白鐵（BAEK Cheol），〈歷史事實和現代作品〉，《自由文學》5（1963）：280。
[4]　Avrom · Fleishman, *The English Historical Novel: Walter Scott to Viginia Woolf* （Baltimore and London: The John Hopkins P, 1971）3.

登場。這裡實在的歷史人物和虛構性並存。以歷史事實為根基，通過作家的想像力、美學的加工成為具有文學性的歷史小說。在史實和虛構的矛盾之間不歪曲歷史史實，又使虛構真實化，那麼這樣的歷史小說可以算做是成功的作品，在這樣的過程中「歷史意識」問題開始抬頭。

白樂清認為如果歷史小說作為「現在歷史的具體的全身」揭示過去，那麼對於歷史的正確理解和關心是非常重要的，這樣的「歷史意識」被盧卡奇（Georg Lukács, 1885-1971）進一步強調，他認為在歷史小說中必須是「過去的歷史是現在的具體的前史」[5]。批判韓國的歷史小說沒有歷史意識，這樣的評論主要是評論者站在階級主義的觀點上，去揭露支配與被支配、上層與下層的矛盾衝突與鬥爭，才有歷史意識。

36 年間在日帝統治下呻吟的韓國，民族主義的立場也是一種真正的歷史意識是不可質疑的。關於歷史小說的概念的定義至今為止雖然有很多，但從概念包含的範圍來看，與以上所舉幾個定義沒有太大的出入。結果歷史小說以人們所掌握的歷史為題材。是從美學角度的過程虛構，在此基礎上，再加上作家對歷史的正確和關心，即穿插作家的歷史意識的小說。本文以這樣的觀點來觀察兩位作家的歷史小說。

三、通過歷史小說進行啓蒙

為了容易地展開議論，首先把春園的歷史小說和魯迅《故事新編》按發表順序清單。春園的作品大部份發表於報紙而魯迅的作品是通過雜誌發表的。每天在時間的壓迫下所創作的春園的小說與沒有時間限制一次性登載的完美的作品，兩位作家的作品在質的方面有很大的差異。還有春園的作品都是長篇小說而魯迅的作品主要注意力集中於短篇，所以兩位作家的作品不能以圖式進行平行地比較。雖然比較是在一定的界限之內，但就作家在相似的時期內繼續創作和專注於歷史小說並幾乎以相同的篇數出版來看，通過歷史小說來對人民啟蒙的文學目的比一切根據都更加充分。

5　盧卡奇（Georg Lukács, 1885-1971），《歷史小說論》（*The Historical Novel*），李英谷譯（首爾：配料，1987）16。

春園的歷史小說

作品	發表地	發表時間
1.《麻衣太子》	《東亞日報》	1926. 5. 10-1927. 1. 9
2.《端宗哀史》	《東亞日報》	1928. 11. 30-1929. 2. 11
3.《李舜臣》	《東亞日報》	1931. 6. 26-1932. 4. 3
4.《異次頓之死》	《朝鮮日報》	1935. 9. 28-1936. 4. 12
5.《共澄王》	《朝鮮日報》	1937. 5. 28-1936. 4. 12
6.《世祖大王》	全集	1940.7《新歷史小說全集》5 卷
7.《元曉大師》	《每日新報》	1942. 3. 1-1942. 10. 31

魯迅的《故事新編》

作品	發表地	發表時間
1.〈不周山〉	《晨報 4 周紀紀念增刊》	1922. 12. 1
〈補天〉	《吶喊》	1930. 1
2.〈奔月〉		1927. 1. 25
3.〈理水〉	沒有在報刊上發表過	1935. 11（《魯迅全集》卷 2）
4.〈采薇〉	沒有在報刊上發表過	1935. 12（《魯迅全集》卷 2）
5.〈眉間尺〉	《莽原》半月刊第 2 卷 8 期	1927. 4. 25-5. 10
〈鑄劍〉	《自選集》時改為鑄劍	1932 年編入《自選集》
6.〈出關〉	《海燕 》月刊第 1 期	1936. 1. 20
7.〈非攻〉	沒有在報刊上發表過	1934. 8（《魯迅全集》卷 2）
8.〈起死〉	沒有在報刊上發表過	1935. 12（《魯迅全集》卷 2）

　　根據以上的圖表可以發現，春園和魯迅的歷史小說具有從 20 年代開始創作的共同點，這與當時政治狀況有著緊密地聯繫。正同在第 2 章中所闡述的歷史小說產生的背景一樣，當時日本和西歐的歷史小說的流行除受文學思潮的影響，還有當時中國和韓國的政治狀況非常險惡。在國民黨和日帝的鎮壓下是不允許作家自由活動的。有的作家通過歷史事件和人物逃避現實，有的作家通過歷史的素材來諷刺批判現實。

四、春園和魯迅的歷史小說比較研究

　　主導韓國和中國文壇的春園和魯迅的歷史小說在這一點上成為表現當時的現實和文壇活動狀況的典範之作。魯迅的《故事新編》是把中國的神話、傳說、寓言、故事等與現實生活結合，所以成為別具一格的小說集。以神話、傳說和歷史記錄為素材的這本歷史小說作品集，以戲曲形式收錄了包括《起死》還有利用 13 年時間所寫八篇短篇小說。

1.魯迅的《故事新編》

　　《故事新編》與以現實生活為題材的《吶喊》和《彷徨》有所不同，通過神話和歷史題材反映現實，在這裡充分反映出魯迅的作家意識和後期的文學思想。

（一）〈補天〉

　　〈補天〉是於 1922 年 12 月 1 日以〈不周山〉為題發表的。根據中國古代神話傳說女媧用黃土做人、煉石補天而創作的。女媧用泥做人見於《太平御覽》78 卷的〈風俗通〉篇，女媧煉石補天的故事是魯迅根據《淮南子》的〈覽宴訓〉，眾所中周知的共工和顓頊為爭帝位，撞斷了天柱的不周山的故事，是參考《淮南子》的〈天文訓〉，《列子》的〈湯問〉、《博物志》等文獻。

　　女媧雖然創造了人類，但人類為了建立自身的地位不斷的發生戰爭使天塌陷地歪斜。這是在批判沒有正確地理解現實、各自站在自己立場的國粹主義者，以林琴南為代表的國粹主義者不能接受變化的時代或者有意圖地為了自己的立場而辯護，這是魯迅的想法。他用喜劇形式表現出不能跟上時代變化的陳腐主張。通過穿著古代衣裝的大丈夫鑽進女媧的大腿之間，向上看的描寫，辛辣地暴露了現代偽君子的醜惡。這種手法打破和諧的歷史氛圍，顯示出不同的對比效果，雖然可笑、怪異，但能使讀者感覺到強烈的諷刺。通過這樣的表現，魯迅諷刺了無視個性解放的時代而固執著於舊傳統的偽君子，對於他們的行動加以嘲諷。這種諷刺手法雖然受到日本作家的影響，但並不是盲從。魯迅在學習他們的經驗的過程中把自身的審美觀、生活與藝術的經驗相結合從讀者的角度創作的。

（二）〈奔月〉

在〈奔月〉中魯迅通過羿、逢蒙和婦人嫦娥之間的矛盾表現了羿的性格和心情。愚直的丈夫羿雖然誠心誠意對待妻子嫦娥，但狡猾的婦人卻無視他的誠心逃往月球。沒能留住逃跑的婦人羿覺得很失望，決定下次一定留住她，於是便睡著了。但有趣的是，此作品不亞於作家的其它作品，強烈地反映作家的現實意識。反映了作家本人。背信棄義於羿的逢蒙形像就是作品創作當時與魯迅交惡的高長虹、章士釗、陳西瀅、梁實秋等人的形像。自五四運動以來，為了飛黃騰達不擇手段想盡辦法。反映出他們是極端個人主義的知識青年。通過這些可以看出雖然是借助了以前的題材，但作品創作的動機是以現實為出發點的。

（三）〈鑄劍〉

〈鑄劍〉是以《列異傳》和《插神記》的內容為骨架，於 1926 年 9 月完成，1927 年 4 月到 5 月以〈眉間尺〉為題目在《莽原》上發表，收錄《故事新編》時改寫了題目。〈鑄劍〉是根據《列異傳》中鏌耶劍的故事，作為魯迅的自畫像，很好地顯現魯迅的性格。從這個意義上來看與《奔月》有相同的性格。在〈鑄劍〉中描寫的眉間尺的憤怒反抗與復仇，是通過作品表現出魯迅的時代精神。〈鑄劍〉敘述了宴之敖與眉間尺為復仇雪恥而闖進王宮，通過一場血戰殺死了殘忍的王，自己也命歸黃泉。對於《鑄劍》可以有各種解釋，從大體來看可以分為兩點。

第一，作品內容是站青年的立場討伐虐殺青年的軍閥政府。作品中眉間尺象徵著青年代表許廣評和學生，而宴之敖則象徵為了青年以討伐而自居的魯迅本身[6]。

第二，眉間尺的復仇對象「王」象徵著具有五千年歷史的中國舊社會的黑暗，同時也意識到舊社會的黑暗也存在於自身，在這樣的意識下，魯迅感到進入自身的黑暗才能發現「滅亡才能再生」的自我意識。結果魯迅下了這樣的結論，所謂「報仇」就是包括自身在內的舊社會的黑暗要自己親手去消滅。

6　金龍雲（KIM Youngwoon），〈魯迅文學的創作意識研究〉，博士論文，成均館大學，1990，73。

（四）〈理水〉

以中國古代治水傳說中的英雄大禹為主人公的〈理水〉，描寫著重實踐的政治家禹王為了治理水患，東奔西走，虛偽的學者們卻為了禹王是否應該治水進行著討論。反映了賢君禹王、終日無所事事的學者、官僚，還有意識麻痹，習慣做奴隸的百姓並存的社會現實。當時在北京從事文化教育的劉復、馬衡等 30 名學者要求政府把北京指定為文化都市。這是魯迅對這些學者的嘲笑。當時日本已經佔領了東北和華北，國民黨政府打算把金、銀、古文物從北京轉移到南京。劉復等人認為北京的軍事、政治並不重要，要求撤出軍隊，把北京變成非武裝的文學空間，所以向政府請願。國民黨並沒接受這樣的建議，把北京拱手讓給日本帝國主義並把文化財移到南京。魯迅就批判了兩方。《理水》採用古代傳說為素材諷刺現實。諷刺的對象不僅僅是從事文化的學者，也包括社會的各階層，所以《理水》可以稱為魯迅諷刺文學真髓的典範之作。這與暴露和批判矛盾的現實社會「剝去舊社會的假面使它露出真顏」「在揭出病苦，引起療救的注意，不合理的現實就要改造」等魯迅的文學觀始終是一致的。

（五）〈非攻〉

〈非攻〉於 1934 年 8 月主要根據《墨子》的〈公輸〉篇並揉合《戰國策》和《呂氏春秋》、《莊子》、《淮南子》等關於墨子的記錄而改編的小說，作品主要宣揚了墨子的非功和兼愛思想。作品把墨子描寫成生活儉樸，反對戰爭和工作認真的人。

30 年代中半魯迅之所以創作了以不受歷史矚目的墨子為主人公的歷史小說〈非功〉主要是因為時代的相似性。這篇作品以墨子為在戰爭的旋渦中痛苦掙扎的百姓而辯護，反對戰爭的主張與當時 30 年代，東北失陷，國民黨的消極應戰等歷史狀況相比較還是比較有效的。〈非攻〉不只是為了單純的比較，更重要的諷刺國家的棟樑們為了反戰而奮起努力但卻得不到肯定，反遭輕視的醜惡的現實。

1935 年創造的〈采薇〉是根據《史記》的〈伯夷列傳〉而寫成的。並沒有通過報紙和其他刊物出版。在《采薇》中也是借助伯夷、叔齊的故事

來諷刺現實。諷刺伯夷、叔齊的以禮教掛帥，同時批判了第三種人、自由人、《論語》派等資產階級文人。

作為傳統禮教典範受到很高評價的伯夷和叔齊。在魯迅的筆下成為捨棄國家，固守舊秩序、舊道德，陷入幻想逃避現實的人物。通過〈采薇〉，魯迅所勾畫出的伯夷並不是高不可攀的儒生，而是普通人的形像。換句話說與「生在戰鬥的時代而離開戰鬥而獨立的人」沒有兩樣[7]。

同年 12 月創作的〈出關〉是根據《史記》和《莊子》、老子的《道德經》，由以莊子敘述孔子問「禮」於老子的故事。主題主要是批判老子的消極無為思想。他把老子設為定逃避現實的空談家的典型，把孔子設定為實踐家的典型。通過兩個人論爭的結果，表明自身實事求是的立場。30年代中期日帝的侵略深入大陸的時候，是「無為」還是「無不為」這種形而上學論爭的本身，在魯迅看來是種虛偽的表現。對現實問題採取進取態度的孔子與老子的消極的態度作一比較，老子當然會成為魯迅批判的對象。魯迅就是通過〈出關〉中老子的形象來概括當時思想界的惡劣風氣。

同一時期創作的〈起死〉是根據《莊子》中〈至樂〉篇和〈齊物論〉中的寓言而寫的。值得注意的是與《故事新編》中的其它作品不同的是〈起死〉是以單幕劇的形態創作的。這部作品雖然不完全，但是以戲曲樣式而創作的，反映出魯迅對話劇也有所關心。

（六）〈起死〉

〈起死〉集中批判了當時一部分文人盲從莊子的「無非論」和勸告人們誦讀《莊子》，還有對於社會弱者知識份子無責任的態度。這部作品的主題是批判莊子的思想，莊子思想的微妙起因於認識的主觀性，以隱蔽的形式表現矛盾的現實。1935 年間的《論語》第 57 期發表了〈做文與做人〉的文章。文中林語堂說當時在文藝界發生的熾熱的論爭都是「文人相輕」。他認為文言文派和白話文派的論爭、職業文學派和民族主義文學派的論爭都是為了給世人看的，換句話說，只不過是沒有利益的論爭。對此魯迅發表了關於「文人相輕」的文章，文人不能站在旁觀者的立場上，要建立自己的主張。這有對林語堂進行反詰。施蟄存與林語堂當時的推薦圖書是《莊

7　魯迅，《南腔北調集》《魯迅全集》，卷 4（北京：人民文學出版社，1981）440。

子》和《文選》，魯迅對此行為批判為自高身價。〈起死〉通過這種連續的狀況下受影響的人、莊子和巡士之間的糾葛暴露了橫行於當時的「無是非論」的虛偽性。

與此相同魯迅的《故事新編》是批判現實的一種手段。最後所描寫的〈采薇〉、〈山關〉、〈起死〉等是瞄準當時的第三種人、自由人、《論語》派、御用文人、消極隱士而創作的，批判他們逃避殘酷的現實。在〈論第三種人〉魯迅稱他們是「生在有階級的社會裡而要做超階級的作家，生在戰鬥的時代而離開戰鬥而獨立的人」[8]魯迅借助這些伯夷、叔齊、老子、莊子等類人物，通過歷史實事批判他們的虛偽性。

2.春園的歷史小說

春園的歷史小說大體可分為至統一新羅時代為止，以古代社會為背景的《麻衣太子》、《異次頓之死》、《元曉大師》和以朝鮮時代為背景的《端宗哀史》、《李舜臣》、《世宗大王》[9]。

（一）《麻衣太子》

在歷史小說《麻衣太子》中，春園通過麻衣太子暴露了不合理的國家禪讓致使新羅國亡，喚起亡國的悲哀，表現出韓日合邦以後的時代認識。但是小說的前半部描寫了新羅宮中的沈溺於兒女私情和弓裔的戀愛故事。後半部分的描寫圍繞麻衣太子的三角關係為重點，從新羅沒落到高麗建國之間政治激變的歷史必然性，並沒有通過民眾生活而刻畫出來。在約700 頁的小說中大部份篇幅描寫的是弓裔，而描寫麻衣太子部分只不過在小說末尾。就好象只把兩個故事硬湊在一起。僅僅是介紹歷史的史實，喚起民眾和現實生活相結合的內容，卻付闕如。

（二）《端京哀史》

《端宗哀史》中通過端宗的不幸、鼓吹忠君的思想是作家的意圖。這部作品是以朝鮮王朝世宗 23 年開始到世祖 2 年約 15 年間為時間背景，是

8　魯迅，〈論第三種人〉，《南腔北調集》，《魯迅全集》，卷 4，440。
9　可以稱為韓國最初近代歷史小說的短篇〈嘉賓〉沒有錄入歷史事件，《先導者》是尚未完成的作品，所以兩部作品的論議於以省略。

從端宗出生到死亡的一代歷史記錄。作品的背景大部份停留在宮廷和上流階層，主要以端宗被廢和被發配為主。這部作品也是完全見不到庶民們的生活，只描寫了以王族為中心的上流階層。

正如作家自身所說的，人情和義理用小說來形象化。以六臣殉死為表率揭示了儒生精神的偉大和激情，雖有喚起民族魂的肯定要素，並沒有婉轉地描寫出日帝統治下現實社會受壓迫民眾的生活，再者，並沒有揭露出朝鮮社會構造的矛盾和問題。只是通過統治階層的對立，具體來說以首陽一個人的野心來說明歷史的變化，因此使受折磨殉死的六臣和端宗的悲哀得到強調。

在人物角色設定上不但只是善人和惡人單純的對立，而且在人物描寫上，前面提到從小「骨骼健壯」[10]的端宗的父親，後面又說「從出生開始體質衰弱……，患病的日子比健康的日子多」[11]，可以看出在人物描寫上的不注意。繼續以惡人的形象描寫的首陽大君，突然改過向善，成了善人，情節前後不一。《端宗哀史》與其說是一部民族歷史不如說是一部王朝史，在其中因為是一代王者的傳記。

結果《麻衣太子》和《端宗哀史》與其說是民族的歷史意識的產物，不如說是消極地現實逃避的產物，是沒有透徹瞭解處於殖民地地位的韓國現實的歷史產物。

（三）《李舜臣》

春園的歷史小說人物的特色是在歷史的變革期下，生活在悲劇中的宮廷的中心人物或是英雄們。《李舜臣》的主人公也是民族的偉大英雄，是作家個人在五千年歷史中最崇拜的人物。這部作品寫的是，李舜臣到全羅道水軍節度使赴任以後，擊退倭敵在露梁海戰中捐軀的經過。

《李舜臣》是根據古下的勸誘，（《李舜臣》的作家的話，《東亞日報》，1931．5．30）寫成的小說，要表現的不是鐵甲的發明者和戰爭的勝利者，作家真正的意圖是李舜臣超然的自我犧牲精神、永不停止的忠

---

[10] 李光洙，《李光洙全集》，卷16（首爾：三中堂，1963）10。
[11] 李光洙，《李光洙全集》，卷16，17。

義、和作家對其人格的尊崇。在《李舜臣》中春園以李舜臣的復國精神為基礎、刻劃出他的愛國精神和民族魂。

這部作品在春園的歷史小說中，以興趣為主的通俗要素是最少的，標榜著以嚴格地記述事實為主。但即使李舜臣英雄的生命力得以強調，義兵的敘述，民眾們的移動幾乎都被忽視。從這一點來看此作品還是沒能脫離英雄史觀。再有李舜臣是封建忠義的化身，他的生活中所具有的，對於現在生活的意義並沒有得到充分的刻畫。例如李舜臣幫助反動人物的代表，可以稱為配角的「元均」。雖發揮了犧牲精神，但結果在元均的陷害下，被免去職務、押送到漢城。作品的最後，李舜臣中彈倒下，在死去的瞬間還鼓舞和號令三軍「別說我死了，繼續殺呀」。這樣李舜臣成為文武兼備、內外兼修的，具有完美性格的卓越英雄。但在歷史小說中，這樣的主人公的設定容易使歷史抽象化，如果參與作家的個人理想，有歪曲歷史和缺乏歷史真實性之憂。春原以自身的理想人物塑造李舜臣的形象。只急於注重理念的目的。對於樸素的歷史解釋和政治事件善惡的理論判斷，已經包括在人物之中、使具體的描寫不可能進行。

（四）《世祖大王》、《異次頓之死》和《元曉大師》

在《世祖大王》、《異次頓之死》和《元曉大師》等作品中，都可以瞭解到春園對佛教的關心。《世祖大王》由末年由世祖苦於飽受頑疾煎熬，有感於人生無常，至皈依佛門，深自懺悔以及臨終前的內容構成。與《端宗哀史》不同，是描寫了想掌握王權的野心家的無情，到掌握王權的前後事件，通過世祖反映出英雄孤獨的內心世界。

在這部作品中世祖提出發動政變的名份，出現了使自身合理化的文章，這裡春園是不是在有意把自身的親日行為變成合理化，受到人們的懷疑。實際上在韓國佛教傳統上一直與日本有著緊密的關係，所以在這部作品批評了朝鮮王朝仰佛崇儒政策，使韓日關係變得疏遠，作品中插入了與作品的總體沒有任何關係的親日內容。

《異次頓之死》描寫了異次頓的殉教精神，使異次頓的教示、教訓的人生記錄小說化。在這裡被佛教所公認的重要歷史事件，只簡單敘述成單相思於異次頓的公主和作為公主後援的王，把他招為駙馬。《麻衣太子》和《異次頓之死》中應該作為作品中心的社會糾葛，被主人公的個人糾葛

和愛情問題所代替。向這樣歷史私事化是這部作品的根本問題，把戀人們的愛情衝突這樣的內容，又使用《無情》和《土》的寫作方式敘述了一遍。

《元曉大師》於 1942 年執筆，這一時期、因日本的大陸侵略，是所謂「新體制論」的抬頭時期，日帝以「內朝一體」為標語，實行謀殺朝鮮民族的政策。在這樣的形式下，文人們的所有活動中斷，改用日語創作文章。

《元曉大師》是以從真德女王 8 年到武烈 5 年統一前新羅的政治制度、語言、音樂、風俗、外交關係等為歷史背景，詳細地描寫了元曉大師的一生。《元曉大師》是比《端宗哀史》更具有小說化的作品，作家通過元曉的菩薩行使民族的典型更加形象化。但因為使元曉過份神秘化、英雄化，所以失去了個人與社會的均衡。表現他的菩薩行的現實也只是不管在何時何地具有優越性的元曉，一直站在向下方施惠的立場。還有與《端宗哀史》相同，在此作品中，民眾只是為了表現元曉的英雄精神，以輔助人物登場的，並沒有其它的社會意義。春園雖想通過元曉來描寫新羅，但元曉的行動與當時新羅的社會現實並沒有緊密的關聯性。讀者所能見到的是，作家自身在努力與元曉同一化。元曉是文武兼備，所有女人愛慕的對象，是宗教家，是愛國者。元曉是春園想像中的理想男子，也可以稱為是自身的投射。

結果這部作品中，佛教的信仰和理想是通過元曉大師表現出來，同時使人想到作品是作家在什麼目的下構想的。是不是在暗中喚起親日思想和日帝統治下時代的實無法逃避。通過元曉大師的菩薩行，企圖通過佛教使自己的親日行為合理化，元曉的破戒和作者的民族破戒可以同一視之，從這裡可以看出作家在追錄尋元曉與自己的共通之處。

（五）春園的政治立場

春園是「一個變節者」這樣的話，是從 1921 年開始聽到的，正式的親日行為是在 1937 年。因為修養同友會事件，與安昌浩一同入獄，只在半年內因病而被保釋出獄，後加入朝鮮文藝會。從這時開始他為了避開審查「只以察務局所允許的材料為內容開始執筆的創作[12]。這就是歷史小說。

---

[12] 李光洙，《李光洙全集》，卷 16，25。

與此相關，春園的思想變節問題在他的歷史小說研究中就象一個割不掉的
毒瘤一樣起著作用。

在兩國的近代文學初期，以民族精神改造的啟蒙文學為出發點。各自
以《無情》和《狂人日記》在文壇上引起巨大的反響，有很多相似處的兩
位作家，晚年同樣專心於歷史小說的創作，但是得到的評價卻走向迥然不
同的兩個方向。

春園很早就自稱為民族主義者：我創作小說的動機，正與我成為新聞
記者的動機、成為教師的動機、我所有行為的動機一樣，方向是一致的。
這些都是為朝鮮和朝鮮民族作奉獻和履行義務。[13]」並且為朝鮮人提供閱
讀的方便是作家文學活動的目的。同上所述，他寫小說的動機是為了鼓吹
以民族精神啟蒙國民。所以春園的歷史小說聲稱「要引導國民，通過事實
進行技能教育是更重要的」。因為他只注重小說的主題，對於小說的寫作
技巧，文體表現並沒有給予更多的注意。只重視鼓吹啟蒙民主精神的目
的，至於主題的非獨創性，小說構成的形式的類似性，表現的抽象性和概
念性，說教式的描寫和非現實性，有意識的偽善性和親日性，從個人和義
理的側面把握小說，使小說流於個人瑣事，偏重宮中秘話和野史的素材，
過份重視娛樂的要素等，都可視為疏失。在人物的設定和解釋上主要通過
幫派為中心來把握，處於劣勢民族的殖民地史觀等被評為春園歷史小說否
定的一面。雖然有否定的一面，但平易的散文體和寫實主義的描寫方法，
通過合理的歷史解釋和普遍的價值認識，為確立初期的韓國歷史小說的基
礎作出了貢獻。

相反，魯迅的故事新編描寫得是人們普遍知道的傳說中人物和歷史
人物，涉及歷史上的大事件。特別是魯迅後期創作的作品中，以禹王、
墨子等肯定人物為塑造形象，表現了作家樂觀的情緒，對未來的信心和
希望。這是不能在春園的作品中看到的魯迅固有的特徵。春園的作品以
頌揚和啟蒙民主精神為座右銘。雖然強調了忠和義，但結果陷入了使自
身的變節行為合理化的矛盾之中，而魯迅挖掘正史中排除的歷史人物和
事件，發揚中國文化的肯定精神，從這一點可以看出與春園有著巨大的
差異。

---

[13] 李光洙，《李光洙全集》，卷 15，195。

　　魯迅以一貫的歷史觀和徹底的現實意識，給過去的歷史事件傳說人物等賦予現代意識，諷刺、否定和批判現實。春園為了回避自身的變節，急於向民眾宣傳過去的歷史史實。他的作品只不過是沒有現實意識的歷史史實。即沒有徹底的現實意識的歷史小說，只是一種說話和講談，只是一個沒有中心的舊故事。

　　在這裡歷史小說生成的基本前提「不得不重新考慮盧卡基所強調的真正的歷史意識的形成」。[14]他認為在歷史小說中為了形象地塑造歷史人物。對於現實的正確認識是必要的。歷史小說重要的是處理，還有成為歷史小說評價基準的是作家掌握的事實在現在、過去和將來的過程中佔有什麼意義和比重。在這個決定過程中作家的歷史意識起了決定性的作用。

　　歷史不只是單純的過去的記錄，是人間創造生活的結果，同時是走向未來的今天的動力、直觀事實的時候，歷史是在現實中得到實現的、不局限於過去的足跡的事實，是非常清楚的。

五、結論

　　與以上所觀察的一樣，春園的歷史小說是社會啟蒙乃至宣傳自身的民族主義的手段，是為了引導大眾。與此相比魯迅的小說不但重視道德教訓而且重視藝術性。從構成來看，春園的《麻衣太子》、《端宗哀史》等沒有前後一貫的強勢主導的敘述性，大部份是採用歷史上有名人物的傳記形式。魯迅作品具有構成的一貫性，結構嚴密，可以稱為作品的小說。

　　以小說為傳播自己理論手段的春園把讀者的興趣與啟蒙的效果放在藝術形象化的問題之前。作品構造放在次要的位置上。與此相比魯迅的歷史小說，對於構成和人物的形象保持基本態度，繼續站在重視小說的文學性的立場。

　　春園因為缺乏正確的歷史意識，所以他的作品中沒有呼喚民眾意識，改造現實的推動力，也沒有展示出社會世相。他的歷史小說所具有的價值和意義，在日帝的殖民統治下，以我們歷史的再現為己任，借助小說使其

---

[14]　盧卡奇　13。

形象化，從這裡我們可以發現春園小說，有使讀者對我們的歷史產生興趣和呼喚知識的啟蒙、公利的一面。

反觀魯迅的歷史小說的創造，內部受到中國傳統小說的影響，外部受到日本歷史題材小說的影響。借助過去來批評今天，鞭策現實的魯迅的作品，具有強烈的時代性，給人們很深的啟示。回顧過去，與讓人低迴的中國古代歷史小說迥異。

春園執著於史料，急於說明古代的史實。魯迅採用古代的歷史、傳說、寓言為題材，與現實社會的狀況相結合批判諷刺現實，還有給予過去的素材以新的生命，使作品具有魯迅文學的獨創性。歷史小說，雖然諷刺的原形是過去的事實，但反映出的變形的要點，要在現實中尋找。歷史小說的諷刺成功與否，受制於歷史意識，在這一點上《故事新編》的作家魯迅是一位幸運的作家。春園26歲發表的韓國最初的近代小說《無情》，一部長篇小說雖然帶有作家的偏見和浪漫主義的傾向，但卻能淋漓盡致揭露過渡時期朝鮮真實情況的[15]。這位多才的天才作家創作了大量的長篇歷史小說，之所以在藝術上失敗，是對民族歷史的偏差，因為平面的固執的解釋，沒能尋找到貫穿歷史真實的脈絡。相反魯迅的只有 8 篇的《故事新編》，因為具有透徹的歷史意識和作家意識，還有對傳統地深入研究，又吸收了外國文學的養份，奠定了中國現代歷史小說的藝術革新。

但是不得不想到不能從始到終以圖式的形式來比較的一個重要的原因是，反封建反殖民地的中國，與已經成為殖民地的韓國有著時代環境的差異。這比兩個作家所受的待遇差異更大、更嚴重。春園的歷史小說執筆時期，韓國處於最劣勢的殖民地末期（1942 年創作《元曉大師》之後 3 年解放）從現實的限制性來考慮的話，因為柔弱的歷史意識，受到「親日毀節」的指責，到最後悲慘地收場，春園及其有關的一切讓我們感覺到他上演著韓國近代歷史的悲劇。

〔原刊《韓中語言文化研究》8 號，2005 年 3 月〕

---

[15] 金東仁（KIM Dongin），《春園研究》（首爾：新丘文化史，1956）34。

參考文獻

JIN

金東仁（KIM, Dongin）.《春園研究》。首爾：新丘文化史，1956。

金龍雲（KIM, Youngwoon）.〈魯迅文學的創作意識研究〉，成均館大學
　　博士論文，1990。

LI

李光洙（LEE, Kwang Soo）.《李光洙全集》。首爾：三中堂，1963。

李商燮（LEE, Sangseop）.《文學批評用語辭典》。首爾：民音社，1982。

LU

盧卡奇（Lukács, Georg）.《歷史小說論（*The Historical Novel*）。李英旮
　　譯。首爾：配料，1987。

YU

郁達夫.〈歷史小說論〉,《郁達夫文集》。卷 5。廣州：花城出版社，1985，
　　238-43。

A Comparative Study on *Old Tales Retold* and Lee Kwang Soo's Historical Novels

Yong Uk UM

Director and Professor, The Institute of East Asian Cultural Studies, Chonnam National University

Abstract

Both Lee Kwang Soo and Lu Xun are the writers of historical novels. Li's literature tended to glorify and enlighten the spirit of democracy. Although he stresses much on loyalty and righteousness, it was vulnerable to be involved in rational contradiction due to the change of human nature. On the other hand, Lu Xun was interested in discovering the people and incident out of formal history, implying a difference between both persons.

Keywords: Lu Xun, Lee Kwang Soo, historical novels, *Old Tales Retold*, Georg Lukács, historical consciousness

《國際魯迅研究》輯一（2013 年 10 月）235-253。

中韓近代作家比較
——以魯迅、丹齋、春園為中心

■王英麗　嚴英旭

作者簡介：

王英麗（Yingli WANG），韓國木浦大學博士研究生，煙臺大學國際教育交流學院講師；嚴英旭（Yong Uk UM），韓國國立全南大學東亞文化研究所所長。

論文題要：

本文主要探討生活在封建體制崩潰後，於殖民地與半殖民地時代陰影下的魯迅、丹齋和春園的文學創作精神。通過對他們最初都同樣以救國救亡為目的而選擇文學，最終卻由於各自所處的國情和社會環境的不同，導致了不同結局的人生過程的分析，將魯迅、丹齋、春園作一個細緻的比較研究。

關鍵詞：魯迅、丹齋、春園、文學、比較

一、序論

　　魯迅（周樟壽，1881-1936）、丹齋（申彩浩，SHIN Chae-ho 1880-1936）、春園（李光洙，LEE Kwang Soo, 1892-1950）可稱得上是 19 世紀後半葉至 20 世紀前半期東北亞近代文學史上的傑出人物。1881 年出生在地主家庭的魯迅，遭受了祖父入獄、父親病死等接踵而來的不幸，經歷了清日戰爭、義和團運動、辛亥革命、五四運動、五卅慘案、三一八事件、四一二政變、滿洲事變等中國近現代史上最動蕩不安的時期。丹齋比魯迅大一歲，1880 年出生於貧窮的儒生之家，幼時喪父，由祖父教養成人。從大韓帝國的末年起，經歷了丙寅洋擾、韓日合邦、三一運動等韓國民族近代化過程中最混亂的時期，最後在旅順監獄壯烈犧牲。而死去的春園，讓我們再一次有機會回顧韓中兩國的近代史。春園 1882 年出生，經歷了日本帝國的侵略和韓國近代化過程中的混亂時期。

　　除了人生經歷頗為坎坷之外，這三位作家在其它方面也多有相似之處。例如，他們都選擇了新文學；在婚姻方面，作為封建婚姻的受害者，他們都通過再結合選擇了志同道合的新女性作為自己的人生伴侶；他們都是為了要喚醒民眾、建立理想國家而選擇了文學——開展白話文運動，開展韓文運動（言文運動）；魯迅和丹齋早期都推崇進化論，後期分別轉變為馬克思主義者和無政府主義者；兩位都從事小說、歷史小說、詩、雜文等多種文體的創作；魯迅和春園最初反對無產階級文學，後期則專注於小說、詩、散文、評論、雜文等多樣性體裁的創作，其中以小說成就最大。另外，他們文學行為的最終目的是思想啟蒙和救國。在這點上他們又表現了高度的一致.

　　但是，三位作家在文學史上的地位以及後人對他們的評價，卻有著明顯的差別。眾所周知，魯迅先生被稱作中國偉大的文學家之一，光彩照人地安坐於文壇之上；而丹齋作為作家的影響卻微乎其微，在相當長的一段時間內，在韓國文學史和韓國文學概論書籍中未有提及，很少有人對其進行研究，因而相關的研究成果相對於魯迅也少之又少。由於韓國南北分裂，資料不足，對申彩浩的創作研究也一直未能得以很好地開展。但近年來，隨著丹齋遺稿資料的發現，文學界對丹齋的研究正逐年

增多。以前認為他僅是獨立運動家、史學者和改革家的觀點已被較正。最近的研究結果表明，他的文學作品在韓國現代文學初期起到了一定的作用[1]。春園的文學成就可以與魯迅相媲美，但是因為思想變節，所以世人對他的評價很低。

　　本稿的寫作目的在於探討生活在封建體制崩潰後的殖民地與半植民地時代陰影下的魯迅、丹齋和春園的創作意識。我們不是為了比較三位作家文學成果的大小，而是想通過對他們開始時都同樣以救國救亡為目的而選擇文學，後來卻由於各自所處的社會環境和國情的不同，導致了不同結局的這一人生過程的分析，將魯迅、丹齋、春園作一個比較研究。我們認為，此項研究不但有助於理解當時韓、中兩國知識分子的苦悶，也能為研究韓中近現代文學提供線索，並希冀以此拋磚引玉。

二、創作精神比較

　　魯迅、丹齋、春園都出生於封建家庭，成長過程中都深受儒家思想的影響。

1.丹齋

　　1880 年，丹齋出生在韓國農村的一個貧苦儒生的家庭。他在祖父膝下接受了徹底的儒家教育。當時的成均館學院只有秀才才能入學，而丹齋卻能在這所學校裏一邊學習傳統儒學，一邊閱讀當時傳入韓國的中國、日本的新書和改革派的一些著作，並深受影響，逐漸變成了開化的自強論者。當時韓國的現實比中國要嚴峻得多。1905 年的丹齋身份已是新聞記者，他不但尖銳地批判日本帝國主義的侵略和親日派的賣國行為，而且還發表激發民眾愛國心和國權恢復意識的論著，20 世紀前後的朝鮮，最重要的課題是民族保存問題，丹齋為了解決這些問題，在 1906 年到 1910 年間，以言論家及獨立運動家的姿態積極展開了各種活動。

---

[1]　申彩浩（丹齋）給我們留下的文學遺產是傳記性歷史小說 4 篇，小說 13 篇，詩 27 首，批評類 5 篇，隨筆類——相當於魯迅的雜文 19 篇。

2.春園

春園 5 歲時會寫韓文，讀千字文，8 歲時在村裏的學堂學習漢文學。做煙草生意的父母，在他 11 歲時染病雙亡，家境由此逆轉。此後，他寄宿在遠親家中。艱難的寄宿生活，古代小說成了他聊以慰藉的精神食糧，從此他便對學問產生了濃厚的興趣。1903 年，春園加入東學，住進熟人家做起了雜役。1905 年，他被與天道教相關連的親日團一進會推薦，前往日本留學。1906 年由於學費問題回國。第二年重返日本，並轉入長老教組織的明治學院中學 3 年級就讀。在宗教學校的氣氛下，春園陶醉於基督教和托爾斯泰（Lev Tolstoy, 1828-1910）的引導主義中。春園 1910 年畢業，因爺爺病危而回國。在李昇薰（YI Seunghun，1864-1930）推薦下任教於五山中學，同年，在崔南善（CHOI Nam-seon，1890-1957）主編的《少年》發表文章，開始了他的文學創作生涯。又 1913 年為周遊世界而離開故土，暫住上海。第二年，暫住俄羅斯，主辦僑胞報。因第一次世界大戰而中止美國之行，回國後再任五山中學教員。1915 年，春園得到金性洙（KIM Sung-soo, 1891-1955）的幫助，再次渡日，進入早稻田大學哲學系就讀。就讀期間，開始在《每日申報》上連載長篇小說《無情》。後來，在《子女中心論》等啟蒙性社論中發表，其時遭到了封建階層的諸多批評。1918 年，春園與百惠順離婚，與許英肅結為連理。兩人為了逃避世人對其愛情的譴責而前往北京。並在北京起草了二·八獨立宣言書。後流亡上海，參與大韓民國臨時政府的組建，並參與了臨時政府的機關報——《獨立新聞》的創辦。1921 年獨自回國，在宣川被日本警察逮捕，後被釋放。

3.魯迅

幾乎同一時期的 1906 年，魯迅棄醫從文，因在日本學習期間，他從幻燈片裏看到被愚昧所困撓的中國民眾時，受到極大的震動，在喚醒和治療處於痲痺中的國民上，他認為文學的力量超過醫學，而且，他認為文學本身並不重要，重要的是其作為改造思想和普及文明的工具的文學的效用價值，這方面丹齋和魯迅的想法是一致的，丹齋創作了飜案小說和傳記體歷史小說，表現出了反對侵略的愛國主義思想。在當時，要恢復已經傾斜

的政權，時間上明顯太晚了，但是丹齋為克服這個問題，提出了「英雄論」，他指出：「一國的疆土是用英雄的鮮血換來的，所以我們需要這樣的英雄出現[2]」，他的這種盼望超人出現的強烈感情，反映了他當時因國權喪失所產生的危機意識和急迫感，他的「英雄論」與魯迅提出的「精神界的戰士」是相似的。

4.丹齋的前期思想和魯迅都提倡英雄論

　　1907 年魯迅發表了帶有啟蒙主義文學觀（即，文學必須具有喚醒和啟發人類思想的作用）的論著〈摩羅詩力說〉和〈文化偏至論〉（中國社會改革的方法論），丹齋於同年翻譯了梁啟超（1873-1929）的著作《意大利建國三傑傳》，這篇著作把為建設意大利民族國家而獻身的三位豪傑，形象化為人間最偉大的英雄，目的是要激發國民的愛國心和喚醒民眾，丹齋提出了以救國為目的的激發民族自強的「愛國者盼望論」，即其正在集中謀求的純粹愛國者模型。

　　為了激發國民的愛國心，鼓舞民眾的民族自尊心，丹齋埋頭於對民族英雄的研究，研究對象主要是為宏揚民族精神的乙支文德（EULJI Mun），崔瑩（CHOI Young, 1316-88），李舜臣（LEE Sun-shin, 1553-1611）等人，並創作了多篇烘托他們英雄形象的文章，由此可見，丹齋的前期思想和魯迅一樣，都提倡英雄論，其言論與主張都與社會進化論息息相關，社會進化論思想在 1880 年和 1890 年已經從日本和中國間接地流入韓國，到了1900 年得到進一步發展，丹齋受到了社會進化論的極大影響，並以此為立足點，辯明了當時國際關係的優勝劣敗，與發展相比，他更重視競爭的概念，魯迅曾深入研究過嚴復（1854-1921）翻譯的《天演論》，加上在日本接受到的尼采（Friedrich Wilhelm Nietzsche, 1844-1900）思想，從而進一步加深了進化論的研究並將其發展，引用於人間事，尼采的超人思想又把人間史的進化論深化一步，「我一向是相信進化論的，總以為將來必勝於過去。[3]」魯迅向來鼓勵青年克服困難，不斷開拓前進，他給青年們提出

---

[2]　金衡培（KIM Hyeong-bae），〈有關申彩浩無政府主義的考察〉，《申彩浩的思想和民族獨立運動》（首爾：螢雪出版社，1986）86。

[3]　魯迅，〈《三閑集》‧序言〉，《魯迅全集》，卷 4（北京：人民文學出版社，1981）5。本文引用《魯迅全集》，都是 1981 年版，特此說明。

了這樣的綱領：「一要生存，二要溫飽，三要發展，有敢來障礙這三事者，無論是誰，我們都反抗他，撲滅他。[4]」

只有強者才能在弱肉強食的國際社會中活下去，而弱者不得不被淘汰，丹齋的這種自強論，對於朝鮮的富強和民眾的覺醒有激發作用，但是此言論又恰恰成為強國日本支配弱國朝鮮正當化的論據，魯迅的前期思想存在同樣的局限性，但不同的是，他認為片面推崇社會進化論有可能陷入模仿的怪圈而被西方帝國主義和日本同化，有可能成為媚外的「事大主義」[5]，為了避免發生這種情況，我們需要堅持以國粹精神為核心的一視同仁的態度，丹齋認為，乙支文德、崔瑩、李舜臣等之所以能成為英雄，並且在朝鮮和他國的戰鬥中取得勝利[6]，正是因為他們徹底地堅持了國粹精神。這正符合社會進化論的要求，從國粹精神和社會進化論的立場來看，他們完全可以成為國民的典範。

5.十月革命對丹齋和魯迅的影響

隨著時間的流逝，丹齋的想法有所改變——較之英雄，他更加相信民眾的力量——「20 世紀國家競爭力不是來自於一兩個人，而來自於國家的全體國民；勝敗的結果也不是由一兩個人決定，而是由全體國民來決定。」他認識到，一兩個英雄絕對不能拯救國家，也無法取得國際社會競爭的勝利。從 1910 年開始的中國流亡生活帶給丹齋很大的變化，他有機會直接接觸西洋文化，發展他自己的文學觀，並且肯定了藝術至上主義，尤其擁護無政府主義，所以，丹齋的初期思想是進化論、英雄論和國粹主義，而後期思想是一貫的民族主義以及無政府主義，

蘇聯十月革命後，人道主義思想得到了許多中國知識分子的關注，當時中國知識分子把十月革命當做人道主義思想的勝利，特別是當作托爾斯泰人道主義的勝利，李大釗（1889-1927）介紹十月革命的幾篇文章裏都反映了這樣的觀點，他在〈我的馬克思主義觀〉裏，對人道主義進行了再剖析，魯迅把人道主義看作一種人本主義，並將其作為自己的指導思想，相

---

4 魯迅，〈北京通信〉，《魯迅全集》，卷 3，51
5 他分別同化和同等的態度，他認為同化是如此，不考慮我國的立場把外國當做模範欽慕，追崇外國沒有我國的精神
6 《大韓每日新報》，1909 年 8 月 17-20 日。

信人道主義的時代即將到來，因此，脫離人道主義，絕對不可能正確地了解五.四時期魯迅的文學思想和文學作品，通過五四新文化運動，魯迅從黑暗的舊中國看到了新世紀的曙光，他對未來充滿了新的希望，他如此呼籲：「但實際上，中國人向來就沒有爭到過人的價格，至多不過是奴隸，到現在還如此，然而下於奴隸的時後，卻是數見不鮮的。[7]」

　　在 1920 年到 1930 年間的中西文化衝突和各種社會思潮當中，魯迅的哲學思想也從個性主義、進化論、人道主義轉變到馬克思主義思想上來，這是革命文學經過長久爭論所帶來的結果，其時（1928），擔當無政府主義東方聯盟主要工作的丹齋被日本警察逮捕，經過八年的獄中生活後，離開了人世，春園後期轉為親日，一心一意寫歷史小說。解放後，六二五時期被擄至北方，後死亡。

6.丹齋和魯迅初期的文學觀

　　丹齋和魯迅在初期文學創作方面有諸多相似之處，二者在後期的文學創作和文學思想方面卻出現了很多分歧。

（一）丹齋強調小說的重要性

　　丹齋十分了解文學所具有的美的感染力，他說，讀到悲傷的內容而又不能暢達時便淚流滿面；讀到雄壯痛快的內容時感慨萬千，這便是小說，他所要求的小說，以美的感染力為基礎，而且必須具有啟蒙性，當時的大眾媒體僅限於一些知識分子看的報紙，除此之外，幾乎別無他物，小說的影響力之大，出人意料，丹齋正是以此事實為出發點，強調了小說的重要性，對於文學的本質特徵之一的美學情緒特性，丹齋在〈近今國文小說作者的注意〉這篇文章中申明：但是，用街巷間的俗語寫成的小說書與此相反，全都是婦女兒童們愛看的，如果其思想奇特，文筆雄健的話，百人看了百人會喝采，千人聽了千人會喝采，甚至於將全部精神和靈魂都置於書上，讀到悲慘的事時，禁不住淚如雨下；讀到雄壯痛快的場面時，心情也抑制不住地隨之昂揚澎湃起來，感動陶醉後，其

---

[7]　魯迅，〈燈下漫筆〉，《魯迅全集》，卷 1，212。

德性也自然而然地受到感化，因此，社會的大趨向則由國文小說來決定了[8]。

　　文學在真切表現現實生活並給予人們美感的同時，還擔負著啟發人類思想的重任，從前士大夫們蔑視小說，特別是國文小說，認為它們都是「邪惡的文字」，但是，丹齋強調國文小說特別具有美學情緒性機能和社會教化機能，由此可清楚了解他這種進步的啟蒙思想的觀點。在《天喜堂詩話》中，他說：

> 詩在激起人們感情上，具有不可思議的作用，詩是以歡呼和憤激、悲痛和呻吟、號召和慨嘆的感情形態而組成的文字，廢除詩的話，等於是堵住國民的嘴，擊破他們的頭一樣，這可如何使得？如何使得[9]？

他明確地指出了詩歌所具有的從情緒上反映生活且引起讀者們共鳴的美學情緒性機能，但是，丹齋否定了文學只是一種為了藝術而存在的藝術，他認為，脫離現實鬥爭的文學絕對不是能給予社會和大眾利益的真正的文學，所以，他這樣強調小說文學上的社會使命：小說是國民的指南針，技俚筆巧，連目不識丁的勞動者也都愛讀，隨著小說的引導，國民或者強盛，或者軟弱，或者正義，或者邪惡，所以，小說家應該慎重，但是近日的小說家以誨淫為主旨，這樣，社會將成何局面[10]？

　　丹齋批評了當時流行的認為國文小說萎靡、淫蕩，沒有可學之處的觀點，致力於培養「有助於英雄豪傑驅體」的國民魂，這裏的「英雄豪傑」是指那些「以天下為己任的乙支文德，淵蓋蘇文一樣的尚武人士，他們都是用武力來改變現實的人物，丹齋的論點偏向他們正是由於他對現實有充分的認識。丹齋認為，以表現美的感染力為基礎，加入啟蒙性的內容，這才是真正的文學，丹齋對於文學的社會使命方面的觀點在他的創作活動後期更加鮮明地表現出來，他指出，文學應在擔負反映與批判現實的使命的同時，直接為民眾服務，如果說是藝術主義文藝，那麼，應當要成為反映當今朝鮮現實的藝術；如果說是人道主義文藝，那應當成為拯救朝鮮的人

---

[8]　《大韓每日新報》，1908 年 7 月 8 日。
[9]　《大韓每日新報》，1909 年 11 月 19 日-12 月 4 日。
[10]　申彩浩，〈小說家的趨勢〉，《申彩浩別集》（首爾：螢雪出版社，1972）81。

道，現在的情況是，不管民眾的意思怎樣，只是掃除一切只帶來間接危害的社會運動，這樣的文藝不是我們所要求的文藝[11]。

　　他在呼喚與殖民地統治下的朝鮮現實和人民大眾相適應的文藝，呼喚文化藝術的主體主義，丹齋並不反對外國文明的引進，他認為那要在自己的主體性確立以後才可能實現，為此必須掌管好國粹，這裏所說的國粹是指民族文化的精髓，在民族文化的內涵方面，丹齋認為特別重要的是歷史，他說，如果把民族比作一個家庭，那麼，歷史就是那個家庭的家譜，他埋頭於歷史研究的理由也即在此，丹齋對於文學的評論也沿著同樣的脈絡展開，文學加入到當代的歷史現實中來，激發國民們的愛國心，賦予文學以特別的意義，他已經對帝國主義懷有十分的戒心[12]，並指出文學應當具有民族主義內容。

　　丹齋的思想和文學觀以徹底的民族主義為基礎，但在國內和國外的活動中，其思想和文學觀表現出極大的不同，1900 年到 1910 年的十年國內活動期間，他的思想呈現出保守的儒家思想傾向，主張文學效用論。從 1910 年到 1920 年的十年國外活動期間，他的思想表現出進步和革命的傾向，文學觀也轉為「文學懷疑論」，而他這二十年間寫就的小說，則很好地反映了他隨時代而變化的思想和文學觀。

　　丹齋在國內活動期間寫作的歷史傳記小說有《乙支文德》，《李舜臣傳》，《崔都統傳》，作品的思想特徵如下：一.反映了在大韓帝國末期，為了擺脫殖民統治，在國民中間必須產生民族英雄的一種所謂英雄待望論，二.反映了外競思想（外勢競爭的）和自強思想，三.反映了不對外來勢力妥協、不屈服於外來勢力的獨立自主的鬥爭精神。由此可見，他的思想具有鮮明的抵抗帝國主義侵略,喚醒國民們恢復國權的意識。

---

[11] 申彩浩，〈浪客的新年漫筆〉，《申彩浩全集》，下（首爾：螢雪出版社，1972）22。

[12] 世界上的無產大眾們！自始以來資本主義強盜帝國的野獸群吸我們東方殖民地國家無產大眾的血，吃我們的肉，嚼我們的骨，他們的大腸快要崩裂，肚子快要脹破了，所以他們在作最後掙紮時，要把我們無產民眾，包括東方殖民地國家民眾從頭到腳地咬碎，嚼爛，我們只不過是一群比死還要悲慘的行屍走肉似的存在而已。申彩浩，〈宣言文〉，《申彩浩全集》，下，47。

（二）後期丹齋由英雄論轉變為民眾論

後期丹齋的文學觀點由英雄論轉變為民眾論，在 1916 年出版的小說《夢天》中，丹齋就擺脫了歷史傳記小說中體現的消極的英雄盼望論，進而提出了民族的自主獨立必須經過我和非我的鬥爭才具可能性的主戰論。另外，《夢天》吐露了企望民族理想國家到來的殷切心情，丹齋所主張的鬥爭對象，不僅是一切親日派，連穩健的獨立運動家也被當作國賊和亡國奴而被鬥爭。他的這種不顧現實的主戰論帶有極大的片面性和排斥性，二十年代的隨筆〈朝鮮革命宣言文〉、〈人道主義可哀〉、〈浪客的新年漫筆〉等，以及 1928 年創作的小說《龍和龍的大激戰》皆表明了丹齋對民眾和無政府主義的認知。特別是入獄前的 1928 年所頭篇登載的小說《龍和龍的大激戰》，反映了通過民眾覺醒和革命鬥爭，所有現存的統治勢力結構逐漸被摧毀的故事情節，描寫了無產階級和殖民地民眾建設新的理想世界的過程：

> 天國毀滅以前龍的形態只表示為 0，但是，龍的 0 與數學中的 0 不同，數學上的 0 加 0 以後仍是 0。而龍的 0 可以為一，也可以為二，三四甚至十百千萬等所有的數字：數字上的 0 只有位置，沒有實物，而龍的 0 可以是槍，刀，火，霹靂等其他所有的恐怖工具。今日的龍雖表現為 0，而明日龍的敵對方將全部被消滅為 0，帝國是 0，天國是 0，資本家也是 0，其他所有統治勢力全都轉為 0，所有統治勢力變為 0 的時候，龍的正體建設將呈現在我們的眼前[13]。

他的無政府主義否定支配與被支配的關係，在這一點上，他比以前的社會進化論將支配與被支配的關系顛倒，使得被支配者又成為新的支配者要進步得多。尤其在考察他的思想發展過程的時候，可發現他直到二十年代初才認識到了進化論和自強論世界觀的限制。他的無政府主義思想，具有時代的意義，只是他以極端的無政府主義理念來徹底地否定民族主義理念，可見其內部也存在著矛盾。

---

[13] 申彩浩，〈龍和龍的大激戰〉，《申彩浩別集》（首爾：螢雪出版社，1972）285。

7.春園與魯迅留日時期於東西洋思想接受過程

　　魯迅的哲學思想經歷了個性主義、進化論、人道主義、馬克思主義的發展歷程，魯迅的初期哲學思想與啟蒙主義息息相關，其啟蒙主義文學受到了法國啟蒙主義美學思想與廚川白村（KURIYAGAWA Hakuson，1880-1923）的影響，其核心是尊重人權與個性解放，他認為文學要美化中國人的氣質，在〈摩羅詩力說〉裏他介紹了革命詩人的生平、思想和作品，他介紹這些作家和作品的本意是，呼籲國民象普羅米修斯那樣把反抗的火種帶給自己的國民，以反抗封建勢力、破壞封建制度及其思想文化體系，魯迅介紹這些人的文學精神正是為了改造麻痺的國民性。

　　在日本留學期間，魯迅和春園並沒有局限於學習日本文學，相反，兩人受托爾斯泰和屠格涅夫（Ivan Sergeevich Turgenev，1818-83）及拜倫（George Gordon Byron, 1788-1824）等西歐近代作家的影響極大，但是，究竟是自己選讀了西歐作品，還是通過日本人的翻譯作品而了解了西歐文學從而受到了影響，還不能確定。根據當時的情況來看，這兩者都有可能。韓、中兩國的近代文化，事實上是以西歐化的形態進行的，但是對西歐文明的吸收和移植是通過日本間接導入的。

　　兩位作家在日本的留學時期是日俄戰爭後，日本知識分子的新傾向（即：民主主義、民族主義、自由主義、尼采主義、進化論、自然主義等）生成的時候。兩位作家都是試圖用文學來顛覆舊社會，建立新社會，對愚昧的民眾進行啟蒙教育，這是他們的共同點。魯迅和春園都受到日本近代文化的代表作家夏目漱石，富有自由精神的拜倫和博愛主義托爾斯泰的影響。魯迅比較關心白樺派和新思潮派，春園則受自然主義和寫實主義作家的影響。在思想方面，魯迅傾向於尼采主義和進化論，春園則傾向於德富蘇峰（TOKUTOMI Sohō, 1863-1957）的平民主義和基督教思想，這是受到了國木田獨步（KUNIDA Doppo, 1871-1908）的自然主義和基督教思想的影響。魯迅以尼采主義和進化論為基礎，把現實批判和文化吸收合二為一，提倡吸收西方文化，但反對無批判的盲目吸收。春園考慮到淪為殖民地的祖國的實況以及朝鮮民眾保守思想的沿襲，積極主張打破封建的舊社會，樹立起新文明和道德觀念，他把道教和儒教看作封建文化而加以否

定，想建立起以基督教為基礎的理想社會。他們兩人都受到當時言文一致的新文章運動，排斥勸善懲惡的寫實主義運動的影響來進行小說創作。春園的作品形式和內容多來源於新體詩運動的影響，魯迅則謳歌拜倫的反抗精神，通過〈狂人日記〉在中國倡導最初的白話小說。春園則使言文一致的新文章鼎立起來，以打破勸善懲惡的舊體小說，創作寫實主義的新作品，兼收日本和西歐的文化以啟蒙民眾，重樹國家文化形象。從這裏可以看出，日本留學時期的魯迅和春園有很多類似點，只是後來才有了很大的差異。春園成為親日分子的同時，喪失了作家意識，他的文學作品及文學性成為批判的對象。但迄今為止，魯迅及其作品在中國仍受到較高的評價。

三、創作手法比較

從文體構造上看，丹齋的歷史傳記小說不僅使用了傳記標題，還采取了作為傳記的文體自由構造，但小說《夢天》和《龍和龍的激戰》卻非常富有幻想色彩，文中採用了大量豐富的比喻。此外，在文體上，歷史傳記小說以漢文的語感展開論說，未能取得預想的文學效果。而使用與韓國語文一致的口語來書寫的《夢天》和《龍和龍的大激戰》則具有一定的文學性。春園一生寫了 28 篇短篇小說，35 篇長篇小說。除了小說以外，詩歌、評論、隨筆等方面的創作也很多。其中具有文學史價值的是 1910 年的啟蒙主義小說。這一時期的長篇小說《無情》對文章寫作時態進行了正確的區分，並採用了新穎的文體，在形式上具有近代小說劃時代的特徵。與以前的新小說不同，春園的小說刻畫了現代人的生活和性格，把重點放在現實社會所對應的年輕知識分子的內心世界上，也因此他的小說具有了現代性。春園帶著時代性的資本主義理念，站在啟蒙主義的立場上，通過對婚姻自由和自我覺醒的提倡，反對傳統陋習和倫理，通過新教育、新文明，主張自強主義。但是，作品中出現的抽象的啟蒙主義，缺乏對殖民地的正確地、歷史性地認識的《無情》的真正意義是保留現代小說評價的原因。

啟蒙小說《無情》的延伸作品是農村啟蒙小說《土地》，它們都是受俄羅斯啟蒙運動影響的民族性教化運動一環裏出現的作品，春園對農村現實非常感興趣，〈農村開發〉這篇論文於 1916 年發表於《每日申報》。他在文章中指出了農村的缺點之一是「缺乏教育」，並且提出由覺悟了的

知識分子領導農村開發的主張。他的精神探索作品《土地》，與農民精神一脈相承，反映了當時群情振奮的情況。作品描寫的是一個叫「許崇」的主人公，拋棄律師身份，回歸農村的理想的知識分子形象。

1.女性題材

　　春園的作品中有相當一部分是描寫男女愛情的，如《有情》（1933），《那女人的一生》（1934-35），《愛》（1938）等。作品裏出現的愛情，與世俗的愛情不同，它更強調精神上的愛情。例如《愛》中的愛情超出了男女之間的情愛，而體現了宗教愛情。所以，這樣的愛情又引起了具體的基礎性問題。

　　上面的作品大部分是以女性為素材，講述的是追求現代的自由戀愛、自由結婚、女性解放。通過作品可以看出，春園作品中的女性還只是停留在表面上的解放，未能脫離傳統女性的觀念，春園看女性的角度本質上還是男性中心主義思想和傳統的儒家思想。魯迅的〈祝福〉、〈明天〉、〈離婚〉、〈傷逝〉、〈幸福的家庭〉也都是以女性為素材的作品。魯迅較春園則更進一步，是真正想解放女性，強調女性經濟權的。魯迅主要關注生活在社會底層的女性，而新女性則是春園的主要寫作對象。春園筆下對女性的寫作具體方向指示模糊不清。讀者在其作品中審視女性的時候就會發現，春園對像「新貞操觀」這樣的名詞也沒有給出恰當的解釋，而男性在其作品中只是美化女性的一種媒介存在。即便如此，春園也是現代作家中少見的對女性問題和女性受難史予以關注的作家。春園與魯迅相比，因為魯迅對女性的生活有著深刻的理解和透徹的思考，所以他是真心想解放女性。而春園是為了反映自身的自傳體驗和外國文藝的流行，從側面濃厚地展示了女性問題與歷史意識無關的內容。在這裏明顯可以看出兩位作家的不同之處。魯迅自始自終以現實主義筆韻，冷清地客觀地為我們描繪了一幅幅受封建禮教迫害的女性桎梏的生活的解剖圖。春園則站在指導者的立場上面對淳樸的大眾說教，堅持宣傳文體寫作。魯迅筆下的主人公是生活在社會底層的女性，而春園作品中的主人公則是知識女性。

2.歷史題材

　　春園的歷史小說《端宗哀史》是其作為歷史小說家的充分體現。他正式開始發表小說是在二十世紀二十年代年後期，當時對日本帝國主義進行直接反抗比較困難，所以他放棄現實題材，借用歷史小說來以古喻今。代表性作品有《李舜臣》（1931-32）、《異次頓之死》（1935-36）、《恭潛王》（1937）等。這些緬懷過去，鼓吹民族意識和民族歷史的文章，得到了社會上一致肯定的評論。但他的復古主義沒有對當時現實社會進行關注而因此也受到了批評。春園的詩歌沒有在文學史上得到重視。他的作品大部分是強調民族主義和啟蒙主義。他試圖探索自由詩，但是到後期詩調（韓國傳統的詩歌）形式每況愈下，也就未能成行。這方面的代表性作品有《3 人詩歌集》（1930）、《春園詩歌集》（1940）等。除此之外，春園還以流利、親切、大眾性的語言風格創作了了很多隨筆和詩論，大部分讀者為民眾。他的隨筆與評論相似，大多是對大眾進行道德教化和習慣改良。如《粒莊記》（1930），表述了現實生存的無意義和虛無。春園作品的另一個角度是超俗主義，類似於佛教世界所指的遁入空門。如遊記隨筆〈金剛山遊記〉（1922），這篇遊記不僅是純粹的景觀隨筆，更反映了作者求取佛性超脫世界的心態。

　　與之相比，魯迅的創作藝術則技高一籌。魯迅主張現實主義作品的素材不要採用大事件，而是從小人物、極平凡的事情中去提取。那是因為小人物與極平常的事情更貼近生活，讓讀者更有真實感，更能反映大問題。魯迅在深刻地描寫作品中人物的內心世界時，接受了現代主義創作思想的影響。但他並不是沒有批判地、全面地、無選擇地接受。例如，現代主義特徵之一是採用夢幻、隱喻、聯想、象徵的手法來表現作家的感受和復雜心理。在〈狂人日記〉、〈白光〉、〈肥皂〉、〈幸福的家庭〉、〈弟兄〉、〈一件小事〉等作品中，魯迅通過夢和幻想，來暴露主人公潛在意識裏面隱藏著的虛偽意識。可是，魯迅用夢展現的主人公的意識活動裏，並沒有現代主義的混亂、恐怖感和神秘感。他把現代主義的寫作手法當作現實主義表現的補助手段。

3.魯迅於象徵的適用

　　魯迅文學創作的卓越成就在於他創造性地將浪漫主義和象徵主義的表現手法運用到現實主義的創作實踐中，並取得了相當的成就[14]。〈狂人日記〉、〈藥〉等就是極好的例子，這三要素有機地結合在一起，使作品更具魅人的藝術性。三者中，現實主義是主導性的，浪漫主義和象徵主義是現實主義的補助手段。魯迅曾通過狂人、阿 Q、孔乙己、祥林嫂、呂緯甫等生活在社會底層或者說是被社會拋棄了的小人物的角色來表現自己的世界觀。這種以被拋棄的人物角色來進行自我表現的手法，就是受 19世紀俄羅斯浪漫主義文學的影響，浪漫主義狂人沒有被傳統束縛，擔當暴露人們靈魂的本質的作用，並對吃人社會進行最辛辣的批評。這種把含蓄的批評引進浪漫主義的寫作手法是魯迅開放的現實主義寫作特徵之一。

　　魯迅的現實主義寫作中蘊涵著象徵主義的要素，他以徹底的、不容置疑的事實為寫作基礎，以象徵主義的寫作手法，給現實的人物、事件、故事和風物賦予象徵性的表現，造成耐人尋味的雙關，象徵主義的寫作手法能讓作品的抒情性更濃。魯迅的前期小說所具有的濃厚的抒情性，全都與象徵手法的運用有關，如果在魯迅的作品中排除象徵性的話，就會缺乏抒情的特質，減少藝術的魅力。《吶喊》，《彷徨》的象徵意味的形成，都與作品人物，結構，環境等密切相關。魯迅的前期小說中，象徵性雖然有程度差異，但每一部作品都富有象徵的意義。這也是植根於現實主義基礎之上的魯迅小說的象徵主義和理想主義的融合。這與有厭世主義特徵的安德烈夫（Leonid Andreev, 1871-1919）式的創作存在著明顯的區別。因此，魯迅文學的象徵主義沒有讓人們心情冷酷，寂寞而陷入悲觀主義。他以深奧的、富有哲理性的語言，表現出對未來的渴望和理想。

　　魯迅文學是反映了舊時代的黑暗現實的悲劇文學，他在《吶喊》、《彷徨》裏描寫了辛亥革命及第一次國內革命戰爭時期中國的半殖民地、半封

---

[14] 這樣的觀點可參見唐弢（唐端毅，1913-92），〈魯迅小說的現實主義〉，《魯迅研究》6（1982）：159-202；嚴家炎（1933-），〈魯迅小說的歷史地位〉，《文學評論》5（1981）：9-22；嚴家炎，〈論《狂人日記》的創作方法〉，《北京大學學報》1（1982）：27-35；楊義（1946-），〈魯迅小說的現實主義本質特徵〉，《中國社會科學》4（1982）：187-203。

建社會制度下呻吟的農民、女性和知識分子的悲劇生活，魯迅把悲劇的根源放在社會的矛盾上，在矛盾的社會裏，人們的人格遭受凌辱，因此他以悲劇藝術的銳利武器去表現並創造精神悲劇，他的創作目的是改造麻痺的國民意識、改良人生、建設有正義的合理社會。因此，魯迅極其深刻地描寫了沉默麻木的國民靈魂，使國民憤慨、覺醒，對於他們，魯迅是哀其不幸，怒其不爭，魯迅的悲劇藝術的獨到之處在於，將悲劇的要素和喜劇的要素絕妙地融合在一起。如〈阿Q正傳〉、〈孔乙己〉，〈祝福〉和〈風波〉等作品。與中國傳統的悲劇作品不同，魯迅的作品裏表現了悲劇和喜劇的融合，竟然可以讓悲傷和愉悅水乳交融、不可分離。喜劇的要素深化了作品的悲劇性，明顯地表現了主人公的悲劇命運的必然性。因此，喜劇的要素一直維持悲劇的基調。在這裏，魯迅突破悲劇藝術的固有模式，在中國傳統的悲劇作品裏，喜劇要素使悲劇充滿了喜劇性的效果。

魯迅用簡潔的筆觸，明確、深刻、生動地描寫人物的形象。魯迅是通過事物去寫靈魂。這是自古以來形成的中國傳統的現實主義創作手法之一，這種傳神的超越手法，是用簡潔精煉的筆致，挖掘精神世界，引動內心深處隱的情感。另外，魯迅還用傳統的寫作手法，不但極其出色地描寫人物，而且還出色地描寫了自然風物。魯迅的雜文是繼承和發展優秀文學傳統的典範。雜文的原形在傳統文學的各種樣式中都能見到。魯迅時代的雜文集，由於當時的艱苦生活和環境的限定，需要借用古代文學中的簡潔文體。但是，那不是舊形式的間接模仿，而是新形式的創造。在這裏面，魯迅批判傳統。但有別於虛無主義主張與一切傳統斷絕關系。對於傳統文化批判、繼承和發展的問題是魯迅現實主義文學的重要一環。魯迅極力破壞封建文化、創造新文化。但同時，他比任何人從傳統文學中得到的養分都要多得多。

四、結論

作為一衣帶水的國家的同時代作家，魯迅、丹齋、春園在文學創作活動的初期有許多共通點：他們同處於帝國主義的侵略和半封建的社會環境裏，擁有相似的思想形成的背景；又都以源遠流長的民族主義為共同根本，力求打破封建思想，繼承傳統的積極因素，而具有諷刺意味的是，魯

迅和春園都否定古文，各自提倡白話文、韓文，但是他們的文章卻都未能脫離文言文的運用，就創作精神與創作手法來說，魯迅相比於丹齋和春園，則更勝一籌，具體表現如下：他們立足於主體主義，從自身的傳統和歷史中尋找原形，丹齋將朝鮮的歷史人物虛構為小說中的人物，這可視為我們近代文學一種獨特的創作方法，由此創作了作品如《高句麗三傑傳》等歷史小說，春園的歷史小說是社會啟蒙乃至宣傳自身的民族主義的手段。

1.魯迅的小說不但重視教育性，而且重視藝術性

與他們相比，魯迅的小說不但重視教育性，而且重視藝術性。從文章的構成來看，春園的《麻衣太子》和《端宗哀史》等均沒有一個明確的敘述脈絡，大部份是采用歷史上名人的傳記形式。魯迅作品則具有構成的一貫性，是結構嚴謹、藝術精湛的小說。以小說為傳播自己思想手段的春園把讀者的興趣與啟蒙的效果放在藝術追求之前，作品構造放在次要的位置上。而魯迅的歷史小說，對於構成和人物的形象保持基本創作原則，強調小說的文學性。春園因為缺乏正確的歷史意識，所以他的作品沒有表現出對民眾覺醒的呼喚，改造現實的推動，也沒有展示出社會世態。他的歷史小說所具有的價值和意義是：在日帝的殖民統治下，以小說的形式再現民族歷史。從這裏我們可以發現，春園的小說有使讀者對本國的歷史產生興趣和呼喚知識的啟蒙作用的一面。魯迅的歷史小說，內部受到中國傳統小說的影響，外部受到日本歷史題材小說的影響。借古喻今、鞭策現實的魯迅作品，具有強烈的時代性，給人們以很深的啟示，這與過去那種隱隱約約隱晦的中國古代歷史小說的寫作手法截然不同。春園執著於史料，急於說明古代史實。魯迅以古代的歷史、傳說、寓言為題材，與現實社會的狀況相結合，批判諷刺現實，給予過去的素材以新的生命，使作品具有魯迅創作的獨特性。

歷史小說，雖然借助的是歷史題材，但表達的卻是現實的內容，從這點上說，《故事新編》的作者魯迅是成功的。春園 26 歲時發表了韓國最初的近代小說《無情》，雖然帶有作家自身的偏見和浪漫主義的傾向，卻淋漓盡致地揭露了過渡時期朝鮮的真實情況。這位天才作家創作了大量的長篇歷史小說，其在藝術上的失敗，是源於對民族史的解讀常溶入大量作家自己的主觀思考，以及過多的平面的固執的解釋，而沒能尋找

到貫穿歷史真實的脈絡。相反，魯迅的《故事新編》雖然只收集了八篇短篇小說，但這八篇短篇小說中都蘊含著作者透徹的歷史意識，並汲取了傳統文學的特點和外國文學的創造性，從而實現了中國現代歷史小說的嶄新的藝術革新。

2.丹齋的反帝文學與魯迅和春園反封建的文學

後期，魯迅選擇了共產主義，而丹齋則選擇了無政府主義。兩位作家的思想明顯地有了區別，那是由於當時中國和韓國的現實差異所帶給他們的無法避免的命運。中國是半殖民地，韓國則是完全的殖民地。對於丹齋，無政府主義的反強權論超越了種族主義，這種通過弱小民族的國際聯合，反對帝國主義的觀點，比自強論更具魅力，另外，他肯定暗殺和破壞等暴力手段的無政府主義，認為「除此之外，為了反抗，還可以使用武器。」如果說丹齋的文學是反帝文學，魯迅和春園的文學便可稱作是反封建的文學，魯迅作品中自始至終貫穿著反封建意識，為了救國、為了喚醒民眾，魯迅對傳統進行了無情的批判。同時，他熱情地歌頌民族歷史。兩位作家的社會背景不同，文學創作的內容也不同，但是二者的基本精神是一致的，這就是挽救民族，拯救祖國於水火之中，當臨終前的魯迅在呼籲建立抗日民族統一陣線時，當帶著鐵鐐的丹齋正在監獄中為了救國而埋頭於《朝鮮史》的研究中，救國救民就是他們共同的心聲。對處於殖民地統治下的丹齋而言，最關鍵的事就是反帝。丹齋最後成為失去祖國的流亡者，在貧窮和疾病中度過了後半生，但是，作為知識分子，他表現出了極大的鬥爭精神，完全有資格享有載入文學史籍的待遇，我們應該嘗試著從他的民族革命文學史中，或者從其他方面，變換思考角度，重新評價他的文學功績，我們認為，失去國家的丹齋，既是文學家，也是獨立運動家、史學家和流亡者，一生充滿了苦難，他從一開始就被剝奪了鑽研文學的權利，而且在日本統治期間實行的懷柔和拷問政策下，絕不屈服，最終犧牲於獄中，他以短暫而有意義的一生告訴我們，一個才華橫溢的文人應該怎樣為他的國家和社會作出應有的貢獻，在這個問題上，他為世人作了一個典範，他的這種戰士式的死亡方式為後人，特別是為軟弱的知識分子敲響了警鐘。

〔本文曾以英語刊登於韓國 Journal of East Asian Studies, 3 （2012）：71-95.〕

Comparison between Chinese and Korean Contemporary Writers ——with a Central Focus on Lu Xun, Dan Zhai and Chun Yuan.

Yingli WANG

Lecturer, Yantai University, Shandong & Ph.d Candidate
of Mokpo National University

Yong Uk UM

Direnctor iand Profeesor, The Institute of East Asian Culturtal Studies,
Chonnam National University

Abstract

This essay aims at investigating the writers' artistic inspiration on literature in the colonial/semi-colonial period after the downfall of feudalism. Saving the country was their purpose of writing literature. However, with the changes of the social environment and national development, it led to different analyses of their life.

Keywords: Lu Xun, Dan Zhai (Shin Chae - ho), Chun Yuan (Lee Kwang Soo), literature, comparison

文學視界 36　AG0156

國際魯迅研究　輯一

總　編　輯 / 黎活仁
主　　　編 / 方環海、蔡登山
責任編輯 / 廖妘甄
圖文排版 / 曾馨儀
封面設計 / 陳佩蓉

發　行　人 / 宋政坤
法律顧問 / 毛國樑　律師
出版發行 / 秀威資訊科技股份有限公司
　　　　　114 台北市內湖區瑞光路 76 巷 65 號 1 樓
　　　　　電話：+886-2-2796-3638　傳真：+886-2-2796-1377
　　　　　http://www.showwe.com.tw
劃撥帳號 / 19563868　戶名：秀威資訊科技股份有限公司
　　　　　讀者服務信箱：service@showwe.com.tw
展售門市 / 國家書店（松江門市）
　　　　　104 台北市中山區松江路 209 號 1 樓
　　　　　電話：+886-2-2518-0207　傳真：+886-2-2518-0778
網路訂購 / 秀威網路書店：http://www.bodbooks.com.tw
　　　　　國家網路書店：http://www.govbooks.com.tw

2013 年 10 月 BOD 一版
定價：360 元
版權所有　翻印必究
本書如有缺頁、破損或裝訂錯誤，請寄回更換

國家圖書館出版品預行編目

國際魯迅研究　輯一 / 黎活仁總編輯. -- 一版. -- 臺北市：秀威
　資訊科技, 2013. 10-
　　冊 ；　公分. -- (語言文學類 ; AG0156)
　BOD 版
　ISBN 978-986-326-160-5(輯 1：平裝)

　1. 周樹人　2. 學術思想　3. 文學評論

848.6　　　　　　　　　　　　　　　　　　102014930

讀 者 回 函 卡

感謝您購買本書，為提升服務品質，請填妥以下資料，將讀者回函卡直接寄回或傳真本公司，收到您的寶貴意見後，我們會收藏記錄及檢討，謝謝！如您需要了解本公司最新出版書目、購書優惠或企劃活動，歡迎您上網查詢或下載相關資料：http:// www.showwe.com.tw

您購買的書名：＿＿＿＿＿＿＿＿＿＿＿＿＿＿＿＿＿＿＿＿＿＿

出生日期：＿＿＿＿＿年＿＿＿＿＿月＿＿＿＿日

學歷：□高中 (含) 以下　　□大專　　□研究所 (含) 以上

職業：□製造業　□金融業　□資訊業　□軍警　□傳播業　□自由業
　　　□服務業　□公務員　□教職　　□學生　□家管　　□其它＿＿＿

購書地點：□網路書店　□實體書店　□書展　□郵購　□贈閱　□其他

您從何得知本書的消息？

　□網路書店　□實體書店　□網路搜尋　□電子報　□書訊　□雜誌
　□傳播媒體　□親友推薦　□網站推薦　□部落格　□其他＿＿＿＿＿＿

您對本書的評價：(請填代號　1.非常滿意　2.滿意　3.尚可　4.再改進)

　封面設計＿＿＿　版面編排＿＿＿　內容＿＿＿　文／譯筆＿＿＿　價格＿＿＿

讀完書後您覺得：

　□很有收穫　□有收穫　□收穫不多　□沒收穫

對我們的建議：＿＿＿＿＿＿＿＿＿＿＿＿＿＿＿＿＿＿＿＿＿＿

＿＿＿＿＿＿＿＿＿＿＿＿＿＿＿＿＿＿＿＿＿＿＿＿＿＿＿＿＿＿

＿＿＿＿＿＿＿＿＿＿＿＿＿＿＿＿＿＿＿＿＿＿＿＿＿＿＿＿＿＿

＿＿＿＿＿＿＿＿＿＿＿＿＿＿＿＿＿＿＿＿＿＿＿＿＿＿＿＿＿＿

11466
台北市內湖區瑞光路 76 巷 65 號 1 樓

秀威資訊科技股份有限公司　　　收

BOD 數位出版事業部

....

（請沿線對折寄回，謝謝！）

姓　　名：＿＿＿＿＿＿＿＿＿　年齡：＿＿＿＿　性別：□女　□男

郵遞區號：□□□□□

地　　址：＿＿＿＿＿＿＿＿＿＿＿＿＿＿＿＿＿＿＿＿＿

聯絡電話：(日) ＿＿＿＿＿＿＿＿＿　(夜) ＿＿＿＿＿＿＿＿＿＿

E-mail：＿＿＿＿＿＿＿＿＿＿＿＿＿＿＿＿＿＿＿＿＿